사랑받지 못한 자

손상일 장편소설

청어

사랑받지 못한 자

손상일 장편소설

그들은 완전히 다른 사람이다.
그리고 두 사람이 동의한다면
이는 오해로부터 비롯된 것이다.

-장 폴 사르트르

작가의 말

삶의 막다른 통로에서 글쓰기에 뿌리를 내리면서 떡잎을 보는 기쁨은 학창 시절에 품었던 꿈의 세계로 안내하였다.

2021년 작품의 구상에 따른 소설의 초고는 완성하였지만 퇴고를 거치면서 글쓰기의 연마가 절실했다. 계획을 바꾸어 자기계발 책을 먼저 쓰면서 습작 기간을 통해 스스로 소양을 갖추려고 노력하였다. 결과적으로는 책의 주제와 관련해 광범위한 내용을 다루는 과정에서 시행과 착오를 거듭하면서 많은 경험을 습득할 수 있었다.

2024년 1월부터 소설의 퇴고에 재도전하였다. 의식의 깊은 곳까지 두레박질하는 글쓰기를 통해 명료하고 사려 깊은 마음이 거듭나면서 작품완성에 분골쇄신하였다. 구상 단계에서부터 따지자면 5년여를 좌절과 자기 신뢰의 파고 속에서 내면세계의 이정표를 찾아 떠난 모험이었다.

제한적인 삶에서 사랑은 의식주만큼이나 소중하고, 누구나 사랑에 따르는 고통 앞에서는 평등하다. 성마른 시대에 신의 은총으로 사랑의 능력자가 되기를 기원한다.

끝으로 책 표지 디자인에 힌트를 제공한, 미국에 사는 Irana Supea Eskew에게 감사의 말을 전하며, 가람선생과 청어출판사 이영철 대표님께 깊이 감사드립니다.

노을이 비껴가는 창가에서

손상일

차례

작가의 말　6

1부　인연의 고리

빨간색 잠바　12

카우보이모자　25

보따리 장사　36

삶의 통로　42

연애출정식　50

낙조의 연인　56

빗치개　66

이야기 수집가　74

아귀　85

사랑받지 못한 자　93

비상체제　100

삶의 접착제　115

대반전　124

두석장　133

전문가 시대　146

소명의 길　156

신장개업　163

킹콩찜　172

과거의 그림자　186

부평초　195

결정결핍증　200

스펙트럼　211

오후의 열기　231

거룩한 만남　251

2부
전문가 시대

1부

인연의 고리

빨간색 잠바

흉상들이 즐비한 탁자에 붙박인 도서관. 빨간색 잠바가 정적이 감도는 실내에서 오리걸음으로 신경을 곤두세워서 두리번거렸다. 박대오는 예기치 않은 빨간색 잠바의 방문을 갸륵한 시선으로 맞았다. 그가 탁자에 턱을 괸 채 대뜸 볼펜을 쥐고는 끄적거리자, 박대오가 싱긋거리며 그가 적은 글씨 옆에 화답했다.

'졸업미팅? 오케이.'

박대오는 징그럽던 빨간색 잠바가 다시 보였다. 복학 동기생으로 빨간색 잠바 마니아와 붙어 다니다 보니 자신마저 이상한 사람으로 취급당했으니 말이다.

박대오가 도서관을 나서자 빨간색 잠바에 광적으로 집착하는 이유를 캐묻지 않을 수 없었다. 빨간색 잠바가 한동안 너털웃음을 쏟고는 청산유수 같은 말솜씨를 자랑했다.

'나도 아침에 일어나서 눈에 쌍심지를 켜지 않았겠어. 번듯한 외출복이 망측한 색깔로 둔갑했으니까. 복학하면서 신경이 과민해졌고 잠바를 사러 밤에 서둘러 외출했지. 찬란한 상가의 아케이드 내부는 사람의 혼을 빼는 오색 형광등의 불빛 천지. 천장 높이 걸렸던 하늘색 잠바를 첫눈에 결정하자 그 자리에서 쌈짓돈을 질렀지. 그날 밤부터 빨간색 마니아의 저주가 시작되었지만, 그다음 날에야 알아챘던 거지. 그래도 저주의 교훈이라면 말이지.

'단벌신사는 맑은 날 오전에 쇼핑하는 것이 상책이라는 것.'

H대 근처 경양식 레스토랑이 졸업미팅의 장소. 박대오는 대학생활의 방점이자 사회생활의 출발점이 되는 미팅에 참가하면서 파트너에 대한 기대가 컸다. 박대오는 2층의 미팅 룸에서 양복쟁이 신사가 손을 내미는데 그의 용모를 한참 훑고 나서야 파안대소했다.

'옷이 날개라. 빨간색이 아니면 그가 아니었으니까.'

미팅을 주선한 빨간색 잠바의 사회로 파트너들이 결정되자 실내는 참석자들이 파트너와 짝을 짓기 위해 웃음의 소용돌이에 휘말리며 부산했다. 박대오가 강민영을 주의 깊게 바라보았다. 파트너는 날카로운 눈매에 한쪽 어깨에 머리를 단정히 늘어뜨린 요조숙녀. 박대오가 점찍었던 파트너는 빨간색 잠바와 먼저 계단을 내려가는데 키가 작은 편이었다. 박대오는 기대감에 부풀어 강민영을 진중하게 에스코트하였다.

'대학의 싱그러운 추억이냐, 사회로 진출하며 첫 파트너를 만나느냐?'

늦가을 이른 밤. 청춘들이 소요하는 대학가에서 영롱히 빛나는 네온 불빛.

박대오는 코트 끝자락에서 담방대는 부츠와 보조를 맞추며 강민영의 얇은 보라색 체크 코트에서 폴폴대는 레몬 향을 맡으며 그녀의 얼굴을 보았다.

그녀의 옷차림이 경양식 레스토랑에서 느꼈던 인상과는 사뭇 달라서 바싹 긴장하는데, 그녀가 그의 팔짱을 끼면서 입을 오물거렸다.

"마가리타 한잔 어떨까요?"

박대오가 낯선 제안에 멈칫하자 그녀가 팔꿈치에 힘을 주며 계면쩍게 웃었다. 아담한 홀에 미팅의 일행은 없었다. 그녀는 두 커플이 차지한 자리 쪽을 보며 쭈뼛대다 카운터 테이블로 앞장섰다. '여기가 편안하겠어요.'

바텐더가 하얀 셔츠에 나비넥타이 차림으로 깍듯이 인사했다. 바텐더 뒤로 각양각색의 주류가 진열된 3단 선반. 그녀는 스툴에 보라색 코트를 벗어서 핸드백과 같이 단정히 놓았다. 박대오가 선반에서 그녀에게 시선을 돌렸다. 어둑한 조명 아래서 연분홍색 투피스 차림의 그녀는 패션모델 같았다.

그녀는 흡족한 표정으로 샹그리아를 주문하고는, 박대오에게 입을 오물거리며 메뉴판의 사진을 가리켰다. 박대오에게 마가리타는 낯설었다. '가늘고 길쭉한 스템 위의 잔 테두리에 에두른 소금이라니.'

그녀가 어둑한 테이블 위로 무거운 질문을 던졌다.

"선택은 어느 쪽이죠? 적성 혹은 전공…."

박대오는 심층적인 유도심문에 '옳다' 싶었다. 그녀의 의중에 허를 찌를 만큼 자신의 확고한 신념을 갈파했다.

"낮게 저공비행으로 스타트할 겁니다. 그렇다고 더 넓은 세상을 향한 고공비행을 포기하는 것은 아니니까요."

바텐더가 카운터 테이블에서 날렵한 동작을 보이고는 물러났다.

"무슨 의미일까요?"

그녀는 질문을 끝내고 샹그리아 잔을 높이 들면서 레드와인에 주의를 집중했다. 박대오는 그녀의 시선이 밟혀서 레드와인 잔을 들자마자 살짝 부딪히는 시늉을 했다.

"꼬리가 아니라 머리가 되는 겁니다. 몸체가 따르는."

그녀가 샹그리아 한 모금을 천천히 삼키며 의아스러운 표정을 지었다.

"어머나! 신입사원이 어떻게요?"

"블루오션에서는 가능하죠. 한 곳에 올인하는 것이 아니라 자기 자신에게 올인한단 말입니다. 자신의 모든 것을 펼쳐간다고 할까요? 하하."

"인기아취[1]라지만 시대착오적인 안목이 걱정되는군요."

박대오는 호탕하게 웃었다. 그녀의 반응을 예측한 것처럼.

"으음, K회사를 개척지로 점찍었죠. 초년의 가시밭길은 청춘으로 극복할 수 있지만, 중년의 조기 퇴직에서 비롯되는 재앙은 젊어지고 가야 하니까. 미래를 감안하면 개척지가 유망합니다."

강민영은 강력한 주장에 옅은 미소를 보이며 왼쪽 어깨에 늘어뜨린 머리를 쓰다듬었다. 그녀는 귀가하는 동안 우울했다. 곁길로 새는 고달픈 인생과의 조우라는 여운이 대학의 마지막 미팅에 대한 삼삼한 추억을 삼켜버렸기 때문에.

1995년 12월 11일 월요일 오후 3시. 박대오가 손꼽아 기다렸던 발표일. 박대오는 K의료기 수입주식회사의 옥외 게시판에 제1회 공채시험 합격자 명단을 보자 강민영의 모습이 눈에 선했다. 그는 만세를 외치며 광화문으로 달려갔다. 그녀에게 전화하고는 S회관 건너편 제과점으로 가서 자리를 잡았다. 강민영이 제과점 입구에 나타났다. 그가 일

---

1) 인기아취(人棄我取): 남이 버릴 때 취하고 남이 취할 때 버리는 역발상 전략.

어서서 두 손을 머리에 얹어 하트 모양의 세리머니로 자축하며 그녀와 동시에 앉았다. 그녀가 시큰둥해서 불평했다.

"수석합격은 축하할 일이죠. 그 회사를 아는 사람이 있을까요?"

"머리가 되는 수순이지요. 여기 좀 보세요."

박대오가 경제신문을 복사한 기사를 꺼내 둘째손가락으로 소제목에 줄을 그었다. 강민영은 으슬으슬한 몸짓으로 주위를 보며 인상을 찌푸렸다.

'한국 의료선진화를 선도하는 유망 중소기업.'

그녀는 구린 날씨에다 썰렁한 곳에서 맹탕으로 닭달을 치는 박대오를 보면서 눈썹이 위로 당겨지며 기가 찼다.

"블루오션의 선구자가 바로 나의 롤모델입니다."

"아하…."

그녀의 입술에서 말소리가 기어 나왔다. 박대오가 그녀의 굳은 표정에서 자신의 무례함을 직감하자 정중한 태도로 돌아왔다.

"여긴 약속 장소라. 갈망하는 곳이 있다면 제가 모시겠습니다."

그녀는 그가 말을 마치기도 전에 이미 재킷의 옷깃을 여미며 일어섰다.

"강남에 가려면 서둘러야겠어요."

하늘의 구름은 헝겊 조각처럼 고층빌딩들 위에서 너덜거렸고 행인들은 종종걸음을 쳤다. 박대오는 제과점을 등지고 도로에서 우울한 기색을 건디며 S회관 건너편 주차장을 멀뚱거렸다. 검은색 벤츠 한 대가 미끄러지듯 멎었다.

그는 별스럽게 정차하는 벤츠를 피하면서 눈이 휘둥그레졌다. 강민영의 얼굴이 벤츠의 조수석 차창에서 배시시 웃으며 나타났다.

'이럴 수가!'

박대오는 그녀를 다시 응시하며 만남이 헛되지 않았다는 것을 확신할 수 있었다. 사랑의 등식은 관심도와 비례할 것이니까.

박대오는 회사직원들의 부러움과 시샘 속에서 새해의 시무식에 참석하였고 신설된 2층의 기획실 사무실을 독차지하였다.

금요일 오후. 박대오가 걸려 온 전화를 받자 '그러면 그렇지' 하며 쾌재를 부르다 양발을 동동 굴리는 통에 회전의자가 벽에 가서 세게 부딪쳤다. 출입문에서 노크 소리가 났다. 그가 회전의자를 붙들고 일어서는데 감사실 미스 변이 우뚝 서서 못마땅하게 째려보았다.

"말도 안 돼! 수석합격 맞아요. 2층에는 사장실, 감사실도 있잖아요."

그는 시치미를 뗐다. 의뭉스럽게 미스 변을 따라가서 커피를 부탁하며 사태를 진정시켰다. 박대오가 미소를 지으며 미스 변이 건네는 커피를 받자 그녀가 재차 강조했다.

"여기서는 물 끓는 소리도 그렇지만 주전자 다루는 것 봤지요?"

2층 전체가 조용한 섬이었다. 박대오는 커피를 책상에 놓고 빨간 펜을 찾아 책상머리맡에 놓인 탁상일기의 약속 날짜에 표시했다.

그는 자신의 신념을 관철시킨 자부심에 희희낙락했다. 블루오션에서 '머리'의 싹을 틔웠다면, 다른 한 축은 가정을 구성하는 반려자를 구하는 것. 애정만큼 물질적인 풍요를 무시할 수 없다면 보물섬의 모험은 당연한 귀결 같았다. 가난은 욕심마저 살릴 수 없는 불모지니까.

화요일 오후 2시 30분. 강민영이 콧대 높게 정한 약속 시간. 박대오의 입장에서는 고약한 시간대가 분명했다. 약속 시간이 가까워지면서 그녀에게 말려든다는 막연한 느낌 때문에 사무의 진도에 손이 뜨며 갈팡질팡했다. 그는 2층 비서실의 동향을 살피며 도둑고양이처럼 사무실을 빠져나왔다.

그는 K병원 입구에서 택시를 잡아타자 곧바로 행선지를 알렸다. 택시가 강남역 지하철 12번 출구에 도착하였다. 혼잡한 차로는 시야의 가동 범위를 벗어난 데다, 차량의 홍수 속에서 그녀의 차를 꼭 집어내기란 여간 난감한 일이 아니었다. 그는 번다스러운 차선과 차량이 맞물려 시시각각으로 변하는 상황을 한눈에 파악하며 그녀를 찾기에 광분하였다. 위쪽에서 아래쪽, 그리고 건너 쪽까지. 벤츠가 차량에 밀리면서 2차선의 지척에서 클랙슨을 울렸지만 무력했다.

가냘픈 손이 벤츠의 창밖으로 간절히 흔들리고 있었다.

그가 2차선의 정면에서 멀어지는 벤츠에서 그녀의 기미를 포착하는 순간 벤츠는 썩 앞으로 달아났다. 박대오가 급하게 차선과 차량의 틈새를 곡예 하듯 몸을 놀려서 간지럽게 열린 차문으로 괴롭게 몸을 들였다. 그녀가 돌아보고 '오!' 하고 놀라며 픽업을 확인하자 입을 오물거렸다. 그가 그녀를 쎄려보며 한숨을 내쉬었다.

"아, 벤츠! 아빠의 졸업선물. 좀 타긴 했어도 안전은 최상급이야."

그녀가 운전대를 양손으로 훑어 내리며 장난기가 섞인 얼굴로 그를 힐끗거렸다. 넓은 8차선 차도는 차량으로 꽉 막혀 꼼짝할 줄 몰랐다.

벤츠는 겨우 반포대교를 건너서 강변북로를 탔다. 박대오는 전방을 주시하며 말문이 막혔다. '강남까지 불러내 생고생을 시키는 그녀가 괘씸하기 짝이 없었다.'

벤츠는 행선지에 통달한 양 거침없이 달렸다. 그녀가 신촌 번화가를 지나면서 다왔다는 듯 그를 힐끗거리며 미소를 지었다. 한가한 이면도로의 사거리를 횡단하면서 두 번째 단층 건물 옆으로 진입하였다. 휑뎅그렁한 네온 간판이 주차장에 있는 쇠기둥 맨 꼭대기에 설치되어 있었다. 그녀가 조수석으로 잽싸게 와서 차 문을 열며 벙긋거렸다.

"회장님, 내리실까요?"

그가 벤츠에서 내리려다 아연했다. 강민영의 차림은 노란색 앞 단추가 달린 풍덩한 울 니트에 회색 원피스. 그가 멋쩍게 걸음을 옮기자 그녀가 한껏 애교를 부리며 그의 손을 낚아채며 입을 오물거렸다.

"저번에 축하한다고 했던 것, 기억하시지요? 수석합격."

그가 카페의 진입로에서 빨간색 양탄자에 눈을 떼지 못하며 발걸음을 옮기는데 털이 복슬복슬한 거실화가 눈에 띄었다. 그녀가 출입문 계단에서 간곡하게 말했다.

"소생, 축하 세리머니에 참가해도 될까요?"

박대오는 그녀의 변칙적인 행동에 뜨끔하면서도 애교로 봐줄 수밖에 없었다. 그녀의 안내로 카페에 들어서자 실내는 촛불 램프가 타오르는 칸막이 공간으로 가득했다. 그의 머릿속은 축하의 세리머니 장소로서 추측이 난무하면서 복잡했다. 그녀는 테이블의 주홍빛 암영 아래에서 마주하자 스스럼없이 본색을 드러냈다. 그는 개고생을 하면서 카페에 발을 들인 것 자체가 벌써 자책골을 먹은 꼴이라, 그녀의 일방적인 데이트 취향에 고분고분하게 순응하며 성애의 곤욕을 치를 수밖에 없었다.

박대오는 자리가 명색이 축하의 자리였기망정이지 그녀와 헤어진 후에도 어안이 벙벙했고 악질적인 세리머니에 며칠을 앓아야만 했다. 그는 그녀를 생각만 해도 오금이 저렸다.

강민영이 한 달쯤 지나서 또 약속을 잡자 박대오는 아무렇지도 않은 듯이 응했다.

벼락을 맞아 혼겁 당한 사람이 재차 벼락을 맞으면 회복된다고 하지 않던가.

박대오는 승객들 틈에서 신촌역 1번 출구의 마지막 계단을 빠져나왔다. 꽤 길어진 해거름 녘, 그는 고즈넉이 늘어선 건물들을 따라서 두드러지는 행인들 사이로 걸음을 재촉했다.

N빌딩과 K은행을 차례로 지나면서 비교적 한산한 내리막의 좁은 도로가 보였다. 두 번째 골목을 통과하면서 이면도로의 진행 방향에서 사거리가 나타나자 사거리에 포진한 올망졸망한 건물, 공터 주차장에 벤츠가 보이고 솟대처럼 서 있는 네온 광고판이 어둠을 재촉하였다. 그가 빨간색 양탄자가 깔린 계단에 오르면서 심적 동요와 함께 한 달 전 그녀의 설명이 재생되었다.

'건물의 외벽은 화산석이고, 출입문은 홍송 나무, 위의 처마에 동그랗게 달아 낸 차양, 어때?'

의식은 폐부를 꿰뚫는 홍송 나무 내음과 암흑의 카페에 반응하는 농공반사로 아둔해졌다. 그가 뾰죽한 등갓 아래의 계산대에 가련하게 몸을 스적거리며 정신이 들었을 때 추파를 보내는 정면 벽의 분홍빛 네온. 'secret'

그는 어둑한 통로에서 게딱지 같은 공간을 찾아 기억의 빛을 더듬었다. 세련된 그녀가 촛불 램프 조명의 은밀한 칸막이 틈새로 비쳤다. 주황빛 속의 망막에 어리는 관능적인 강민영. 그녀가 늘씬한 몸매를 고쳐 앉으며 테이블 건너 소파 자리를 가리켰다. 그는 지난번의 곤욕이 되살아나며 소파의 팔걸이에 앉을 정도로 몸 둘 바를 몰랐다. 그녀의 생머리는 어깨에 닿았고 금 동전 목걸이는 백옥 같은 목 중앙에 딱 붙었다.

남자 종업원이 주문을 확인했다. '블루하와이, 블랙러시안, 타코스 포테이토'

그가 넥타이를 풀어 헤치고 테이블로 전진하자, 그녀도 얇은 볼우물을 지으며 담황색 꽃무늬의 가슴 자락을 앞으로 쏟았다. 남녀의 양손이 촛불 램프가 타오르는 테이블 위에 얽혀서 고물거리며 뜨거워졌다. 종업원의 상반신이 화면이 켜지듯 어둠에서 나타났다. 테이블 위는 조용해지고 우아한 칵테일 두 잔과 비행접시 같은 그릇이 배열되자 화면은 다시 어두워졌다. 강민영이 급하게 테이블 밑에서 다리를 뻗는 바람에 그녀의 앵클부츠가 나뒹굴었고 그의 무릎을 세게 쳤다. 블루하와이 칵테일 잔에 꽂힌 훌라 댄서가 격렬하게 춤을 추었다. 그가 긴장하자 그녀가 그의 두 손을 재빨리 그러쥐며 자신의 불찰이라고 시인했다. 그는 최대한 배를 편안하게 했다. 그녀의 매끈한 두 다리가 예의 바르게 그의 무릎 위로 나란히 뻗었다.

남녀는 테이블을 죄어 앉았다. 그녀의 오른발이 선공하며 아랫배를 짓이기자 왼발이 경쟁하듯 뒤따랐다. 그는 통증 아닌 통증에 시달리면서도 그녀를 경이에 찬 눈으로 주시하였다. 그녀가 입을 오물거리며 동작의 속도를 높일수록 그의 엉덩이 전체에 힘이 실렸다. 발이 꼭 손 같았다. 애무의 자극이 허벅지를 타고 안쪽으로 파고들자 즉각 음부신경이 긴장하였다. 그는 한 손으로 눈앞의 블랙 러시안 잔을 성마르게 한 모금을 더 삼키면서 그녀의 발목을 다독였다. 그녀가 비아냥거리는 투로 스트로우를 물고 블루하와이를 서너 번 빨며 쳐다보았다. 사타구니를 짓누르던 동작이 리듬을 찾으며 부드러워졌다. 그는 감칠맛 났던 블랙러시안의 커피 향미가 전신에 퍼지며 흥분의 소용돌이에 휘몰렸다.

그녀가 주홍색 불티를 가슴에 안고 토마토케첩이 묻은 손으로 포테이토를 한 움큼 오물거렸다. 그녀의 발이 양복바지 앞섶의 지퍼에 밀착하면서 앙증맞게 굴었다. 유대관계를 증명하듯 받은 숨이 넘실거렸다. 남녀의 유치한 놀이가 희열이 넘치는 유희본능이 되면서 진지한 발동작은 물고기처럼 사타구니 주변을 입질하는가 싶더니 샅의 림프절을 갉아먹기 시작했다.

그녀가 한 손으로 블루하와이를 홀짝거리며 게슴츠레한 눈으로 건배를 제의하는 제스처를 취했다. 그는 바지를 추켜올리며 남은 블랙러시안을 단숨에 들이켰다. 지난달에 그녀의 일방적인 취향은 여기에서 끝났으므로.

그러나 그는 그녀의 태도가 표변하면서 콧날에 주름이 잡히는 까닭을 본능적으로 느낄 수 있었다. 그는 그녀의 야욕적인 취향이 이기적이 아니라는 것에 감화받는 동시에 그녀가 조용히 눈을 감고 배려하는 자세에 아드레날린이 분비되면서 심장이 세차게 박동했다. 페티시즘의 반감이 눈 녹은 듯 사라지며 자신의 권리 행사를 저버리지 않았다.

박대오는 보물섬의 모험에 당당히 뛰어들었다. 그는 비열한 웃음을 흘리며 떨리는 발을 가까스로 그녀의 무릎에 뻗었다. 촛불 램프의 마법에 걸린 것처럼. 그가 발을 난잡스럽게 굴수록 걷잡을 수 없는 흥분의 격랑이 자책감을 삼키며 유희본능이 모습을 드러냈다. 발은 그녀의 아랫도리에서 속수무책이었다. 그가 무감각해지면서 기묘한 응얼거림에 눈을 살며시 떴다. 주황빛 암영의 칸막이 동굴에 마치 보슬비가 내린 것처럼 그녀는 촉촉해진 눈매로 입을 오물거리며 목걸이 동전을 바로 하고 있었다.

그도 와이셔츠를 추스르며 아무 일도 없었던 것처럼 단정히 앉자 그녀가 배시시 웃었다.

"뭐 더 필요한 게 있을까요?"

밖은 캄캄했다. 박대오가 카페 출입문을 나서자 외설적인 유희의 공포가 환희의 결말로 치환되며 여운을 길게 남기는가 싶어 자조적인 냉소가 일었다.

그가 팔짱을 낀 그녀의 무게감을 반기면서 계단에 한발을 옮기려는데 오금이 저리고 홍송의 향기에 무감각한 자신을 발견하며 그녀를 힐끗거렸다.

"뇌가 최고의 성감대거든."

그는 고개를 주억거리다 괘씸한 그녀에게 울화가 치밀었다.

'키스나 곰 포옹도 없는 이건 반칙이야.'

그녀가 그를 슬쩍 쳐다보고는 긴 머리를 뒷덜미로 훑으면서 핸드백을 고쳐 맸다. 발목까지 오는 쥐색 세무부츠에 앞 단추를 여미지 않은 바바리코트 사이로 무릎을 겨우 스치는 담황색 꽃무늬 원피스의 레이스가 팔랑거렸다.

쇠파이프 기둥의 꼭대기에서 빛나는 카페의 네온 간판. 건너 거리에는 왕래하는 차량과 행인들이 늘어났다. 그가 신중하게 시선을 마주치자 그녀는 팔짱을 풀고 희롱하듯 벤츠로 달려갔다.

그는 강민영에게 거북살스러운 감동과 감화를 받아서 닭살이 전신에 퍼지자 시선은 허공의 네온 간판으로 옮아갔다.

카우보이모자

장일국의 예상은 애꿎게도 빗나갔다. 아파트 현관에서 구두를 벗는 둥 마는 둥 반달음질하여 천숙희를 찾았다. 삼면의 유리창에서 내뿜는 눈부신 햇살에 점령당한 거실. 그가 안방 입구에서 발코니의 꽃나무를 등진 미확인 물체를 보자 즉시 뒷걸음쳤다.

천숙희가 포달을 부리기는커녕 거실 소파에 고개를 숙이고 앉아 부유하는 먼지 군단의 비호 아래서 의표를 찔렀다. 그는 보란 듯이 양복 안주머니에서 꺼낸 서류 뭉치를 그녀에게 냅다 던지고는 안방으로 들어갔다.

아이보리 커튼이 창문을 가린 적막한 안방. 그는 옷장의 안쪽에 걸린 넥타이들을 소복하게 뭉뚱그린 보자기를 본데없이 들고 현관으로 종종걸음을 쳤다. 천숙희는 눈도 깜짝 않다가 현관문이 닫히는 소리에 입술을 핥았다. 애초에 비껴가야 할 사내가 그리울까 싶었다.

장일국은 아파트 단지에서 동네의 가파른 도로로 내려오면서 오늘 하루를 빨리 끝내고야 말겠다는 생각뿐이었다. 그는 4층 상가건물들이 밀집한 거리에 나오면서 연신 차도를 기웃거렸다. 상가에 걸린 간판들 아래의 보도를 따라 왕래하는 행인도 뜸했다. 그는 쇼윈도에 비치는 자신에게 도망치듯 정차한 택시에 올라탔다. 그는 백미러를 의식하며 고개를 창 쪽으로 두었다.

'함께 살아간다지만, 세상을 보는 눈빛들은 언제나 타인과 일정 거

리를 유지하며 불온하고 냉랭한 포식자처럼 희번덕거리지 않았던가.'

택시기사가 운전하며 자주 후방으로 힐끔거리다 결국 '손님' 하며 입을 열었다. 장일국은 그제야 제복을 입은 기사에게 목적지를 알려주었다. 택시기사는 운전을 하며 고개를 까닥거렸다. 그는 택시가 로터리를 돌면서 앞차에 범퍼가 닿을락 말락 경주를 벌이는 아찔한 광경에도 무감각하게 자신의 심정만 재확인할 뿐이었다. 눈을 감아도 마찬가지였다.

택시는 고속도를 이용하여 질주하다 D시로 가는 지방도로에 들어섰다. 날씨가 흐려지면서 다시 스산한 촌락 풍경이 펼쳐졌다.

택시가 간간이 노면이 매끄럽지 못한 좁은 도로에서 심하게 요동쳤다. 인적이 끊기면서 전면에 그림 같이 굽이치는 산등성이가 나타났다. 다시 잘 포장된 도로에서 택시가 속력을 내면서 금방 숲에 둘러싸인 고요한 광장에 도착했다. 택시기사는 넉넉한 요금을 받아 든 채 광장에 홀로 남은 장일국을 기웃거리다 사라졌다.

소광장을 빼곡히 에워싼 녹음. 회색 구름만 가득한 하늘. 그는 '세상마저 버리는 길'이 해결책이었으므로 대결단의 눈빛으로 보따리를 움켜쥔 채 출구의 향방에 촉각을 세웠다. 버스종착점 안내판 뒤쪽의 연녹색 숲에 등산로가 가래떡이 늘어지듯 회색 잔영으로 아른댔다. 멀리 보였던 두 개의 산봉우리는 호젓한 계곡의 등산로로 들어가면서 보이지 않았다. 숲길은 산세가 차차 가팔라지더니 산기슭의 평탄한 오솔길로 바뀌며 야트막한 산등성이가 나타났다. 그는 목덜미가 땀으로 축축하고 종아리가 땅겼지만 결단의 발걸음을 쉬지 않았다. 암반들이 가득한 비탈길은 완만한 커브를 반복하며 어디까지 뻗었는지 계속 이어졌다.

그는 숨이 찼고 열기가 땀투성이로 변하자 녹초 직전에 모롱이 근처 낮게 돌출된 바위에 털썩 주저앉았다. 양복 상의를 벗으며 마음에 둔 산등성이로 시선을 보냈다. 차로를 따라 산기슭의 여기저기에 보이는 촌락. 그는 한기가 찾아오며 몸이 떨리자 낙엽 더미에 떨어뜨린 양복 상의를 찾아 입고 보따리를 집어 들었다. 그는 보이지 않는 곳을 목표로 울퉁불퉁한 산길을 무심하게 행군하였다. 멀리 소읍의 상가 밀집 지역에서 밝힌 휘황찬란한 불빛들. 그는 작정한 대로 편편한 바위에 앉아 넥타이 밧줄 만드는 작업을 시작하였다. 한 가닥씩 꼬아놓고서, 다시 굵은 가닥으로 엮어나가면서, 굵은 가닥끼리 결속하여 매듭을 짓고 넥타이를 매는 방식으로 고를 틀어서 올가미를 완성하였다. 그는 탄탄한 넥타이 밧줄이 준비되자 어깨에 두르고 산 어스름 속에서 조심스레 살피면서 전력을 다해 걸었다. 반딧불처럼 반짝이는 농가 너머로 보이지 않았던 두 봉우리가 나타나면서 우뚝 솟은 벼랑이 보였다.

그는 둔덕진 곳을 지척거리며 우회하다가 가시덤불의 날카로운 촉수에 상처가 나면서도 안간힘을 썼다. 어둠이 짙어지는 가운데 그는 광기에 사로잡힌 나머지 척박한 비탈길은 물론이고, 키를 넘는 암벽지대에서 굴러떨어질 위험도 불사하며 기어이 벼랑에 올라섰다. 땀이 팬티까지 적시며 벼랑에 뚝뚝 떨어졌다. 관목이 듬성한 벼랑의 끝에는 요가 자세의 소나무가 이방인을 맞았다. 암흑 속에서 자취를 감춘 능선을 등지자 깎아지른 벼랑 아래 검은 골짜기가 펼쳐졌다. 장일국은 허공에 주먹을 지르는 투실한 가지에 넥타이 밧줄을 걸고 소나무의 밑동에 괸 디딤돌에 올라서서 목에 감은 올가미를 죄었다. 장일국은 눈을 감았다.

'건널목 신호기의 불빛이 바뀌자 댕, 댕, 댕, 소리와 함께 기차가 폐색구간에 힘차게 들어섰다. 친구들은 때를 놓치지 않고 한 판 자웅을 겨룰 기세로 내달리지 않았던가.'

그가 감아쥔 넥타이 밧줄을 놓자 올가미 매듭의 고가 목의 울대를 치받으며 이방인은 허공에서 휘청거렸다. 사위는 고요하고 바람 한 점 없었다.

*

장일국은 송재근을 만나기 위해 한 달 넘게 죽쳤지만 불길한 예감이 나날이 증폭되면서 숨을 쉴 수가 없었다. 그는 K회사로 무작정 들어가서 혼자 사무실을 썰렁하게 지키는 경리과장에게 매달렸다. 경리과장이 안타까워서 장일국을 동정하며 침묵을 깼다.

"송 사장은 오리무중이죠. 2층에 감사님이 계시긴 한데."

그는 여비서의 안내로 감사를 만났다.

"어떤 사정인지 들어봅시다."

송 감사는 장일국의 하소연을 들으며 양손을 쉬지 않고 목을 마사

지했다. 송 감사가 종내는 말허리를 꺾으며 상황을 설명했다.

"그놈은 카지노에서 놀아나며 리스계약을 일삼았어요. 무책임하게! 댁이라면 이해하겠소. 환율 때문에 회사가 망해 가는데."

장일국의 눈에는 송재근의 낯바대기만 보였다. 카우보이모자 때문이었다. 1995년 봄 향우회를 앞두고 이민우가 연락을 취했다. 그는 함께 다니던 초등학교를 졸업하면서 고향을 떠나서 부모님의 생업을 승계한 것이 자신과 닮은꼴. 장일국에게 그는 소식통으로 철물 납품업에 일조하는 동료이자 결혼생활의 상담까지 맡는 카운슬러. 장일국은 이민우의 사과농장 수확기면 당연히 한몫을 해주었다.

향우회에서 이민우가 폼을 잡으며 장일국에게 말했다.

"이게 농장 스타일이라는 거야."

이민우는 장사수법으로 향우회원들에게 충격과 감동을 주기위해 카우보이모자를 사용한다고 말했다. 장일국은 이민우가 카우보이모자를 쓴 것을 처음 보는지라 멋쩍어 지하 뷔페식당에서 멀찍이 떨어졌다. 여흥시간에 이민우가 장일국에게 와인 잔을 건네고 앞장을 섰다. 둥그런 소파에 나름대로 잘 나가는 회사의 대표들이 둘러앉아 있었다. 이민우가 주저 않고 설명했다.

"주인공은 단연 송재근 선배야. K의료기수입회사의 사장으로 업계의 신화를 창조하는 분이지"

드디어 화제의 인물은 좌중을 압도하는 기세로 포부를 밝혔다.

"K회사가 선두주자지요. 고성능 최신의료장비 공급은 석권하는 셈이죠. 암세포도 시간문제죠. 일본 사람 다 되었어요. 수입 업무라는 게 그렇더군요. 여기 참석하신 향우회, 회사의 대표님들은 경영 수완가지요. 정말입니다."

여기저기서 박수가 쏟아졌다. 송재근은 둘러앉은 대표들과 사업 고충의 공감대를 형성하며 친밀감을 과시했다.

이민우가 2차로 옮긴 자리에서 장일국에게 일침을 가했다.

"향우회에 관심을 갖으면서 생활을 환기해. 이혼하면 모를까. 그렇지 않다면 자신을 고문하는 일은 바보야."

가을의 문턱에서 장일국은 이민우에게 사과 10박스를 주문하면서 단골 거래처의 주소를 통보하였다. 이민우가 '송 선배를 어떻게 생각하냐?'며 넌지시 장일국의 속마음을 떠보았다. 장일국은 일언지하에 향우회 외에는 관심이 없다고 잘라 말했다. 이민우가 안심하고 송 선배의 소식을 전했다. '경제신문에 송재근 선배가 났어.'

장일국은 낯선 회사 이름에 시큰둥했다가 확연히 생각이 돌아섰다. '제1회 K회사 신입사원공채공고'의 광고며, 기사 제목도 예사롭지가 않았다. 'K회사가 전국의 대학병원 등 전문 대형 병원에 속속 의료장비를 납품하면서 국내시장을 석권하다.'

이민우가 나서 장일국에게 다리를 놓았지만 송 선배를 만나기는 수월찮았다. 장일국이 처음 광화문의 K호텔 커피숍에서 송 선배를 만나니 꿈만 같았다. 그는 송 선배의 활달한 기품과 자비를 베푸는 갸륵한 마음씨에 푹 빠져버렸다.

"비행기 타는 기분 알지? 난 말이야 카우보이모자의 의리를 존중하거든. 은행 이자도 수수료 아냐? 많은 후배 중에서 자네라면 더욱 좋아."

1996년 봄 향우회를 기점으로 장일국과 송재근 사장 사이의 융통어음 거래는 광화문 K호텔 다이닝 룸에서 정기적인 양상을 띠었다. 송재근 사장이 항상 기다렸다. 장일국이 자리에 앉으면 그는 진한 향수 냄새와 더불어 포마드로 손질한 깔끔한 머리를 매만지며 돈 봉투를 으스대며 내밀었다.

"얼마나 편한지 몰라. 미국 출장에 비하면 도쿄는 앞마당이지. 리스 거래는 톱니바퀴처럼 시간이 맞물리며 척척 돌아가지. 비행기 타는 기분 알겠지?"

송 선배를 만나면 식사에 초대받는 기분이 들면서 접할수록 신사다운 선배의 기품에 장일국 자신은 꽁생원처럼 느껴져서 부끄러웠다. 송 사장은 식사가 끝나고 커피를 홀짝거리면서 함박웃음을 지으며 말했다.

"금년 봄 향우회에는 불참! 그렇지만 자네의 초대는 변함없어. 일본에 있어도 말이야. 오케이?"

추석 대목에 K회사의 사정에 의하여 우여곡절을 겪었지만, 어음 융통은 지속되었다. 1997년 새해 들어 1월에 H그룹이 부도를 맞으며 경제의 적신호가 켜졌다는 우려가 매스컴에 나돌았는데, 3월 중순에는 S그룹의 주력회사인 S특수강의 부도가 매스컴에 대서특필되었다.

장일국은 송 선배를 만난 자리에서 완곡하게 의중을 비쳤다.

"심상찮은 경제적 조짐 같아서 말이죠?"

송재근 사장은 억울한 일을 당한 사람처럼 펄쩍 뛰었다.

"추석 때는 병목현상! 이건 풀리거든. 지금 자금은 제 속도로 회전되잖아."

장일국이 잠자코 듣고 있다 탁자의 커피를 홀짝거렸다. 송 선배는 포마드 머리를 손가락으로 두어 번 훑으며 짜증스럽게 톤을 높였다.

"작년에 국내 실업률이 최저치였지, 허지만 H그룹은 내부의 고질적인 경영이 악화된 케이스고, 난 철물업계에는 무뢰한이지만 철강경기의 부진은 타개하기가 힘들 것 같아."

송재근 사장이 장일국을 뚫어지게 보다 다짐을 받듯 강한 어조로 말했다.

"이제 융통어음 거래에 올인해! 마음 단단히 먹고, 건강음료 시설투자 리스계약 때문에 장기출장 가기 전에 다시 만나서 논의해 보자구"

장일국은 자신의 본업을 강타하는 경기침체에 직면하면서 귀신에 홀린 것처럼 송 사장의 말에 복종했다. 창고와 점포를 담보로 대출까지 받으면서 말이다.

장일국은 그나마 향우회에서 송 선배를 만날 수 있어서 얼마나 다행인 줄 몰랐다. 이마에 내 천(川)까지 달고 다니는 결혼 노이로제 증상에서 벗어나며 비행기 타는 기분을 만끽했으니까.

천숙희는 결혼 첫날부터 병원의 파수꾼처럼 가정을 하찮게 여기는 몹쓸 신부였다. 장일국은 결혼의 배신감에 가슴을 쓸며 다양한 구애 활동을 펼쳤지만 번지수가 틀린 곳에 둥지를 틀었다는 의구심만 나날이 쌓였다. 천숙희는 장일국의 뼛속까지 자신이 신부라는 생각을 긁어내러 샛눈을 뜨고 포달지게 굴었으니까.

그도 깊이 생각하지 않을 수 없었다. 그녀가 입에 달고 다니는 '혼자 사는 어머니'라는 구실이 상대의 숨통을 틀어막을 정도라면 거짓말이라는 것을.

이민우 말대로 진즉에 천숙희와 갈라섰어야 했던 것일까?

천숙희는 정말 미스터리였다. 장일국은 결혼생활에서 탈출하려는 노력이 되레 회귀한다는, 말로 형용할 수 없는 직감에 사로잡혔다. 공유지의 비극이 벌어지고 있었지만 어찌할 도리가 없지 않은가.

결혼 4년 만에 장일국은 천숙희와 잠자리를 하며 애를 먹는 데다 융통어음 수입금마저 빼앗겼다. 천숙희는 어음거래의 내용을 빤히 알고 한층 더 가증스럽게 굴었다.

"매달 잊지 마! 나도 약속은 지킨다고 알아."

장일국은 천숙희와 의무적으로 잠자리를 치르며 비행기 타는 기분은 엉망으로 구겨졌다. 아내는 방자하게 굴며 내소박을 하였다.

"각오해야 할 거야. 돈을 못 가져오는 날, 내쫓긴다는 걸."

장일국은 운명을 조작하는 세상의 두려움과 공포에 질식할 것 같았다.

장일국은 날이 밝으며 욱신거리는 왼쪽 다리의 통증을 견딜 수 없었다. 몸을 틀며 손을 뻗기도 전에 발작적인 기침이 쏟아졌다. 손을 움켜쥐자 재가 푸석푸석 날렸다. 그가 화들짝 놀라 이를 악물고 몸을 일으키며 몰풍스런 주변을 둘러보았다. 사방은 죽음의 빛깔로 채색된 세상. 자신이 황량하기 그지없는 잿더미 속에 묻혀있을 줄이야.

그가 텁텁한 콧구멍을 후비며 기억을 더듬었다. 어젯밤 산정에서 목표로 삼아서 도착했던 암석벼랑은 환상이었던가. 골짜기의 형체는 간곳이 없다. 그는 억장이 무너져 내렸다. 볼썽사나운 산을 보고 있자니 전신에 채찍질을 가하듯 타박상의 경련이 엄습하면서 사시나무 떨듯 떨어야만 했다. 죽기는커녕 지옥 같은 세상에 다시 귀환하게 된 정말 재수 없는 사나이가 아닌가. 그는 산불에 완벽하게 생명을 잃은 숲의 잔해에서 거치적거리는 넥타이 밧줄을 떼어내니 마치 무덤에서 깨어나는 느낌이었다.

이게 어쩐 일인가! 그가 고요히 숨소리를 인식할수록 영혼의 불꽃이 심장에서 일렁이는 것을 자각할 수 있었다. 호흡은 생명의 강력한 통전이자, 우주의 오묘한 섭리가 아닌가. 살 수 있다면 살면 되었다. 그는 나긋나긋 춤을 추듯 발걸음을 옮겼다.

길은 허연 잿더미에 묻혀 발걸음이 푹푹 꺼지기 일쑤고 방향을 분간할 수 없었다. 고사목 지대가 펼쳐졌다. 삭거나 널브러져서 죽은 나무들이 산길의 이정표였고 먼 곳의 푸른 산이 희망봉이 되었다. 잿더미의 능선을 죽기 살기로 걸으면서 폴폴 날리는 재를 뒤집어써야만 했다. 장일국은 전신이 땀과 재가 범벅이 되었지만 생명감이 넘치는 숲의 길목에 서자 뜨거운 눈물을 주체할 수 없었다.

그는 쑤시는 왼쪽 다리를 보조할 나무 지팡이를 구하자마자 오르막 비탈을 거슬러서 천천히 걸었다. 힘이 부치는 데도 지팡이에 의지해 강행군을 벌였다. 균형을 잃을 때는 뒷걸음을 치면서 손이 먼저 닿는 나뭇가지를 잡고 버티거나 아예 주저앉기도 했다.

산기슭에서 양지바른 산길로 들어서자, 자귀나무가 무성히 자라고 있었다. 그는 아이러니하게 '금실을 상징하는 나무'를 맞닥뜨리자 미치광이처럼 웃었다. 애정 없는 결혼은 개미지옥이었으니까. 보따리 장사가 가랑이가 찢어지게 중매쟁이로 나섰으니 이미 정분나서 사내를 꿰차고 있는 여자를 신부로 맞았지 않았던가.

밝는 하늘 아래 무성한 숲이 주위를 에워싼 바윗길에 개울물이 흐르는 소리가 들렸다. 그는 개울의 편편한 바닥에 퍼질러 앉아서 두 다리를 뻗고는 개울물에 얼굴을 처박았다. 머리부터 발끝까지 주검 같은 잿빛 형색을 씻으면서 내친김에 진짜 재수 없는 사내까지 개울물에 떠내려 보냈다. 그는 마치 새 삶이 점화된 기분으로 걸음을 재촉하였다. 오솔길은 어느덧 농가가 보이는 동네로 연결되었다.

장일국은 '죽는 것도 글렀다'고 생각하자 세상에 두려울 것이 없었다.

보따리 장사

전화벨 소리가 계속 울렸다. 천숙희가 소파에서 잠들었다가 일어나는데 다시 잠잠했다. 그녀는 혼자서도 축배를 들지 않을 수 없었다. 장식장에서 양주병을 꺼내 들고 식탁 의자에 앉자마자 양주 한 잔을 널름 삼켰다. 그녀의 푸석한 얼굴에 잔잔한 미소가 번졌다.

결혼생활에서 천생연분이 아니라는 것을 주장하는 방식으로 성(性)을 거절하는 만큼 확실한 수단이 있을까.

그동안의 세월이 애꿎지만, 성애야말로 남녀결합의 존엄한 가치이자 권리였으니 은밀히 키워온 지극한 사랑을 결혼으로 거증하면 될 터이다.

천숙희는 내소박을 맞은 장일국을 생각하며 호탕하게 웃다 나지막하게 웅얼거렸다. '그나저나 송재근과 함께 꿈꿀 수 있는 선명한 미래가 놓였는데 미리 겁먹을 필요가 있을까?'

*

동네의 옷 수선가게는 천숙희 엄마의 삶의 터전이지만 보따리 장사를 하는 정숙이 엄마에게는 유일한 쉼터. 정숙이 엄마가 팔랑개비처럼 동네 골목길을 누비다 보니 하루는 일감을 물고 온 게 아니라 천지개벽할 희소식을 물고 찾아왔다.

"이걸 어째! 형님, 일등 신랑감이다."

천숙희 엄마는 가슴이 벌렁거려서 바느질하다가 엄지손가락을 찔렀다. 자신이 살아가는 이유가 딸의 혼사보다 더한 게 있으랴.

"정숙아! 같이 살자. 공은 공, 사는 사야."

천숙희의 코빼기를 본지가 언제인가. 세상이 살기 좋아졌다는데 환자들이 병원에 들끓어도 유분수지, 숙희 엄마는 딸애의 격무를 생각할수록 시집을 보내는 게 상책이었다.

숙희 엄마가 졸업식장에서 촬영한 사진과 함께 품앗이 돈 봉투를 준비해서 정숙 엄마를 꼭 껴안으며 보따리에 쑤셔 넣었다. 정숙이 엄마가 재치 있게 말했다.

"숙희 엄마! 맞선을 보자. 뽕도 따고 임도 보고 말이야."

숙희 엄마는 이승을 떠난 남편이 그리워지며 부산의 피난 시절이 아련했다. 남편이 피난 중에 강화도에서 큰아버지와 연락이 닿아 대서방에서 조수로 일할 수 있었던 것은 행운이었다. 남편을 위해 한데서 인삼과 개구리를 넣은 약탕을 불화로에 걸고 씨름을 해가면서도 범내골 산동네를 오가며 오바로크 일을 배울 수가 있었으니까.

남편은 7년 만에 딸이 태어나는 경사를 치르면서, 큰아버지가 작명한 천숙희라는 이름으로 직접 출생신고를 하는 기쁨을 누렸다.

천숙희를 애지중지하던 단란한 분위기는 남편이 폐결핵으로 숨을 거둠으로 2년 만에 끝났다.

숙희 엄마는 천숙희와 부산을 떠났고 서울의 만리동에 자리를 잡았다. 그녀는 옷 수선가게를 차리고 재봉틀을 돌리며 천숙희만 생각했다. 딸이 남편같이 병약한 환자들을 돌보는 간호사가 되기를 원했고, 최상의 낙은 딸이 면사포를 쓰는 날만을 손꼽는 것이었다.

숙희 엄마가 곧잘 물었다. "병원 근무가 어때?"

천숙희는 엄마의 마음도 모른 채 늘 대답했다.

"고약하지, 뭐."

성장한 딸애의 속은 알 수 없는 법. 엄마는 수시로 병원에 전화해서 숙희에게 집요하게 졸라댔다. 숙희가 쉬는 날이면 엄마는 앵무새처럼 비아냥거렸다. "고약한 데 시집가! 그러면 되지, 뭐"

천숙희는 어머니를 구실로 삼으며 한편으로는 결혼 비용으로 맞불을 놓으며 굼뜨게 저항할 수밖에 없었다. 엄마가 권하는 맞선자리는 곧 결혼으로 골인하는 자리였기 때문에.

엄마가 기어코 최후의 통첩과 함께 무기한 단식에 돌입했다.

"엄마들은, 절대로 쓸데없는 짓을 하지 않아. 처음에는 다 심통을 부려도… 시집가면 애들 낳고 살아가기 마련이지."

천숙희는 엄마가 야속했다. 한 번 사는 인생인데 어찌 만사를 외고 집으로 닦달질과 성화로 일관할까. 처녀가 내밀히 정분난 남자를 밝힐 수도 없는 처지라는 걸 알기나 할까.

1993년 1월 1일. 천숙희가 근무 4년 만에 병원행정직으로 인사발령이 나면서 그동안 마취간호사로 수술실과 병동의 환자를 돌보던 업무에서 새롭게 출발하게 되었다. 병원장의 비서 겸 별관 1층의 구매과 업무도 보좌하게 되었다.

출납계 담당 언니가 병원의 구매 품목과 관련하여 그녀에게 자주 전화했다.

"천 간호사, 문 원장님은?"

멋쟁이 신사가 원장실 출입문을 반쯤 열고 주인 없는 원장실에 들어섰다. 시선이 입구의 한쪽 벽 끝에 나란히 진열된 철재 대형 캐비닛으로 움직였다. '출납계 담당 언니가 원장님이 안 계신다고 전달했을 텐데…. 평판이 좋은 사람이라고 읊조리니까….'

천 간호사가 유리 칸막이 사무공간에서 서류작업을 하다가 의자에서 일어났다. 천 간호사가 그에게 눈길을 주자 출입문이 조용히 닫혔다. 전화가 울렸다.

그녀가 '아무도 안 들렸다'고 대답하자. 출납계 언니가 수다를 쏟아냈다.

"송재근 사장 말이다. 국제 신사에 미다스의 손이야. 수입의료장비는 송 사장 손을 거치거든."

문 병원장은 송 사장이 방문하면 분망한 가운데도 시간을 할애하여 담소를 나누었다. 그는 가로줄무늬 양복 차림일 때가 많았는데, 포마드 헤어가 그만의 전매특허랄까. 원장실의 소파에서 각진 턱선의 얼굴에 상냥한 웃음이 담기면서 발하는 눈빛은 인상적이었다.

천숙희는 그가 활짝 웃으며 일본어로 인사를 건넬 때는 쑥스러워서 유리 칸막이 공간에서 엄지발가락도 움찔할 수 없었다. 천숙희는 그저 포마드 헤어의 깔끔한 잔상에 잠시 정신이 팔렸지만, 언제부터인가 탁자를 치우면서 소파에 초콜릿 향수의 은은한 냄새를 쿵쿵거리기 시작했다. 그녀가 원장실을 정리하고 유리 칸막이로 돌아왔을 때 이변이 발생했다. 송 사장이 다시 나타났다 슬며시 사라지지 않는가. 책상에는 배불뚝이처럼 서류철이 불쑥 솟아 있었다. 그녀가 이상하다는 생각으로 서류철을 후딱 들추자 구경도 못 했던 포장꾸러미에서 향수 냄새가 후각을 자극하였다.

송 사장은 원장에게 면세점 쇼핑백을 해외 출장 선물로 가져오면서 천숙희 몫도 국제 매너의 신사답게 챙겨주었다. 책상 아래의 빈 공간은 외국산 향수, 화장품, 액세서리 등의 선물을 보관하기에도 한계가 있었다. 그녀는 아무도 몰래 선물을 하나씩 이용하면서 부성애의 감정은 이성에 대한 강력한 애욕으로 꿈틀거렸다.

송 사장이 여름 동안 잠잠했다. 천숙희는 마지막으로 받았던 면세점 쇼핑백에 들어있던 구찌 손지갑에서 행운의 2달러에 숨겨진 러브레터를 퇴근 무렵 꺼내서 다시 읽어보았다.

그녀는 원장님이 세미나나 공무로 출타하면 귀부인처럼 멋을 내는 게 취미가 되었다.

이게 누군가! 그녀는 깜짝 놀랐다. 송 사장이 원장실에서 발길을 돌려서 찾아왔다. 천숙희는 그의 선물로 치장한 터라 그가 반짝이는 포마드 헤어를 들이밀며 갈애하는 표정에 그만 춘정이 발동했다. '미안, 미안.' 그가 성큼 입술을 그녀의 귀에다 붙이고 속삭였다.

신체검사실의 지하 2층이 안성맞춤이었다. 천숙희가 찰랑거리는 귀걸이가 이목을 끌까 봐 조바심을 내며 그를 여자 탈의실로 안내하였다. 그가 그녀를 부둥켜안으며 그녀의 입술을 더듬으며 혀를 찾았다. 남녀는 반나체로 쌓였던 정분을 나누며 서로의 속마음을 확인하였다.
'언제 시간이 나겠어요?'

그날 저녁. 5성급 D호텔의 스위트 디럭스 룸에서 송재근은 커튼의 틈새로 마운틴 뷰어의 정상에 있는 타워의 첨탑이 어둠 속에서 찬란한 존재감을 과시하기를 목이 빠지게 기다렸다. 시곗바늘은 파업에 돌입한 것마냥 움직일 줄 몰랐고, 담배는 동나는 지경으로 빨리 타들어 갔다. 그녀는 바람처럼 나타났고 두 눈은 물기로 아롱졌다. 그녀의 음험한 안광이 그의 마음을 어지럽히면서 남녀는 첫 성애의 야욕을 채우기 위해 몸부림쳤다. 그녀가 난잡하게 흐트러진 침대 시트를 잡아당겨 벌거숭이 몸을 감추며 모로 누우려 하자, 그가 그녀의 가슴에 기댄 포마드 헤어를 들며 베개를 찾았다.

"사랑이 존재의 이유고, 섹스는 말하자면 사랑의 언어이자 행위야. 가식 없는 자기 자신의 표현이 아닐까."

"신의 축복이 아니고…?"

"삶의 방식으로 성애를 추구하는 것은 자신의 역량을 발휘하는 것이니까."

그녀가 침대 시트를 활짝 열어젖혔다. 그가 몸을 다시 뒤척이며 그녀를 끌어안았다. 가쁜 숨소리가 몸체의 율동으로 바뀌면서 시트 위로 황홀한 외마디가 밀어처럼 나부댔다. 그가 눈을 뜨며 옆으로 돌자, 그녀의 눈동자에 타워의 첨탑이 비쳤다. 그들의 사랑은 야합으로 사악하게 태어날 운명이었다.

삶의 통로

이상윤은 출근길에서 수도 서울을 실감하며 혀를 내둘렀다. 16차선 대로의 광화문 버스 정류소에 도착한 버스의 승객들은 마치 포구에 정박한 어선의 어망에서 젓갈용 새우가 쏟아지듯 거리로 내몰렸으니까. 지하철역에서도 선남선녀들이 역류하는 물결처럼 보도로 밀려들면서 출근 행진은 장관이었다.

M건설회사의 광화문 사옥 이전계획은 1996년 3월 말일 자로 공로자에 대한 인사발령이 나면서 일단락되었다.

이상윤은 과장으로 승진하면서 한 달여의 젓갈용 새우 신세를 종식하고자 출근을 1시간 앞당겼다. 아침에 새로운 습관은 생각도 변화시켰다. 거리는 의식주의 해결을 위한 삶의 통로가 분명했다. 출근의 걸음걸이는 중추유형발생기[2]의 작동으로 저마다의 직장을 향해 의욕이 넘치고 활기찼다. 이상윤 과장도 광화문 거리를 상쾌하게 활보할 수 있었다. 그는 느닷없이 출현한 굽 높은 하이힐을 포착하면서 그녀와 동행이라도 할양 걸음을 재촉했다. 이상윤 과장은 양복 신사를 추월하여 그녀와 엇비슷이 걸어가며 갸름한 얼굴을 확인했다. 양복 신사가 심통을 부리듯 그의 진로를 방해하는 몇 초 사이에 그녀의 행방이 묘연했다.

그는 어디서라도 그녀를 기억할 수 있었으므로 거리의 매너를 지키

---

[2] 아무런 인지 작용 없이도 보행할 수 있도록 하는 신경회로.

며 사무실로 향했다.

김근일 주임이 점심시간을 기다렸다는 듯 이상윤 과장 쪽으로 벌떡 일어섰다. 이 과장의 자리는 공석인 부장의 자리까지 차지하면서 여유가 있었다. 박은희는 진즉 돌아앉아서 그가 작은 몸짓으로 질러댈 엄포를 기다렸다.

"주목! 생계비를 위해서 노력하는 남자가 왔습니다. 발굴했습니다. 진짜를!"

동료 사원들이 좌우의 책상에 앉는 채 일제히 주목하였다. 김 주임은 양손을 허리춤에 얹고 고개를 뒤로 젖히고는 출동을 강권했다.

"즉각 출동하는 게 신상에 이롭습니다. 가격이 아주 핫해요."

동료들은 김 주임이 18번 포즈를 취하는 익살을 반기며 자리에서 일어났다. 미스 박이 동료 사원들 사이에 끼여 김 주임을 보며 나직이 말했다.

"발굴도 좋지만 우리의 평가가 없다면 소용이 없어요. 히히."

김 주임을 선두로 일행은 인파들에 섞여서 광화문 사거리로 향했다. D빌딩의 대리석이 깔린 넓은 로비. 식당은 지하 1층의 계단에서 좁은 통로에 발을 들여놓지 못할 정도의 문전성시. 김 주임은 보이지 않고 안내하는 스타카토의 목소리만 희미하게 퍼졌다.

"서두르면 신상에 해롭습니다."

미스 박은 식당 출입문에서 엇갈리는 소동 속에서 이 과장이 식당으로 입장하며 손을 높이 들자 일행들은 엉기성기 줄을 서면서 합류했다. 우람한 천장 아래로 웅성대는 소음은 끊이지 않았다.

식권판매 창구의 상단에 '외부인 환영'이란 글귀 아래 부착된 주간 식단표. 배식구에는 손님들이 스테인리스 식판을 들고 줄을 서서 한 발씩 전진했다. 미스 박이 줄을 서서 여종업원들의 기계적인 배식 동작에 맞추어 전진하면서도 뒤돌아 김 주임을 보며 간지럼을 타듯 마냥 헤헤댔다. 김 주임이 미스 박 뒤에 선 이 과장에게 다가가 우쭐거리며 속삭였다.

"박 대리는 입이 두리함지박이에요. 오늘 점심 식사는 제가 사는 셈이죠?"

미스 박이 정다운 오누이처럼 으스대며 미소를 지었다.

이 과장이 먼저 식사를 끝내자, 김 주임이 식판을 얼른 가져가며 식수 코너를 가리켰다. 이 과장은 식기 반납창구를 지나며 식판, 숟가락, 젓가락들이 요동치는 너머로 공장을 방불케 하는 광경에 감탄하였다. 여종사원들이 구획마다 위생복에 노란색 고무 앞치마를 두르고 팔뚝까지 올라오는 분홍색 고무장갑으로 무장한 채 담당한 설거지에 열중하였으니까.

이 과장이 대형 스텐 찬장에서 컵을 꺼내다 회사 잠바 차림의 여직원 2명이 뒤에서 얼쩡거리는 게 신경이 쓰였다. 곧바로 식수대로 이동한 이 과장은 컵을 갖다 대며 스텐 찬장 쪽을 유심히 살폈다.

출근길의 갸름한 얼굴이 틀림없었다. 굽이 높은 하이힐의 아가씨!

그는 식수대에서 멀찍이 벽 쪽에 기대어 컵을 든 채 그녀를 바라보았다.

이 과장은 김 주임이 부르는 목소리에 황급히 김 주임에게 시선을 주며 걸음을 옮겼다.

"저기 식수대 보세요. 저는 식사 때 물부터 챙기니까요."

"개척한 보람이 크다. 김 주임!"

이 과장이 김 주임에게 말을 하며 두리번거렸지만, 식수대에는 동료 직원들이 몰려가며 줄을 섰다. 이 과장은 손에 쥔 컵을 벌컥대며 비웠다. 북새통에서 나온 거리에는 드넓은 하늘의 쾌청한 날씨가 맞아주었다.

4월 27일. 토요일 오후. R병원의 헌혈행사 마지막 날.

이상윤은 번뇌가 들끓었다. 주사공포증 환자라는 것을 누가 알랴. 그는 사생결단하는 각오로 회사를 나섰다. 봄기운이 맑고 푸른 하늘에 남실거리고 가로수들이 한껏 기지개를 켜며 초록빛 수줍은 미소를 흩날렸다.

그는 묵묵히 걷다 완만하게 가팔라지는 정동사거리 횡단보도 가까이에서 반대편 K병원의 내리막길에서 굽이 높은 하이힐을 목격하며 충격을 받았다. 그녀가 동료 여직원과 걸음을 멈춘 것이 꼭 자신 때문이라는 생각을 지울 수가 없었으니까. 그가 비탈길에서 쑥덕거리는 그녀를 향해서 움직이자 그녀가 동료 여직원의 손을 잡고 광화문 방향으로 종종걸음을 쳤다.

가증맞은 그녀! 그는 비겁자라는 오명이 정말 싫어서 R병원으로 걸음을 재촉했다. 서대문 로터리로 뻗은 거리는 한산했다. R병원의 낮은 정문. 헌혈 접수대를 안내하는 화살표가 로비에서 계단 그리고 2층으로 찾기 쉽게 표시되어 있었다. 진동하는 소독냄새. 안내 간호사는 인적사항을 확인하고는 헌혈실로 안내하였다.

실내의 벽에는 '헌혈 주의사항' 포스터와 '헌혈은 사랑'이라는 표어가 붙어있었다.

이상윤은 안내간호사의 지시대로 헌혈 준비를 갖추고 침상에 누웠지만 심장이 죄어들었다. 사위가 고요한데 자박자박 걸음소리가 들렸다. 작달막한 체구의 간호사가 나타나자 헌혈을 위해 능숙하게 움직였다. 그녀는 팔뚝을 노란 고무줄로 묶고는 주사 부위의 혈관을 찾아서 주삿바늘을 꽂고는 일어서서 잠시 헌혈팩과 링거줄을 확인하고는 나갔다. 이상윤은 공포상황을 굳건히 버텼지만 팔의 감각마저 없어지는 느낌에 눈을 질끈 감았다.

이상윤은 몽롱한 가운데 굽이 높은 하이힐의 갸름한 자태가 오락가락했다. 간호사가 주사기 바늘이 붙은 반창고를 가볍게 뜯는데도 이상윤이 눈을 크게 뜨며 몸을 움찔거렸다. 그녀가 그의 찌푸린 인상을 보면서 핀셋 집게로 집은 알코올 솜으로 주사 자리를 닦고는 부리나케 반창고를 붙였다. 이상윤은 주사공포증 환자로서 헌혈에 성공한 까닭에 웃음 반 울음 반이 된 얼굴로 그녀를 주시했다. 그녀가 가당찮은 환자에게 핀잔을 주려다 그의 팔뚝을 다시 살폈다. 주삿바늘 자리가 멍이 지고 피가 났다. 그가 팔뚝을 넘겨보는 순간 웃음기 절반마저 구슬픈 목소리에 합세했다.

"주사 자리가 많이 쑤시고 아파요. 간호사님!"

간호사는 불탄 강아지 앓은 소리라는 듯 수거한 헌혈팩과 링거 줄을 들고 나갔다. 잠시 후 또박거리는 발걸음 소리. 그녀의 손에서 볼록하게 생긴 모양의 밴드가 낯간지럽게 살랑거렸다. 그녀가 입맛을 다시며 주사 부위를 처치하고 지혈밴드에 반창고를 붙였다.

이상윤은 간호사가 일러준 대로 병상에서 기다리자니 신경이 주사 부위에 쏠리는 바람에 손을 팔뚝에서 뗄 수가 없었다. 그는 찌릿찌릿한 팔뚝을 주무르며 병원 건물을 나왔다. 병원 주차장은 거의 비어 있었고, 정문에 설치된 차량출입통제 자바라 문은 반쯤 닫혀있었다. 그는 환자와 다를 바 없이 거동하며 손은 팔뚝에서 근무복 위로 잡히는 불룩한 밴드를 잡고 문질러대기 시작했다.

그녀가 R병원 갈 때와는 정반대에서 신기루처럼 나타났다. 이상윤은 헌혈에 성공한 기세를 떨치며 사나이답게 다가갔다. 그녀는 숨이 찼는지 양손으로 무릎을 짚다가 배시시 웃었다. 분홍 낯빛, 검은 머리칼, 노란색 블라우스의 화사한 모습. 이상윤은 고혹적인 그녀 앞에서 주사공포증 환자의 증세가 되살아나며 말문까지 움츠러들었다. 그녀가 수줍게 입술을 달싹거렸다.

"사촌 오빠랑 닮았어요, 한번 말씀드리려 했는데…."

그녀가 옴짝달싹 않는 그를 지켜만 볼 수 없어 얼른 비켜섰다.

높다란 축대 아래 아담한 커피숍이 보도에서 보였다. 두 사람의 시선이 커피숍에서 맞닿으며 이상윤이 걸음을 먼저 옮겼다. 노란색 격자창 출입문은 열려있었고 실내는 입구부터 초록빛을 품은 다양한 식물들이 진열되어 싱그러운 화원 같았다. 그녀가 앞질러서 계산대로 가며 그에게 테이블을 가리켰다. 그는 그녀가 테이블에 앉자 예기치 않게 그녀를 마주하는 기쁨 속에서도 주사공포증의 속앓이가 가시지 않아 쩔쩔맸다. 그녀는 말문이 막힌 남자가 걱정되었다. 그녀가 손수건으로 얼굴의 땀을 훔치며 말했다.

"어디서부터 이야기의 실마리를 찾아야 할까요?"

아이스커피 두 잔이 테이블에 놓이면서 어정쩡한 분위기가 잠시 활기를 띄었다. 그녀가 신나는 기분을 표출하였다.

"후후, 금년에 처음 마시는 아이스커피!"

그가 돋보기를 들여대듯 그녀를 뚫어지게 보며 계면쩍게 말했다.

"내가 대접해야 맞는데…. 저기 연쇄점이 있는 빌딩. M건설회사."

그는 말하다 아이스커피잔을 들어서 불쑥 내밀었다. 그녀는 예쁘게 잔웃음을 지으며 유리잔을 쩽그렁대었다.

"그 연쇄점이 거래처자, 제 담당이에요 그러면 M건설회사라는 말이죠."

그는 그녀에게 자신의 소개를 하고자 얼쯤하니 일어서면서 기함했다.

'아, 앗!' 그는 앉아서도 양손으로 상의의 위쪽 포켓을 번갈아 가며 뒤졌다. 그녀가 눈을 치켜뜨고 '명함'을 찾는 걸 직감하며 빨대로 얼음 조각들을 골랐다.

"오빠는 인도네시아에 있거든요. 참, S빌딩 지하식당에 왔었죠."

그는 곤혹스러운 나머지 얼굴이 홍당무가 되었다. 그녀가 민망해서 시선을 피하는 순간 우스꽝스러운 광경에 폭소를 터트렸다. 그는 황당한 상황에서 웃음의 폭풍에 휘말리면서 아주 미쳐버릴 지경이었다.

그녀가 용감하게 빨대로 그의 왼쪽 소매를 지목했다. 그가 근무복의 왼쪽 소매 끝단을 쏘아보는 순간 그녀는 머리를 숙이고 손바닥으로 테이블을 다급하게 두드렸다.

그는 소매에 뱀이라도 출현한 것처럼 자리를 박차고 왼팔을 마구 흔들었다. 반창고에 엉겨 붙은 사각형 지혈밴드가 소매에서 나부댔다.

"반창고야, 반창고!"

그는 엉덩방아를 찧으며 앉아서 심각하게 반창고를 외치면서 대화의 공백에 물고를 텄다. 그녀가 분홍빛 얼굴의 눈망울에서 눈물을 찍어내고는 정색해서 말했다.

"K회사 총무부에 근무해요. 아까는 친구와 남대문에 가던 길이라."

그가 웃음이 가시지 않은 채 왼쪽 팔을 만지며 계산대로 가서 쓸 것을 가져왔다. 그녀가 빨대를 한 손에 쥐고 오묘하게 그를 쳐다보며 그가 건넨 메모지와 볼펜을 받았다.

남녀가 품은 애정의 씨앗은 우연이란 마법에 걸릴 때까지 무의식 속에서 잠자는 것일까?

실내의 하얀 페인트를 칠한 벽을 따라 테이블 야자의 연초록 숱한 줄기들이 얽히며 이어져서 쾌적하였다. 이상윤은 헌혈 선물이 따로 없다는 생각에 가슴이 뿌듯했다.

연애출정식

수위아저씨가 계단 아래의 수위실에서 나와 있다가 이상윤 과장에게 경례를 붙였다. '5월 마지막 토요일이네요. 주말 잘 보내세요.'

화창한 날씨에 광화문 사거리에 넘실대는 고층건물의 광고전광판들이 형형색색으로 이목을 끌어 보지만 햇볕에 옅어져 유치해 보였다.

H다방은 N동 버스정류장에서 가까웠고 신축한 건물 측에서 헌납한 여유 공지의 맞은편에 위치했다. 거리는 토요일을 실감케 하였다. 건너편 보도에는 교복을 입는 남학생들이 삼삼오오 짝을 지어 가고, 보도의 맞은편에는 S대 쪽에서 일단의 여대생들이 걸어오고 있었다.

이상윤이 2층의 다방에 들어서자 중앙의 사각기둥을 피해서 출입구가 보이는 창가 쪽 자리에 진을 쳤다. 사각기둥에 하트모양의 메모꽂이가 장식되어 있어서 바람맞은 약속은 속절없었다.

이상윤이 곰곰이 생각해보니 H다방은 약속 장소로서는 더없는 아지트였다. 기둥의 한쪽 벽에 걸린 둥근 시계는 1시 55분을 지나고 있었고 기둥 쪽으로는 빈 테이블이 없었다. 이상윤은 창 쪽에서 비치는 햇살을 피해서 자세를 바꾸는 게 불쾌한 징후 같아 초조하였다. 여종업원은 옆트임 원피스 차림으로 쟁반에서 물 잔을 탁자에 재빨리 옮겨놓고는 똑바로 섰다. 그가 커피를 주문했다. 그녀는 살짝 팔을 뻗어 창문과 창문 사이에 설치된 선풍기의 가는 줄을 당겼다. 엷은 바람이 쌩쌩거리며 주위를 왕복하였다.

창가에서 도로 건너 S극장은 멀어서 간판은 희미했다. 뒤편으로는 1층에 K센터 용산지점 간판이 보였고, 건물의 옥상은 'S은행'의 초대형 간판이 차지하였다. 탁자에 물 잔은 치워지고 김이 나는 커피가 대신 놓였다.

햇빛은 앞 탁자로 비껴갔고 아가씨 한 명이 같은 방향으로 앉았다. 선풍기가 방향을 전환할 때마다 회전축에서 철커덕거리는 소리가 커졌다.

아직 한 가닥 희망은 있었다. 하트 메모꽂이는 사용 않기로 했으니까. 이상윤은 3시 30분까지 기다리기로 계획을 수정했다.

양복쟁이 사내가 다방 문을 열고 들어왔다. 앞 탁자의 긴 머리 아가씨가 벌떡 소파에서 일어섰다.

이상윤은 혹시나 싶어 자리에서 일어나 계산을 치르고 출입문을 나가는 양복쟁이 사내와 아가씨를 부럽게 쳐다보았다.

햇빛도 창틀을 완전히 벗어났다. 이상윤은 몸을 뒤척이며 다시 창가 쪽으로 고개를 내밀었다. 도로에는 다양한 소음이 끊이지 않는 가운데 S극장에서 영화가 끝난 건지 한 무리의 인파가 도로변 주변까지 몰려 북적대고 있었다.

연애출정식에 그녀는 참석하지 않을 것인가. 그는 자괴감에 시달리며 냉수를 시키려다 자리에서 일어났다. 계산을 치르는데도 오래 진을 쳤나 싶어 황망했다. 여종업원이 비열하게 쳐다보는 시선을 피해서 무기력하게 출입문을 나섰다. 그는 절망에 빠지듯 한 계단씩 아래로 몸을 내렸다. 누군가가 있었다.

연애출정식 51

"미스 변에게 유턴하느라 조금 늦었지."

절망의 계단에서 빛처럼 새어 나오는 가냘픈 그녀의 목소리. 새까맣게 타 버린 속이 회복되는 데는 시간도 의지도 전혀 필요치 않았다.

그는 절망의 계단에서 '웃기게 큰 가방' 쯤은 문제가 되지 않았다.

그녀는 한시름 놓았다는 듯 분홍빛 얼굴에 손수건을 부채처럼 팔랑거렸다.

남녀가 신축건물의 여유 공지로 나서자. 그녀가 손수건을 바꿔 쥐고 그의 손을 잡자 꽉 힘을 주어 조였다 슬며시 풀었다 다시 잡았다. 택시를 기다리는 동안 그는 그녀에게 매료되었다. 목깃이 뾰족한 흰 블라우스에 평평한 칼라의 흰색 얇은 점퍼, 청바지에 운동화 차림.

서부역은 평소보다 여행객들로 붐볐지만 J선 열차의 객실은 띄엄띄엄 빈 좌석이 섞여 있었다. 그가 선반 위에 G 무늬가 천연색으로 인쇄된 흰색 폴리에스테르 원단의 길쭉한 가방을 얹어놓기 전에 가방을 추어올리며 벙긋거렸다.

"오늘. 이 가방을 보니 여행가는 게 아니라 가출하는 기분이야."

"무슨 말을? 누가 가출한다고?"

순식간에 '웃기게 큰 가방'의 쟁탈전이 벌어졌다. 그녀가 가방에서 주스 병 두 개를 꺼냈다. 통로 건너편의 좌석에 앉은 두 신사가 넘겨다 보았다.

"고급 구찌 가방치고는 웃기게 큰 가방이다"

"허우대만 멀쩡해, 미스 변이 미안한지 와인까지 넣어주었는데도 표시도 없어."

열차가 S역사를 출발하자 남녀가 사이좋게 주스 병을 한 손에 들고 언신 싱글서렸다.

"보스턴백밖에 없어서 말이야. 좌우간 원단이 튼튼해서 다행이지."

"사연이 없는 가출은 없지. 그렇지 않아?"

그녀가 그의 비아냥거림에 사느랗게 눈을 후리면서도 얄밉지 않았다.

오명숙은 여행을 가면서도 속으로는 코웃음을 칠 판이라 억울했다. 데이트가 연애감정의 현시점인 만치, 남녀가 교감하는 오붓한 시간을 공유하면 되었지만, 그는 데이트에서 침묵으로 일관하지 않았던가. 더욱 웃기는 건 사실 출정식. 여자에게 연애를 선포하라고 졸라대는 졸장부에게는 해답도 없을 테니까. 백번 양보해서 '연애의 출정식'에 참석했으니까 망정이지.

'진짜로, 이건 무슨 일일까? 그냥 바다 여행이라고 하면 될 걸 가지고 말이야.'

그가 학창 시절 모범생이라면 혹 그럴 수도 있을까? 도대체가 불한당 같은 선포가 무슨 소용일까?

오명숙이 여행의 낭만을 누릴지 아리송해서 이상윤을 징그럽게 쳐다보았다. 그가 데이트 때처럼 과묵하지는 않았다.

"낙조의 바다는 일출보다 위대하지요. 행복감을 느끼기에는."

"당일치기가 가능할까요?"

"서해에서 낙조를 감상하면 잠이 오겠습니까? 지금이 딱이죠. 제철에는 경황이 없어서…."

그녀는 이상야릇한 미소 속에 그를 지긋이 쳐다보며 입을 삐죽거렸다. '그냥 바다가 보고 싶다. 얼토당토않은 출정식이 뭐라고.'

차창 틀에 놓인 주스 빈 병이 탈탈거렸다. 오명숙은 열차가 달릴수록 이상윤에 대한 떨떠름했던 감정이 다소 달콤새큼해졌다.

그녀는 자세를 고쳐서 그와 마주 보며 회사에서 벌어졌던 연애 이야기를 늘어놓기 시작했다.

"사건이 사건을 낳지. 첫 공채 사원 모집 때야. 수석합격의 영예는 회사의 스타가 되면서, 박대오는 폭발적인 인기를 누렸지 않았겠어요?"

"오호! 영광은 영광을 낳지. 당연한 귀결 아냐?"

그녀가 그의 팔을 잡으며 잠자코 들으라는 투로 눈매가 사나워졌다.

"당연한 귀결은 말이지. 회사에 알게 모르게 노처녀의 마음속에 질투의 화신이 지피며 애정의 각축전이 펼쳐졌다는 거지."

남과 여는 눈길을 마주치며 웃음을 가득 머금었다.

"누가 유리할까? 박대오 대 노처녀 삼총사. 그는 사랑꾼처럼 러브 스토리를 멋대로 만들어갔지만, 삼총사는 사랑의 결실을 탐내며 그를 암중모색하였겠다. 그는… 결혼 사냥꾼이랄까? 보물섬을 물색하면서 성급하게 선수를 쳤다는 거야. 해피엔딩을 위해서."

그는 질문을 참으며 그녀에게 느물거렸다.

"선량이 어디 있겠어? 누구나 거짓말을 해. 하루에 백번도 넘게…. 그런데 이건 아니잖아! 삼총사 모두에게 '결혼'을 약속하지 않았겠어."

그녀가 분노를 삭이다 갑자기 목소리를 높여서 통쾌하게 말했다.

"우리는 그가 하는 거짓말은 사랑했지만 그를 사랑할 수는 없었어. 결국 결혼 사냥꾼은 회사에서 버림을 받으며 떠나갔지."

그는 홀연 그녀가 가엾다는 생각이 들었다.

"나쁜 놈은 지옥행이지."

차창으로 고만고만한 풍경이 계속해서 지나갔다. 그녀가 고개를 돌리자 그녀를 지켜보았던 그의 얼굴이 멈칫거리며 서로의 코가 가볍게 닿았다. 남녀는 멋쩍어 '웃기게 큰 가방'이 얹힌 선반을 올려다보았다. 그녀가 그의 손을 '잡았다 놓았다'를 반복했다.

그는 바다 여행이 수포로 돌아갈 뻔했다는 현실을 실감하는 데서 오는 긴박감, 사촌오빠라는 가면을 씌운 여자에게서 사랑을 탐내는 남자의 강박감과 일상의 일탈이라는 흥분에 고무되었다. 미래는 언제나 첫 경험이니까.

낙조의 연인

이내가 깔리는 역사의 정경은 여행의 길목답게 정겨웠다. 수은등이 보잘것없이 불을 밝힌 통로. 남녀는 손을 잡고 승객들의 발걸음을 뒤따랐다.

철길이 맞닿은 광활한 하늘은 화살 모양의 구름이 저녁 어스름을 관통하면서 선혈 같은 핏빛으로 물들었다.

"지금 가면 볼 수 있겠지? 그 낙조 말이야."

"그럼. 틀림없어."

남녀는 옹송그린 역사를 빠져나오자 택시를 타고 바닷가로 향했다. 언덕배기가 보이는 삼거리는 바다 냄새가 물씬 풍겼다. 언덕을 오르는 길은 활동사진처럼 전개되는 바다의 낙조가 한창이었다. 태양은 붉게 타면서도 수평선 아래로 야금야금 사그라지고 있었다. 등대가 타원형의 방파제 끄트머리에서 낙조에 물드는 항구를 희붐하게 비추고 있었다.

그녀는 발을 동동 구르며 가뭇없이 사라지는 낙조가 안타까워 그를 쳐다보았다. 그도 '웃기게 큰 가방'을 쥐고 서서 낙조의 황홀경에 북받쳐 그녀의 손을 잡으며 입을 열었다.

"바다가 고요하니 내일 날씨도 그저 그만이겠지?"

여남은 고깃배들이 떠다니며 고즈넉한 바다의 어둠에 불을 밝혔다. 그녀가 자세를 고쳐서 그를 가만히 지켜보았다. '다음에 무슨 말이 나

올까?'

　그가 그녀의 입술에 입술을 붙이자, 그녀가 앵두 빛 입술을 쫑긋거렸다. 남녀는 낙조의 연인으로 손색이 없었다.

　남녀는 왔던 길을 등지고 등대를 보며 오른쪽으로 내려갔다. 목적지는 백사장이 아니었기에 상업지역의 번화가로 가는 방향으로 나섰다. 군데군데 보이는 촌락을 벗어나자, 주택단지들과 헐벗은 공지에 띄엄띄엄 자리 잡은 작은 건물들의 불빛이 어둠과 적막 속에서 손짓했다.

　행락객들과 젊은 남녀들로 붐비는 관광지의 거리. 화려한 네온사인의 불빛 아래. 모텔, 여관, 식당, 오락장 등이 밀집된 상가 지역이 나타났다.

　남녀는 망설임 끝에 수족관이 유난히 눈에 띄는 식당 앞에서 걸음을 멈추었다. 식당의 넓은 홀과 주방 가까운 방에는 시끌벅적하게 손님으로 만원을 이뤘다. 남녀가 안내된 곳은 홀의 가장자리 통로에 있는 작은 방.

　벽시계는 8시 정각. 식탁에는 미리 밑반찬까지 차려져 있었다. 남녀가 묵묵히 식사를 기다렸다. 뚱뚱한 아줌마가 칠이 벗겨진 오래된 사각 쟁반을 식탁에 걸쳐놓자 상차림을 푸짐하게 차리며 빨간 입술을 실룩대며 말했다.

　"비법 양념장이 들어간 매운탕은 끝내줘요."

　생선회가 배 모양의 그릇에 담겨서 식탁의 중앙에 놓였다. 푸성귀 바구니며, 초장과 양념장 종지 그릇 하며, 장국 등이 요목조목 놓여서 구미를 돋우었다. 남녀는 맛깔스런 상차림에 시선을 강탈당하며 식탐이 촉발되었다. 남과 여는 여행길의 노고마저 향미료가 된다는 것을 새삼 깨달으며 회를 곁들인 식사에 여념이 없었다. 비법 매운탕이 양은 냄비에서 보글거리며 탁자에 올랐다.

남과 여는 생선 뼈의 살점을 발라 먹는 재미는 물론이고 깻잎, 고추, 방아 잎 등을 우려낸 특유의 매운탕에 혓바닥을 호호거리며 풍미를 즐겼다.

식당의 넓은 홀은 자리를 차지하고 있는 서너 술꾼들을 제외하면 식탁마다 손님이 먹고 간 그대로 식사의 흔적들만 가득 쌓였다. 주방에서 젊은 사내가 계산대로 뒤따라 나왔다.

이상윤은 계산을 치르긴 했지만 다음은 어디로 갈지 망망했다. 그는 식당 밖으로 나오자 식당의 수족관 앞에 서서 '웃기게 큰 가방'을 두 손으로 쥔 채 발을 떼지 못했다. 그녀는 어쩔 셈인지 줄곧 그의 거동에 머리가 주뼛거렸다. 그는 과묵하게 중심번화가로 계속 걸어갔고 그녀는 모호한 출정식에 걱정이 커졌다. 거리는 아직 승용차들이 줄을 이어 서행하고 거리의 취객들도 보였지만 아까의 흥청대던 분위기와는 딴판이었다. 사위는 바닷바람이 밤하늘을 가르며 거리를 썰렁하게 했다.

그녀는 삼거리로 돌아가자고 제안했다. 찬란한 불빛이 종적을 감추고 미덥지 못한 어두운 길도 공원의 숲에서 끊겼다. 한갓진 공지에서 젊은이들이 고성방가로 떠드는 소리도 들리지 않았다.

깊어가는 밤. 이상윤의 행색은 처량했다. 오명숙은 그의 행보가 꽤

씸했지만 지금은 책망하며 따질 때가 아니었기에 삼거리 방향으로 걸음을 재촉했다. 반딧불 같은 빛이 명멸하는 호젓한 길에 멀리서 바닷바람이 사정없이 달려들었다. 손바닥만 한 지역이 다행이었다. 길 어귀에 불빛이 마당을 비추고 있었다. 어둑한 내리막은 바다로 가는 샛길 같았다. 높은 지대에 아담하게 터를 잡은 3층 여관. 건물의 꼭대기에 달린 조명등 아래 출입문이 보였다.

그가 천천히 출입문을 열자마자 안으로 달린 종이 딸랑거렸다. 정면에 있는 여닫이창이 열리며 TV 방송의 지껄이는 소리와 함께 야구모자를 쓴 남자가 얼굴을 내밀면서 인사했다. '깨끗하고 조용합니다.'

남녀는 미소를 지으며 신발을 벗어들고 마루에 올라서 여닫이창에 섰다. 야구모자가 '지배인'이라고 소개하면서 웃기게 큰 가방에 눈길을 보냈다. 이상윤이 숙박비를 치르자 지배인이 호실이 표시된 열쇠를 건네면서 왼쪽 계단을 가리켰다. 남녀는 마루 계단을 올라서 2층 복도에서 방을 찾을 때까지 침묵했다. 그가 실내의 등을 켜자 그녀의 콧잔등에는 보송보송 땀방울이 맺혀있었다.

그가 정면으로 보이는 창문부터 활짝 열었다. 예상을 뒤엎은 싱그러운 밤바다 풍경. 그가 원형 탁자에 웃기게 큰 가방을 놓고는 감격스러운 얼굴로 그녀를 보았다.

"출정식도 이 정도면 참신하잖아?"

"무계획이 음흉한 계략 같아서 말이지? 직성이 풀리게 해명이나 들어봅시다."

그가 당황하여 얼굴이 홍당무가 되면서도 서둘러 해명했다.

"오버센스! 출정식은 바다에서…. 낙조의 바다에서 연애를 선포하지 않았습니까?"

그녀가 기가 찬다는 표정을 지으면서 킬킬거리다 거침없이 일어섰다.

"마음대로 하세요. 난 떡 본 김에 샤워라도 하고 떠나겠어요."

창문을 따라 벽의 끝에 샤워실과 벽장 그리고 침대가 나란히 꾸며져 있었다. 침대 발치에 스툴이 들어간 화장대. 출입구 벽 쪽에 TV를 놓은 서랍장을 마주한 소파와 소탁자 그리고 전화기와 필기도구, 옷걸이가 준비되어 있었다.

곰보유리창의 샤워실의 새시 문을 통해 샤워 물소리가 뜀박질하였다.

노크 소리! 목례를 하자 지배인은 목례를 깍듯이 하며 입장해서 소파에 놓인 소탁자에 객실 서비스 품목이 담긴 쟁반을 내려놓았다. 커피, 녹차 팩과 유리 물병, 물컵, 찻잔 등.

지배인은 창문을 무뚝뚝하게 응시하다 '금방 오겠다.'고 말하고 방을 나갔다. 지배인이 계면쩍게 웃으며 선풍기를 들고 들어오더니, 화장대 뒤쪽 벽에 있는 플러그에 전기 코드를 꽂으며 친절하게 말했다. "언제든 필요한 게 있으면 말씀해 주세요."

그가 원형 탁자에 놓인 둥근 의자에서 밤 풍경에 시선을 보내고는 반신반의했다. 그녀는 가운을 입은 차림으로 촉촉한 머리채를 수건으로 문지르며 나왔다. 그도 후다닥 샤워실로 들어갔고 금방 샤워를 마쳤다.

방은 밤바다가 창문에 걸리고 해풍의 내음까지 정취의 효과를 배가 하면서 아늑하기 그지없었다. 그녀가 뚝딱거리더니 소탁자에서 조촐한 파티의 분위기가 조성되었다. 그가 그녀의 곁에 앉자, 그녀가 그의 손을 살짝 잡고는 힘을 주었다가 슬며시 풀기를 반복했다. 그는 행운의 메시지에 긴장했다.

"연애출정식에 대해 설명 좀 해봐요. 신성해야 하지 않나요? 이렇게."

그녀가 감췄던 스파클링와인 병을 보이면서 소탁자에 턱 하니 놓았다. 그는 와인병을 집어 들고는 쩔쩔매었다. 그녀는 보란 듯이 빙긋거리며 적막을 깼다.

"낭만적인 분위기! 주최 측에서는 하는 게 뭐가 있을까요? 배회하는 것 빼고 말이죠. 히히."

그가 와인병 주둥이에 결속된 철사의 손잡이를 꼬나 쥐며 큰 목소리를 냈다.

"가출한 사람 있으면, 여기 좀 잡아주세요."

'펑'하는 맑은 소리. 남녀의 머리가 가볍게 부딪쳤다.

유리잔에 하얀 기포 알맹이가 소용돌이치며 은은한 향기를 담은 황금빛 와인이 남녀의 시선을 유혹했다. 그는 흥분했고 그녀는 새침한 눈빛으로 건배했다.

"출정식을 위하여!"

"12% 프랑스산 와인이니까, 음. 출정식도 달라 보이네. 황금빛 서약이라고 할까?

"낙조의 연인은 특별해야 하니까…."

그가 그녀의 말을 듣다 파랗게 질린 표정으로 별안간 샤워실로 뛰어갔다. 그녀가 마시던 와인을 소탁자에 놓고는 소파에 기대서 창문에 걸린 밤 풍경에 시선을 보냈다. '알 수 없는 남자'

그는 샤워실에서 벽에 기대어 눈을 감고 심호흡하였다. 그는 팬티를 찾아서 입으면서 간담이 서늘하였다.

그녀가 와인잔을 채워놓고 화기애애한 분위기 속에서 흥취를 돋우려 했지만, 그는 의뭉스러운 사내로 찍힐 뻔했던 탓에 입을 봉한 채 서먹하게 굴었다. '아니, 달달한 말은 벌써 잠들었나?'

새벽으로 가는 밤처럼 발포성 와인의 싱그러운 정취도 시들해졌다. 그녀가 극도로 지친 그의 모습을 엿보며 샤워실의 등을 켜놓고는 먼저 침대로 갔다. 그녀가 침대에서 무릎걸음으로 가다가 중앙 경계선을 긋더니 홑이불을 들치고는 벽을 향해 누웠다.

그도 다리를 뻗고는 잠시 소파에 기댔다가 그녀가 누운 침대 발치에 선풍기를 옮겨놓고 소등하였다.

그는 그녀를 등지고 가운을 여미며 몸을 움츠렸다. 샤워실의 곰보 유리창에서 안면을 방해하는 아른거리는 불빛. 그는 차렵이불의 매끈둥한 감촉에 질려서 자신도 모르게 경계선을 향해 돌아누웠다. 낙조의 바다에서 입맞춤은 확실히 경험 부족이었다. 선풍기의 바람결에 조용히 잠든 그녀를 상상하자 갑자기 심장이 두방망이질을 치면서 입맞춤이 간절했다. 그는 자책감이 들면서 깊은 딜레마에 빠지고 말았다.

웬걸, 그녀가 차렵이불을 두른 채 한 바퀴를 굴러 경계선에서 정면을 향하는 바람에 그는 바싹 초긴장한 상태에서 그녀의 입술을 응시할 수밖에 없었다. 그녀가 무람없이 인색한 빛이 비치는 경계 쪽으로 슬그머니 앉았다가 빛나는 눈동자를 목격하면서 뻘떡 일어섰다. 그가 황당해서 몸을 일으키자, 그녀가 주저 않고 침대 위에서 뛰어내렸다. 그는 모골이 송연해서 눈을 감았다.

"악!"

경악하는 외마디가 터지며 쿵쾅하는 소리와 다다닥거리는 소리가 꼬리에 꼬리를 물더니 이내 잠잠해졌다.

"불을 켜야지…. 불을."

그는 애잔한 호소에 겁을 먹으며 실내의 등을 켰다. 선풍기가 나동그라졌고 회전날개의 안전망은 튕겨 나가 작은 탁자의 모서리에서 나뒹굴었다. 그녀가 소파 쪽에 차렵이불을 걸친 채 발을 매만지고 있었다. 그녀가 어깨를 움찔거리며 돌부처처럼 서 있는 그에게 손을 뻗었다. 그가 그제야 행동을 개시했다. 그녀를 부축하여 원형 탁자의 둥근 의자에 앉히고는 쏜살같이 안내실로 달려가서 구급키트를 가지고 왔다. 그는 둥근 탁자 옆에 꿇어서 그녀가 오만상을 찌푸리는데도 상처를 알코올 솜으로 닦는 열성을 보이는 바람에 어처구니없는 웃음이 빚어졌다. 왼발의 발등은 부딪쳐서 시퍼렇게 되었다. 오른손의 새끼손가락과 약손가락의 끝에는 피부가 벗겨지면서 좁쌀 알갱이 같은 피가 맺혔다.

그가 이마에서 땀을 흘리며 응급조처를 끝내자 그녀가 깔깔대며 폭탄 발언을 했다.

"나 그냥 창문으로 뛰어내릴 걸 그랬나."

그는 그녀를 차마 볼 수도 없는 형편이 되면서 잔뜩 겁을 먹은 표정을 지었다. 그녀가 그의 초췌해진 얼굴을 보다 못해 그가 먼저 눈을 붙이도록 아량을 베풀었다. 그녀가 둥근 의자에 앉아서 밤바다를 조용히 지켜보았다.

아침 햇살이 해풍을 싣고서 천장에서 찬란하게 빛났다. 이상윤은 고개를 파묻다가 이불을 들추고 소스라치게 놀랐다. 창가에서 그녀가 넌지시 말했다.

"동창이 밝은 지가 오래되었건만. 뻔뻔스럽기도 해라."

방은 단정하게 정리되었고, 선풍기도 안전망이 부착되어 옷걸이 벽쪽에 놓여 있었다. 그도 창가로 가서 그녀와 나란히 섰다.

"사고나 치고, 벌써 쥐구멍을 찾아야 했어. 다 낙조의 바다 덕이지. 지배인이 구급키트를 받으면서, 응. 변태 섹스라도 벌인 줄 알아. 민망해서 말이야. 흐흐…. 그나저나 아침 걱정은 덜었어."

그녀가 깔깔거리자 그도 속 시원하게 웃음을 터트렸다.

남과 여는 손을 꼭 잡고 여관의 샛길로 내려갔다. 그녀는 걷기에는 무리가 없는지 그의 손을 쥐었다 풀기를 반복했다. 낮은 언덕길은 바다를 걷는 것 같았다. 보이지 않는 백사장으로 달려드는 하얀 포말이 발아래서 춤을 추었다. 그녀의 팔이 노란색 블라우스가 햇살에 비쳐서 투명하게 보였다. 그는 웃기게 큰 가방을 얌전히 바닥에 놓았다.

"낙조의 연인이시여! 간밤 출정식의 키스를…."

그가 그녀를 어설프게 안자, 그녀는 그에게 몸을 맡기며 눈을 감았다. 서로의 입술이 닿았다. 남녀는 허리를 옥죄며 달콤한 키스의 감촉에 전율하였다. 푸른 바다의 뜨거운 햇살이 달아오르기 시작했다.

여관건물은 은빛 백사장을 지나서 방파제로 통하는 도로가 나타나면서 보이지 않았다. 식당 건물은 도로의 봉긋한 언덕바지에 있었다. 창가 자리는 전망이 좋아서 바다와 방파제 끝의 등대가 한눈에 들어왔다.

그녀가 빙글거리는 얼굴로 맛깔스런 바다 향기가 그득한 상차림과 그를 번갈아 쳐다보았다. 지배인의 영향력이 컸다는 것을 짐작할 수 있었다. 그가 그녀의 공적을 칭송하며 우럭구이를 그녀 앞으로 당겨놓고는 매운탕을 덜어서 먼저 그녀의 그릇에 가득 담았다.

"이걸 어쩐담. 진짜 생각이 있었다는 건가…."

빗치개

해가 뭉게구름 한가운데서 비쳤다. 창공에 갈매기들이 떠 있다가 희롱하듯 부서지는 은빛 파도 아래로 곤두박질치는가 하면 곧장 비상하였다. 남녀는 발을 푹푹 빠뜨리며 드넓은 백사장을 걷기 시작했다.

해변의 여기저기서 바다를 즐기고 있는 행락객들. 그들도 바닷물이 빠지는 바닷가의 모래를 밟으며 백사장이 펼쳐진 건너편을 바라보았다.

그녀가 가끔 목을 아래위로 움직여보며 왼쪽 발을 쭉 뻗으며 웃음보를 터트렸다.

"왜 어깨가 결릴까 했는데. 밤중에 뚱딴지같이 빤히 쳐다보다니."

그가 간밤에 충격적인 사건의, 주범으로 몰리자 그녀의 어깨를 주무르며 어쩔 줄 몰라 했다. 그녀가 웃기게 큰 가방을 받아 쥔 채 바닷가로 잰걸음을 치며 말했다.

"파도가 심금을 울리는 이유?"

그가 따라가면서 어깨를 주무르다 멈춰 섰다. 그녀가 웃기게 큰 가방을 내팽개치고 하얀 포말을 튀기며 바닷가를 달렸다. 그도 달렸다. 그녀가 숨을 가르랑거리며 해변에서 어린애처럼 읊조렸다.

"파도가 심금을 울리는 이유는 꾸준하다는 것뿐이야."

남녀는 손을 잡고 해변을 계속 걸었다.

"정말, 조개껍질로 되었나 봐 모래가 참 부드럽다. 누구처럼 말이야."

그는 머쓱해서 싱겁게 웃으며 말했다.

"낙조의 연인이여! 마음껏 천연 비타민을 호흡하세요."

멀리 갯물의 지류가 백사장으로 흘러들면서 따로 형성된 모래톱이 나타났다. 그녀가 그를 이끌고 한적한 모래톱으로 가서 웃기게 큰 가방을 빼앗아 모랫바닥에 던졌다.

그녀가 맨발에 청바지 밑단을 종아리까지 접었다. 그가 한판의 씨름을 예상하며 지켜보는데 그녀가 돌아서서 씨억씨억하게 엉덩이를 내밀었다. 그녀의 돌발적인 행동에 그는 진땀을 빼며 뒷걸음을 쳤다. 그녀가 어부바 자세로 성화를 부리는 통에 그가 마지못해 그녀의 목을 두 손으로 감싸며 등에 오르자 그녀가 한 발을 떼면서 뒤뚱거렸다

그가 지레 겁을 먹고 그녀의 등에서 뛰어내렸다. 그녀가 씨근거리며 블라우스의 옷매무새를 고치고 양팔을 높이 쳐들며 다시 허리를 구부렸다.

그가 재도전하면서 그녀의 뒤에서 도움닫기를 했다. 목을 잡는 대신 허벅지로 그녀의 허리를 강하게 죈 탓인지 그녀가 한 발짝을 움직인 자세로 아등바등했다. 그녀가 그의 넓적다리를 꽉 붙들고는 엉덩이의 반동을 이용하면서 용을 썼다. 그는 업힌 자세로 곤혹감을 느끼며 그녀의 등에서 폴짝 뛰어내렸다. 그녀의 뽀얀 종아리에 조개껍질과 모래가 뒤엉켜 튀었다. 그는 발기가 되어 엉거주춤하게 섰다. 그녀는 주저앉은 채 뒤돌아보며 자못 흥미로운 얼굴로 변했다. 그가 급하게 그녀에게 손사래를 쳤다. 그녀가 씩씩대며 일어서서 오는 폼이 도전을

빗치개 67

이어갈 태세였다.

"투지보다는 순발력이지."

그녀가 곰살궂게 그의 손을 잡으려다 얼굴을 돌리고는 킥킥거렸다. 그가 화난 사람처럼 말했다.

"알아요? 죽는 줄 알았다니까요."

"예?"

시원한 웃음소리가 해변 멀리 날아올랐다. 모래톱에서 남과 여는 살갑게 부둥켜안았다. 가슴 하나로 숨을 쉬는 숨결 속에서 연정의 언어를 진득하게 음미하면서 말이다. 수평선 먼 너머에서 파도가 만드는 하얀 포말의 꽃송이가 사랑의 주문이라도 되는 것처럼.

햇볕이 내리쬐는 백사장도 끝이 가까웠는지 청춘 남녀들이 보기가 힘들었다.

여행도 거의 마무리 단계에 접어들며 쉴 곳을 찾았다. 그가 줄지어 늘어선 상점들과 드문드문 오가는 차량과 행락객들을 살피면서 쉴 곳을 두리번거렸다. 그녀가 어느새 그의 손을 잡고 힘을 주다가 풀며 흔들었다.

상가거리의 끝자락에 도로를 가로질러서 파라솔이 보였다. 찻집은 여름 화초가 올망졸망한 정원을 따라 에워싸고 전망대 같은 실내 공간과 파라솔을 갖춘 야외 자리는 바다를 내려다보고 있었다. 두 사람은 호젓한 파라솔 안으로 기어들었다. 그녀는 까마득한 모래해변에 조가비 같은 행락객들의 형체를 지켜보면서 해변에 남겼던 족적을 떠올리자 모든 것이 아쉽게 느껴졌다. 그는 말이 없다. 그녀가 아이스커피

산의 스드로우를 물면서 오른손의 약손가락에 느슨해진 붕대를 뜯어내면서 종알거렸다.

"이거 며칠은 갈 것 같네, 참."

그가 질겁하는 표정을 지으며 단호하게 말했다.

"낙조의 연인을 위해서라면, 이곳에서 점프할 수도 있습니다."

"나를 두고 줄행랑이라, 참. 한심하군요."

"예! 이 목숨을 바칠 생각뿐이랍니다."

그가 아이스커피잔을 들어 그녀의 잔에 부딪히며 싸늘한 그녀의 눈빛을 무마시켰다.

"서울 가서는?"

그녀는 잔의 밑바닥에서 소리가 나도록 스트로우를 빨아댔다.

"기차 시간은 충분해."

그는 홀가분했다. 간밤의 앙금을 바닷가에서 말끔히 지우고 서울에 도착하면 출정식은 성공리에 끝나지 않는가. 그의 머릿속에는 회사 일이 그려졌다.

여자의 마음은 동남풍인가. 그녀는 그를 그냥 보는 게 아니었다. 그녀의 심정은 출정식의 마무리 단계에 이르러 열화와 같이 뜨거웠다.

상경 열차의 통로에서 단체 여행객들이 분망히 앞뒤 좌석의 방향을 조절하면서 걸쭉히 행락의 여흥에 젖어있었다.

이상윤과 오명숙도 북새통에서 좌석을 찾아서 나란히 앉았다. 노인 한 분이 단체 여행객들의 소동 속에서 혼자 머뭇거렸다. 남녀를 쳐다보다 반대 방향의 앞좌석에 앉자마자 가죽가방을 가슴에 품고 눈을 감았다.

남과 여는 약속이나 한 것처럼 선반에 얹힌 웃기게 큰 가방을 자랑스럽게 올려다보았다. 그녀가 그의 손을 가볍게 잡자 곧 쥐었다 풀기를 반복하였다. 그가 행운의 전조를 즐겼다.

열차가 다음 역을 향해 고래고래 경적을 요란하게 울렸다. 노인의 반 스포츠형 잿빛머리가 좌우로 격하게 흔들리면서 주름진 눈 주위가 떨렸다. 노인이 가슴에서 달아나려는 갈색 가죽가방을 옆구리에 끼고 똑바로 쳐다보았다.

"선생님, 아주 오래된 우편집배원의 메신저 가방 같습니다만."

이상윤이 공손히 말을 건네자 그녀가 수줍은 듯 노인을 바라보았다. 그는 선뜻 대화를 반겼다.

"이놈만 한 것이 있어야죠. 도구들의 휴식처라 할까요. 한땐 장인 시늉을 좀 냈습니다. 지금은 대장장이죠. 호미, 곡괭이가 소일거리 친구죠"

"장인은 처음 뵙습니다. 이렇게 직접 만나기는요."

이상윤은 묵례를 드리며 존경심을 표하였다.

"지난 일이 되었죠. 유람 삼아 산내광산 옛 친구를 만나고 서울로 간답니다."

노인이 말을 마치자 메신저 가방의 반질반질한 가방 덮개를 열면서 B형 소가죽 가방이라고 알려주었다. 다양한 도구들이 가방 내부의 겉면에 길고 짧은 길이만큼 파인 홈의 좁은 칸에 가지런히 꽂혀있었다.

노인은 스포츠형 머리를 주억거리다 가방의 안쪽 주머니에서 뭔가를 꺼내 들고는 막걸리를 두서너 사발 들이킨 것처럼 큰 손으로 입을 쓰다듬으며 컬컬한 목소리를 냈다.

"여성들의 뒤꽂이, 빗치개라는 것인데 빗에 버금가죠. 가르마를 탈 때, 머리에 기름칠할 때, 빗의 때를 뺄 때도 사용했답니다."

오명숙이 분홍 낯빛으로 미소를 머금으며 상체를 기울여서 노인네에게서 빗치개를 건네받아 손바닥에 놓고 뾰족한 부분을 살짝 뒤집었다.

"빗치개의 뒤쪽에 연화당초문이 새겨졌지만요. 동그란 앞면은 얼굴을 비춰보는 데도 사용합니다."

이상윤이 감탄하며 말했다.

"놀랍군요. 옛날에도 여성 미용도구가 있었다는 게…."

노인은 넓은 어깨를 으쓱해 보이며 부러운 듯 바라보며 말을 이어갔다.

"댁들은 좋은 시절을 꼭 알차게 보내세요. 시대가 앞으로 가니까, 과거는 자꾸 뒤처지죠. 전통장식물도 생활 속에서 자취가 묘연해지죠."

이상윤이 빗치개를 노인에게 두 손으로 돌려주자 노인은 오명숙의 심정을 찬찬히 읽으며 온화하게 말했다.

"한참 뒤처져도 뜻이 담겨있으니까요. 새댁에게 선물하겠습니다."

오명숙이 얼른 빗치개를 받아 들고 노인에게 하사받듯 이마를 조아렸다.

"감사합니다. 장인 선생님!"

"음, 그 무늬는 넝쿨무늬죠. 겨울에도 뻗어가는 게 넝쿨이니. 수명장수, 또는 영원한 사랑을 의미한답니다. 젊었을 때 사랑은 서로 좋아서 하지만요. 늙었을 때 사랑은 못 버려서 같이 하는 것이랍니다. 새댁은 얼굴이 곱군요."

그가 노인의 말을 경청하며 살짝 그녀의 얼굴을 보았다. 고개 숙인 빨간 장미 같았다.

열차가 한강의 도심을 덜커덩거리며 지나자 속도가 줄어들었다. 밖은 아직 훤하였다. 기차 안이 서서히 술렁거리기 시작했다. 서부역 구내로 들어왔는지 기차가 마지막 기염을 토했다.

세 사람은 차창을 통해 역 구내를 확인하고는 각자의 가방을 챙기면서 움직이기 시작했다. 노인이 먼저 가방을 어깨에 메고 일어섰다. 가방을 툭 치는 것이 그다음 동작이라는 듯 히죽대며 말했다.

"재미나는 시간을 빼앗았는지 모르겠군요."

이상윤은 공손히 머리를 숙이고 미리 준비한 지폐를 노인의 청색 잠바 포켓에 불쑥 넣고는 두 손으로 노인의 오른 손목을 꼭 잡았다.

"여행에서 어르신을 뵌 것은 다시없는 영광입니다."

노인은 손목이 잡혀있는 바람에 자리에 주저앉게 되자 주름진 이마가 드러나는 스포츠형 머리를 연신 끄덕이며 환하게 웃었다.

"여행에서 사람을 만난다지요. 정말."

노인이 잠바의 안쪽을 뒤적거렸다. 찢어진 비닐 덮개의 수첩에서 명함 두 장을 꺼내 각각 건넸다.

"한번 놀러오세요."

오명숙은 연애출정식의 마판에 용감무쌍한 그의 일면을 목격한 것과 빗치개의 성과는 지대한 소득이었다. 그녀는 그가 눈길을 보낼 때마다 후후거리며 입술을 쫑긋거렸다.

이야기 수집가

 6월 2일 월요일. 이상윤은 웃기게 큰 가방이 접히지가 않아 곤욕을 치르며 출근했다. 수위아저씨가 로비에서 경례로 반기다가 엉겁결에 그가 맡기는 큰 가방을 받아 들고는 멀뚱한 표정이 되었다.
 8층 회의실. 아침 7시부터 국민의례를 시작으로 부서별 주간 회의에 이어 간부회의가 진행될 예정이었다.
 주간 회의 중에 이 부회장은 변함없이 '절약'을 강조하며 귀에 못이 박일 정도로 비슷한 말을 반복했다.
 조 회장은 간부회의 서두에서 판에 박은 수주목표의 달성에 피 끓는 호소를 하였다. 이상윤 과장은 연애출정식의 삼매에 빠져서 느긋하게 회의를 지켜보았다. 낙조의 연인이 간청한 대로 웃기게 큰 가방을 수위실에 맡겼으니 더할 나위 없었다.
 오후 2시. 릴레이식으로 현장감독 회의가 속행되었다. 박 부사장이 주관하면서 졸음을 내쫓을 심산인지 현장을 방불케 하는 거친 어투로 현장감독의 사명감을 부르짖었다. '사명감이야말로 현장에서 우리의 안전과 소비자들이 만족하는 공사의 품질을 향상시키는 일이라는 것을 명심합시다.'
 현장감독들은 저마다 부사장이 호흡을 놓치는 타이밍을 점치고 기다렸다. 아니나 다를까 명심에서 엇박자가 나며 파열음이 터지자 침묵 속에서 웃음보가 장내를 휩쓸었다. 간부들이나 현장감독들은 하루를 곤죽이 되도록 회의에 집중하면서 일과를 마칠 때는 무덤덤한 표정이 되었다. 이상윤 과장은 장장 4시간의 오후 회의까지 참석하자 녹초가 되었다. 그는 6층 사무실로 돌아오자 회전의자에 몸을 맡기고 눈을 감았다.

박은희가 돌아보며 힘차게 외쳤다.

"과장님 전화예요."

그는 까부라지는 기운으로 책상에 바로 앉아 전화기를 집어 들었다.

"과장님, 여기서 직접 받아야 돼요. 수위실에서 온 전화라."

미스 박이 싱글거리며 이 과장에게 전화기를 건네며 설명을 했다.

"수위아저씨가 아가씨라는 데요."

"낙조의 연인이!"

이 과장의 가슴에서 격정이 일면서 급히 전화기를 귀에 갖다 댔다. '알았습니다.' 하는 낯선 목소리가 겹치면서 귀에 익은 목소리가 들렸다.

"이 과장님, 아침에 맡긴 큰 가방을 미스 변이라는 분이 찾아갔습니다."

"예?"

이 과장은 예상이 빗나간 충격 탓에 심란하여 책상에서 비스듬히 앉아 창 쪽을 바라보았다. 그녀가 웃기게 큰 가방을 맡기며 당혹하게 만들었던 목소리가 귓가에 생생하였다.

'엄마가 경을 칠 텐데. 어쩌지?'

미스 박은 혼자 성글거리다 '연인'이라고 웅얼대며 귀를 의심했다.

"방금 들었지?"

김근일은 그녀의 시선을 피하면서 딴청을 떨었다.

"오늘은 선약이 있어서, 좀 그렇습니다."

미스 박은 터무니없는 처사에 기절초풍할 지경이라 책상에 두 손을 갖다 붙이고 엎드렸다. 그녀는 짧은 단발머리채가 흩어지도록 키득거렸다.

'뭐야, 잊었잖아, 난!' 미스 박이 다시 돌아보며 단호하게 말했다.

"그럼! 과장을 찾은 손님이 누군지 알아봐 줘야 돼."

다음 날 오후. 오명숙이 이상윤에게 전화를 했다.

"걱정할까 봐. 연쇄점, 거래처에 들렀다 전화하는 거야. 그럼 토요일에."

이 과장은 그녀의 명랑한 목소리를 듣자 홀가분했다. 연애의 출정식에 이은 사랑의 순항이 예고되었으니까. 그는 밀회라는 의미를 어렴풋이나마 짐작할 수 있었다.

토요일 오후. H다방. 오명숙이 자리에 앉자마자 눈을 흘기며 엄포성 발언을 퍼부었다.

"미스 변 공로가 지대한 것만 명심해요. 연애출정식 때문에 십년감수했잖아. 지금 이렇게 데이트를 하는 거야. 그냥!"

그는 송구스러운 표정을 지었다. 그녀가 그의 표정을 훑으며 심각하게 말했다.

"2층 철제 계단에 발을 딛는데 TV 소리에도 무지 떨리는 거 있지. 거실에서 엄마의 도끼눈과 마주쳤을 때는 거짓말이 절로 나오지 뭐야."

그녀가 말꼬리를 흐리더니 어깨를 들썩이며 깔깔거리다가 몸부림을 치면서 웃었다. "우리가 출정식에서 뭘 했지?"

그가 깜짝 놀라며 눈이 휘둥그레졌다.

그녀의 입담 레퍼토리로 직장 동료 미스 변에 이어 엄마, 그리고 오빠가 등장하면 그녀의 주변에 대한 이야기가 끊이지 않았다.

"엄마는 아들이라면 껌뻑하니까. 지금 C동네에서 비비적거리는 것도 오빠 혼사 때문에 노심초사한 흔적이지. 물론 돈보다 오빠가 더 소중하지만 말이야. 정말이야."

가족 관계에 대한 애증을 누군들 토로하고 싶지 않을까?

그가 다방을 나서서 그녀와 나란히 계단참에 서자 그녀에게 가벼운 입맞춤을 했다.

남녀가 도로 건너의 골목 끝자락에 위치한 조용한 경양식 식당에 들어갔다. 그녀가 나긋한 태도로 돈가스를 썰며 데이트 날짜를 일요일로 잡으며 장소를 명동으로 정했다.

일요일 오후 3시. 이상윤은 명동 입구에서 오명숙을 만났다.

명동거리의 입구부터 죽 양쪽으로 늘어선 건물 쇼윈도의 한복판에 늘어선 가판대와 어우러져 부대끼는 사람들로 큰 혼잡을 이루었다.

그녀가 그의 손을 꼭 잡고 앞장섰다.

"만나는 카페가 따로 있어. 그 친구하고는."

그가 파죽지세의 행인들을 헤쳐 나오며 촘촘히 들어선 상가에 서자 살았다 싶었는데 상가건물은 출입구 대신 직사각형 창에 갈색 커튼이 처져있는 건물의 측면만 오롯이 보였다. 그녀가 우회전을 하면서 높은 지붕 아래 두 사람이 겨우 나갈 수 있는 통로로 들어갔다. 보이는 것은 빨간색 공중전화부스. 그가 질겁하자 그녀가 부스로 잡아끌었다. 그녀가 밀폐된 공간에서 약을 올리듯 가만히 있다가 부스의 반대쪽 벽을 밀쳤다. 그는 그녀의 손을 놓치며 깜짝 놀랐다. 반원의 불빛 속에 드러난 철길. 그녀가 철길을 따라서 먼저 걸어갔다. 그가 철길이 끊긴 희붐한 입구로 가며 그녀를 찾으려 손을 들었다. 그녀는 그가 오기를 기다리고 있다가 질문을 던졌다.

"여기야, 어땠어?"

"죽는 줄 알았어. 이건 무슨 출정식인가?"

청춘남녀들로 대성황을 이루었다. 시선을 강탈하는 광활한 광장. 홀은 여러 개의 무대처럼 나눠진 타원형 공간마다 호화찬란한 샹들리에 아래에 수많은 테이블이 배치되었다.

누군가 그녀를 알아본 듯했다. 오명숙은 멀리 갈색 커튼으로 가려진 창가 쪽에서 손을 흔드는 방향으로 걸었다. 그가 공손히 인사를 했다.

"명화에요. 명숙은 고등학교 친구지요. 마포에서 같은 아파트에 살았어요."

그녀가 명화는 작년에 결혼했다고 그에게 덧붙였다. 그는 남자답게 숙녀들에게 주문을 받았다.

"커피?"

숙녀들은 주스를 원했다. 주문 데스크에서 머리 위로 긴 원통이 반질거리는 쥐색 대리석에 빛을 쏟으며 손님을 맞았다. 그는 기다리는 동안 웅장한 느낌을 주는 바닥에 깔린 블랙과 화이트 톤의 대리석을 감상하였다. 그녀와 그녀의 친구가 테이블에서 담소하며 눈길을 자주 보냈다. 그는 자신의 얘기 같아서 쑥스러웠다.

이상윤은 숙녀들에게 웨이터처럼 능란하게 컵받침까지 챙겨서 오렌지주스 잔을 서빙하고는 오명숙의 옆자리에 커피잔을 앞에 놓고 앉았다. 그녀의 친구는 둥실둥실한 성격이었다. 이상윤은 그녀 친구의 대화를 경청하다가 허공에서 부서지는 빛의 입자들이 그녀의 얼굴을 찬란하게 만들자 감격했다. 이상윤은 유별난 카페에 오기를 잘했다는 생각으로 오명숙을 사랑스럽게 쳐다보았다. 그녀가 그의 손을 슬며시 잡고는 쥐었다 풀었다. 그녀의 친구는 격려도 아끼지 않았다. 오명숙에게는 '착해서 좋은 남자를 만났다'고 치켜세워주었고, 이상윤에게는 "뭐라 해도 레이디퍼스트"라고 신사도를 강조했다.

오명숙이 자기 얘기는 좀처럼 입 밖에 내지 않는 이상윤에게 빈정댔다.

"음, 오늘의 파격적인 카페의 감상소감이 어떠하신지요?"

그가 뚫어지게 그녀를 보며 고개를 끄덕였다.

"수훈을 세우신 분은 제 옆에 계신 분이죠."

"명화야, 믿을 수가 있니? 샹들리에 구경에 넋이 빠져있던데…."

남녀가 서로를 쳐다보다 박장대소를 터트렸다.

그는 자신이 천장을 보는 버릇이 있다는 것을 처음 발견했다. 그가 잠들기 전에 목을 빼고 바라보던 천장은 암흑이었으므로.

오명숙의 이야기 시리즈는 다음 데이트를 기약하면서 그의 호기심을 자극했다.

남녀가 신촌의 'secret'로 행차했다. 그녀는 신통했다. 실낱같이 칸막이 틈새로 나오는 주홍색 불빛을 더듬어가며 칸막이의 테이블을 찾아갔다. 테이블에 놓인 촛불 램프. 그녀는 이야기에 앞서 웨이터에게 주문부터 시켰다.

"미국 유학 가서 귀국 때 좌우간에 촛불 램프만 잔뜩 챙겼나 봐."

무료안주와 레모네이드가 테이블에 도착했다. 남녀가 레모네이드를 가볍게 부딪치고 갈증을 풀었다. 그녀가 마음 한구석에 밀쳐놓았던 얘기가 하고 싶어 목구멍이 간지러웠다.

"미스 변. 알지? 결혼사냥꾼이 환심을 사려고 이 카페에 첫 타자가 되었지. 하루에도 몇 번씩 감사실을 들락거렸으니까."

그는 결혼 사냥꾼 이야기가 나오자 노처녀 삼총사를 향한 결혼 사냥꾼의 활약상에 침을 삼키며 긴장했다.

그녀는 이야기가 결혼사냥꾼에게 초점이 맞춰지자 갑자기 구렁이 담을 넘듯 도망쳤다.

"네온 빛 간판! 쇠기둥 끝에 말이야. 영문자 6자가 어둠에 긁힌 것처럼 선홍색이야. 6이란 숫자가… 무슨 비밀이 있나? 그러니까 'secret'이겠지만 말이야."

"잘 모르겠는데…."

그는 카페의 암흑에 얽힌 결혼사냥꾼의 활약상이 삭제되는 바람에 다른 얘기는 귀에 들어오지도 않았다.
"이 과장님. 거짓말이라도 풀어야지. 정말!"
그녀가 엄마 이야기를 꺼내며 말을 이었다.
"엄마 말이야, 못 말린다니까. 오빠가 분가하자 C시장 부근 난전에서 생선 좌판을 벌였거든. 여고생의 동생은 말이야. 비릿내가 난다고 얼씬도 않다가 용돈을 탈 때만 아양을 떨지. 엄마도 대뜸 을러댄다. '냉큼 비켜서지 못할까.' 그러면 여동생은 늘어진 엄마의 가슴을 부둥켜안고 놔주지 않으며 '예외 없는 규칙은 없다'고 외쳐 되니까. 엄마는 '생선장사가 어찌할꼬?' 하면 방콕 신세인 아버지도 나서서 히죽거리면 웃음바다가 따로 없다니까. 요즈음 여동생에게 언니를 닮아야 한다는 말을 입에 달고 산다니까. 대학도 못 보내고 고생만 시킨다면서 말이야…"
이상윤은 그녀의 이야기를 모으는 수집가가 되면서 밤마다 하숙집 천장을 뚫어지게 보면서 잠들었다.

*

취업문제가 도마에 오른 고기가 되었다. 이상윤은 아버지가 부쩍 예민해진 탓에 졸업을 1년 앞둔 겨울방학 때부터 취직시험에 전념할 수밖에 없었다.
아버지가 봄 학기를 맞자 이상윤을 불렀다. 퇴근시간에 이상윤이 사무실을 찾아가자 아버지는 잘라서 말했다.

"취직은 결정되었으니까 아무 소리 말거라. 장래는 어디서든 네게 달렸지."

이상윤은 허탈했다. 속에 품은 의견을 주장할 의욕마저 순식간에 상실되었으므로. 귀가하는 동안 아버지와 아들의 관계는 거북살스러웠다.

어린 동생들이 새엄마가 야단치는 소리에 식탁에서 얌전히 있었다. 새엄마가 식탁에서 이상윤에게 눈을 부릅뜨고 아버지의 결정에 합세했다.

"넌 왜 생각이 없니? 아버지 마음을 헤아리고 가족들을 편하게 해야 되지. 우리는 해방되고 싶단 말이다."

"제가 알아서 취직되면 나갈 겁니다."

얌전히 있는 가운데 새엄마가 새근거리며 아버지에게 눈총을 주자 아버지는 붉어지는 대머리를 쓱 훑고는 온화하게 식사를 권유했다. 두 어린 동생도 새엄마도 이상윤을 뚫어지게 쳐다보았다.

"상윤아, 이미 결정된 일 아니니. 세상이 호락호락하지 않다. 들자 너도."

새엄마가 밉살스럽게 가만있지 않았다.

"너에게 어찌 거짓부렁을 할까?"

6개월 뒤. 이상윤은 마지막 가을학기의 등록을 마치는 길로 M건설회사를 방문했다. 조 사장은 부재중이라 이 부사장과 면담을 끝내고 총무부 차장에게서 받은 입사서류 봉투를 쥐고 안양역 버스에 올랐다. 사회에 첫발을 내딛는 흥분보다는 마음 한구석이 상처를 입은 것처럼 알렸다.

　이상윤의 취직을 축하하는 파티 자리. 아버지를 위시하여 가족이 함께 모였다. 이상윤은 새엄마에게서 케이크 접시를 받자마자 아버지를 물끄러미 쳐다보았다. 두 동생은 엄마의 눈치를 보며 기다렸다. 축하의 자리는 궁극의 이별을 예고하는 섬뜩함이 차고 넘쳐흘렀다.

　그날이 왔다. 아버지가 골목에 반 트럭을 주차 시키고 대문을 활짝 열었다. 짐은 낡은 책걸상, 조립식 칸막이, 옷가지 박스들 그리고 이불 보따리가 전부였다. 새엄마는 두 동생이 현관 밖으로 못 나가도록 붙들고 서 있었다.

　아버지가 혼잡한 차도에서 천천히 운전하며 말을 건넸다.

　"분가는 해거름 무렵이 좋다. 낯선 곳도 하룻밤만 지나면 정이 들거든. 문짝 공장, 박 사장이 괜찮은 하숙집을 소개한 것 같아 마음이 놓인다."

　크리스마스 시즌은 거리의 군상에게는 즐거움이 즐비했다. 안양역 근처의 번화가에도 대형 산타클로스가 선물 보따리를 매고 현란하게 등장하고, 거리의 상가에는 크고 작은 크리스마스트리가 시선을 끌었다.

　이상윤이 아버지에게 식사를 대접하고 싶어서 취직 턱을 내겠다고 용기를 냈다. 아버지는 무심하게 도로변에 보이는 식당 주차장에 반 트럭을 주차하였다. 이상윤은 불고기 전골이 지글지글 끓으며 맛있는 냄새를 풍기자 소주를 주문하며 아버지 앞에 잔을 놓아 드렸다.

　"상윤아, 공장까지 운전해야 되고…. 동생들도 커가서 말이다."

아버지가 소주병을 들고 아들의 잔에 소주를 따르며 나지막하게 말했다. 이상윤은 갑자기 목이 메었다. 아버지는 불필요한 감정을 잘근잘근 씹어 삼키듯 음식을 드셨다.

 이상윤은 문득 최후의 보호막이 아버지였다고 깨닫자 운명의 길을 따르는 것도 나쁘지 않았다. 정말 해거름에 아버지의 반 트럭은 공원 어귀에서 멀어져갔다.

 이상윤은 낯선 곳, 낯선 방에서 무감각하게 이불을 덮은 채 등을 잔뜩 웅크렸다. 기념비적인 분가 첫날밤을 눈물로 맞이할 수는 없는 일. 그는 외톨이라도 좋다고 다짐했지만 움츠린 목을 타고 기어오르는 애끓는 신음을 삼키기에 여념이 없었다. '자신의 운명'을 개척해야 했으므로.

아귀

장일국은 자신의 소명을 찾아서 유랑의 길에 올랐다. 철이 바뀌어도 전국을 백과사전처럼 페이지마다 뒤지듯 천직을 갈구하였다.

날품팔이로, 동냥질로, 무료급식소에서 줄을 서는 등 무슨 짓거리인들 마다할까.

그가 벤치로 가며 급히 허기를 채우려 떨리는 손으로 김밥포장지를 이빨로 물어뜯었다. 포장지가 입안에서 씹혔지만 대충 내뱉고서 김밥을 우적우적 씹어 삼켰다. 그는 목이 막히자 지체 없이 상가건물의 화장실을 찾아 들어갔다. 나머지 김밥을 쥔 채 수도꼭지에서 입을 떼며 목 막힘을 해결하자 나머지 김밥을 씹으며 혼자서 껄껄거렸다.

'먹는 게 삶이자 행복이라면⋯.' 자신의 천직이 요리사라는 생각이 섬광처럼 스쳤다. 요리사는 날마다 무엇을 먹을까 하는 식사에 대한 고민을 해결해 주는 동시에 행복을 안겨 주는 게 아닌가.

장일국은 자신의 소명이 요리사라고 재차 자각하자 자신이 즐겨 먹는 짜장면이나 김치국밥은 소명의 차원에서도 그렇고 천직의 요리로서도 부적합했다. 그는 감격의 눈물을 참으며 고뇌했다.

소명이 요리사라면 천직에 어울리는 요리가 반드시 있어야 할 것 아닌가?

매직의 요리가 아닐진대 무에서 유를 창조할 수는 없는 법. 세상에 존재하는 수만 가지 음식이 결국 천지간에 널려 있는 식재료에 의

해 좌우되고 구별될 되는 것임은 말할 것도 없었다. 결론은 천직의 요리를 책임질 식재료를 구하는 일이었다. 그는 앞날에 등불이 될 식자재를 찾기로 마음먹자 발길 따라 떠돌던 상궤를 벗어나면서, 행자 같은 심정으로 도를 구하는 행로를 어렴풋이 쫓았다. 그는 천직에 걸맞은 운명의 요리를 창조할 식재료를 탐색하는 길에서 하찮은 미물이라도 세상에 존재하는 이상 값어치가 있다는 것을 터득하였다.

장일국의 발길은 사명감에 고무되면서 전국의 시장에 철철이 나오는 수만 가지 식재료를 탐구하며 깨달음을 얻으려 몸부림을 쳤다. 동시에 각종 식당 간판과 장사하는 음식의 상관관계를 음미해보며 '운명의 요리'가 될 식재료의 발굴에 초점을 맞추었다.

모든 식재료가 '육해공'의 범주에 있었지만 최종선택을 하자니 고심은 되레 커져갔다. 그는 각 지방의 소문 난 음식점을 찾아가서 일거리를 구하며, 주방에서 허드렛일부터 마다 않고 설거지며, 식자재 창고나 장독대에 심부름도 다녔다. 주방장이 요리하는 과정을 틈나는 대로 훔쳐보며, 음식 맛도 보고, 물어보기도 하고, 음식 쓰레기도 뒤졌다.

장일국은 낯설고 생경한 지역의 소규모 장터도 기웃거리며 노상에서 파는 닭 염통꽂이도 맛보며 보잘것없이 타버린 음식도 빼먹지 않고 유심히 살펴보았다.

사계절의 변화 속에서 식자재와 요리가 바뀌고 사람의 입맛도 계절을 탔다. 식당은 잘되는 위치가 따로 있거나 실내 인테리어가 특별히 존재하는 것도 아니었다. 오직 손님 입맛을 사로잡는 조리의 비법이 존재했다.

장일국은 외식시장 현장에서 관찰한 경험을 토대로 '해군(해산물)'을 눈여겨보기 시작했다. 그는 자신을 닦달하며 삼면의 해안을 따라서 형성된 어시장과 식당을 탐방하며 한 해를 보냈지만 딱히 손에 잡히는 것이 없어서 돌아버릴 것만 같았다. 해군에 집착한 것이 패착일까?

그는 뇌리에 박힌 마산만을 다시 찾았다. 구마산 어시장을 돌아보다가 비릿한 널빤지 바닥 위에 험상궂고 추한 아귀가 턱하니 눈길을 끌었다. 그는 자신의 처지를 닮은 물상 같아서 두 눈에 눈물이 괴이도록 혼을 빼앗겼다. 그는 생아귀를 덥석 잡아 쥐고 입을 맞추자마자 미궁 속을 빠져나오듯 아귀찜 식당 골목을 향해 내달렸다. 골목길에 수많은 아귀식당이 있었지만 일자리도 여의찮고 머무를 곳도 만만치 않았다. 소명의 길은 범접할 수 없는 가시밭길 같았다. 아귀 요리사로서 갖춰야 할 요리 솜씨를 어디서 수련한단 말인가?

그는 애간장을 저미는 가슴을 안고 마산을 떠났다. 부산 자갈치 시장에서 일자리를 얻기 전에 위안을 얻기 위해 빼어난 경승지, 몰운대를 먼저 들렀다. 송림이 눈에 띄는 해수욕장 입구에서부터 가을 바닷바람이 끊임없이 불어서 스산하였지만 철을 넘긴 백사장을 가로질러 드넓은 수평선은 고즈넉하였다. 그는 힘겹게 몰운대에 걸어 올라가 해송들 틈에서 바다를 하염없이 쳐다보았다. 날씨는 수평선에 맞닿은 하늘에 비구름이 무겁게 깔려서 비가 쏟아질 것 같았다.

장일국은 한 손으로 잡고 어설프게 기댄 소나무 등걸에서 쌀쌀한 기운이 허리 아래로 번지자 허벅지를 비볐다. 몸이 차지면 지금처럼 왼쪽 발목이 쉬이 붓고 통증이 심해지며 덧났다. 그는 풀 수 없는 아귀

요리법 때문에 몰운대 주변의 정취도 느끼지 못하고 무거운 발걸음을 돌렸다.

그가 도로가에서 행인을 만나자 입버릇처럼 물었다. '근처에 수산시장이 있습니까?'

중년 아줌마는 다대 수산시장 가는 길을 설명하면서 방향을 가리켰다. 그는 보행에 힘든 왼쪽 발을 쉬면서 천천히 걸었다. 멀리 조선소의 낫개 방파제를 마주 보는 큰길에 비해 냉동 공장 뒤쪽의 넓은 공터로 통하는 작은 골목길이 지름길로 보였다. 세월을 실감케 하는 허름한 판잣집들이 보이는 골목길의 입구에는 담배라고 빨간 글씨로 프린트된 표시판이 걸렸다. 그는 '스산한 골목길에 웬 가게일까?' 하는 마음에 어쭙잖게 뒤를 돌아보았다.

'아귀수육'이란 붉은색 글씨가 거의 삭았지만 그의 눈에는 선명하게 드러났다. 그는 두 눈을 출입문 유리창에 찰싹 붙이고 안을 살피다가 환장한 사람처럼 출입문을 열어젖히고는 고함을 쳤다.

"저 좀 살려주세요."

젊은 아줌마가 앉은뱅이 수도 옆에 쪼그려 앉아 커다란 고무 통에 손을 담그고 설거지를 하면서 말했다.

"여기서 그러면 못 써요."

장일국은 몰라도 너무 사정을 몰라주는 그녀에게 분통을 터트리며 울부짖었다.

"주인장님, 진짜 살려주십시오, 정말입니다."

아줌마가 고개를 들고는 얕잡아보듯 조용히 타일렀다.

"저기 윗동네로 가보세요. 오늘 장사 끝났어요."

"여기 아귀가 있잖아요. 저는 여기서 살아야 해요!"

아줌마가 혀를 차며 물이 떨어지는 비닐장갑을 낀 채로 일어서서 입구의 계산대로 향하다가 걸음에 제동이 걸렸다. 그가 비릿하고 불결한 오물들이 흩어져 있는 시멘트 바닥에 이마를 댄 채로 엎드려서 애걸복걸했다.

"주인장님, 아귀의 일이라면 뭐든 하겠습니다, 제발! 저를 붙들어주세요."

젊은 아줌마가 그의 완강한 태도에 멍해서 입맛을 다시다가 안쪽을 향해 소리를 질렀다.

"형님!"

한 아줌마가 말쑥한 차림으로 등장하자 그가 엎드린 채 또 절을 했다. 그녀는 계산대에서 수제금고를 열고 지폐를 세며 그에게 점잖게 말했다.

"내일 아침에 오세요."

그가 그녀를 보면서 연신 굽실거리며 선처를 애원하듯 말했다.

"예, 내일 꼭 다시 찾아뵙겠습니다."

그녀들은 장사 시간이 한참이나 남았는데도 일찍 마감을 치고 식당을 떠났다.

다음 날, 장일국은 큰마음을 먹고 새벽시간에 담배 간판이 걸린 골목길을 찾아갔다. 그는 깜짝 놀랐다. 식당의 허름한 출입문 창에 불빛이 골목길을 훤히 비췄다. 주방의 한쪽의 세척장에서 두 장년이 장화를 신은 채 양동이에 담긴 생아귀를 다듬기에 여념이 없었다. 그가 계산대 근처에서 우물쭈물하고 있는데 안쪽에서 인기척과 함께 등장한 꼬부랑 할머니가 힐끗거렸다. 그가 주저 없이 어제처럼 앉은뱅이 수도 앞의 시멘트 바닥에 이마를 대고 절을 하였다.

꼬부랑 할머니는 장일국을 피해서 가운데 실내 통로의 양쪽 마루청 중에서 내실이 갖춰진 마루청에 올라가서 앉았다. 그가 지체 없이 할머니 앞에 공손히 꿇어앉아서 울먹거리고만 있었다. 할머니는 영문을 모르니 안타까울 수밖에 없는지라 아귀에 대한 자신의 인연을 털어놓았다.

할머니는 먹거리가 부족한 시절에 어부에게 시집와서 아귀와 인연을 맺게 되었다고 했다. 그때 아귀는 세상에서 버림받은 처지라 집에서 아귀요리만 해 먹다가 요리솜씨를 터득하던 중에 살림에 보태려고 아귀식당을 차렸단 말일세. 손님들의 입맛에 아귀의 진미가 적중하면서 나름의 아귀요리법이 비법이라는 것을 깨달은 거야. 지금은 손님들이 예약하고 찾을 정도로 유명가게 못지않아 아귀요리법이 재산이 되면서 처음 시작했던 소박한 뜻은 시대가 변한 만큼 변해버렸구먼. 30년도 훌쩍 넘었어, 다 영감 덕이지만. 낫개 항 해역에서 잡은 생아귀들이니 그 싱싱함을 상상해보구려. 요리를 하면 그저 그만이지.

그는 할머니의 이야기를 다 듣고 나서야 머리를 조아리며 말문을 열었다.

"너무 행복해서 울음이 쏟아졌습니다. 아귀의 진미를 세상에 전파할 수 있어서 말입니다. 할머니 사부를 위시해서 두 며느리 사부님을 만나게 될 줄 누가 알았겠습니까? 대사부님! 아귀요리사가 되도록 가르침을 베풀어 주십시오."

어느새 대사부 옆에 큰 며느리와 작은 며느리가 단정히 앉았다.

할머니의 아귀식당은 여느 식당과는 달랐다. 아귀의 진미를 아는 고수들의 예약이 쇄도하면서, 식도락가들은 일찌감치 식당을 방문하여 아귀수육의 진귀한 영양을 탐미하며, 아귀 간을 천하일미로 칭송하였다. 장사는 해지기 전에 마감을 쳤지만 수제금고에는 지폐가 수북이 쌓였다. 간혹 대사부 할머니가 등장해 부엌 일습을 점검했다.

사부 며느리들은 앞치마를 두 손으로 움켜쥐고 쩔쩔매며 대 사부의 일거수일투족에 신경을 곤두세웠다.

장일국이 새벽부터 아귀를 만질 수 있게 되면서 아들이 근해에서 잡아온 생아귀를 손질하는 것을 배웠다. '동생 사부'가 아귀요리의 첫 걸음은 아귀의 점액질 손질에 있다고 강조하였다. 그는 아귀의 살점 하나 흘지 않고 내장까지 알뜰히 손질하는 법을 배우며 아귀의 생체를 살살이 공부했다.

다음 단계는 '형님 사부'에게서 요리과정을 배웠다. 손질한 채소는 물론이고 아귀를 각종 요리에 알맞게 토막 치고, 미나리, 콩나물, 무의 토막 썰기 등을 마치면 점검을 받았다. 그가 준비된 식재료를 일인분씩 분량을 계량하여 그릇에 담으면 '형님 사부'가 비법 양념으로 조미하는 과정을 시현하였다. 대사부가 장일국에게 아귀찜과 탕에 대한 특별한 내공을 연마시키며 주의를 당부했다.

"아귀요리의 내공은 먼저 비린내를 잡으면서 담백한 육수 맛이 바탕이 되어야 하고, 그다음 식재료끼리 또 천연 조미의 궁합으로 자연의 맛이 우러나도록 세심하게 정성을 쏟아부어야 하네."

1년 만에 대사부가 저녁시간에 그가 혼자서 아귀찜과 아귀탕 장사를 하도록 허락하면서, 그는 손님을 접대하는 장사 경험까지 쌓을 수 있었다

장일국은 아귀의 조리법에 대한 삼화취정[3]의 공력을 깨달으며 아귀요리사가 되자 자신의 새 삶을 위해서 떠나야만 했다. 서울을 이길 수 있는 곳은 없지 않은가.

장일국이 상경하는 날. 대사부가 두 사부의 부축을 받으면서 고별사를 빠뜨리지 않았다. "기본은 담백한 맛이지. 그다음에 원하는 맛을 내는 거야. 매운맛은 혀끝에서 느끼는 매운맛이 다르고 목에서 넘길 때의 맛이 달라야 제맛이 나는 법이라오."

그는 대사부의 양 눈가에서 시작되는 잔주름이 굵게 번지면 곧 떨어질 것 같은 걱정에 연신 침을 꿀꺽 삼켰다.

2001년 음력 1월 보름. 장일국은 서울의 변두리 김포공항에서 가까운 동네에 '으뜸' 아귀식당을 개업하였다. 그해 공교롭게도 '마산 아귀찜'이라는 상표가 등록되었고 외식시장에서 영양과 입맛을 즐기는 아귀의 수요가 불길처럼 전국적으로 퍼져나갔다.

---

[3] 삼화취정: 정, 기, 신이 일체가 되는 심오한 상태. 도교용어.

사랑받지 못한 자

지금 데이트가 결혼을 위한 것일까? 이상윤은 그녀와 갖는 데이트가 연정을 키우는 행복한 시간이었지만 가끔 회의에 빠지곤 했다.

사랑의 맹세를 다짐받는 연애출정식을 고집하였던 자신이 오히려 민망했다. 사랑받지 못한 자가 어찌 사랑을 한단 말인가.

오명숙은 단란한 가족이 있었으므로 매사에 애정을 가지고 밝게 생활할 수 있었다.

그녀는 H 다방에서 3층의 화장실을 이용하는 경우에도 한 층을 왕복하는 시간이면 볼일을 마치고 돌아왔다. 길눈의 고유 감각도 발달해서 지하철의 노선을 불문하고 혼잡구간에서 승하차의 통로와 위치를 정확히 꿰고 최단거리로 이동하면서 손을 꼭 잡아주었다. 그로서는 사람마다 생리적 특성이 다르겠지만 그녀와의 동행은 유쾌할 뿐 아니라 여간 편안하지 않았다.

귀소본능은 거리를 가다가도 발동했다. 그녀가 그에게 아파트 단지 너머로 작은 동산에 빼꼭히 들어찬 동네를 가리키며 외쳤다. "저기, 저기야. 자기!"

이상윤은 감격하는 그녀를 부러운 듯 쳐다보면서 매번 가슴이 저렸다. 자신의 가족에 대하여 솔직하게 털어놓겠다고 별러보지만 그렇게 하지 말아야 할 이유가 너무 많았다. 이상윤은 그녀에게 오만이나 독선을 살까 겁을 내면서도 자기 존재를 '이야기 수집가'라는 허울 뒤에 감추는 사람이었기 때문에.

7월 첫 일요일. 오명숙은 여느 때처럼 편안한 차림으로 H다방의 아지트로 길을 나섰다. 그녀가 다소곳이 마주 앉아서 그가 급하게 냉커피를 주문하는 표양에 촉각을 곤두세웠다.

"명숙 씨, 집으로 초대하겠습니다."

그가 어색한 자세로 바짝 긴장해서 입을 열었다.

오명숙은 청천벽력 같은 발언에 귀를 의심했다. 그를 이야기 수집가라는 허울 뒤에 자기 존재를 감추려는 사람으로 여겼기 때문에. 그도 뜻밖에 튀어나온 자신의 발언에 당황하는 기색이 짙었다. 그가 다방에서 나오자 그녀를 칙사 대접한다고 택시를 세웠다. 그녀는 '이왕이면 미리 알려주면 좀 좋아?'라고 핀잔을 주려는데 감동의 눈물이 찔끔거렸다.

택시는 서울의 경계를 지나서 안양시로 진입하였다. 이상윤은 한시바삐 하숙집에 도착하기를 애태웠지만, 택시의 뒷좌석에 나란히 앉은 그녀를 보자 다시 고뇌의 수렁에 빠졌다. 자신의 이야기를 털어놓겠다고 다짐하면서도 말이다.

택시가 고가 차도를 지나서 고층 아파트의 대단지에 이르자 주택밀집 지역이 보였다. 이상윤이 자꾸 쳐다보는 오명숙에게 고개를 끄덕였다. 골목 삼거리의 가게 앞에서 그가 택시를 세웠다.

그녀는 기대와 긴장이 교차하는 가운데 그의 뒤를 잠자코 따라 걸어가다 그의 손을 잡고 물었다.

"저기 가게에서 뭘 사가야지?"

그는 물끄러미 쳐다만 보았다. 그녀는 성격이라고 여기며 걸음을 재촉했다. 그녀의 가슴은 공연히 두방망이질을 쳤다.

주택 끝자락을 몇 블록 앞두고 아담한 공원이 나타나면서 그녀는 숨이 막히고 열불이 났다. 공원에 있는 공중전화 부스 가까이에 설치된 벤치가 보였다.

"더 가야 돼?"

그가 걸어가다 멈췄다. 그녀가 그의 눈치를 살피는데 서글픈 중얼거림이 들렸다.

"다 왔어, 하숙집에."

"부모는…?"

그녀는 스스럼없이 물었다.

그의 발걸음은 비애에 잠기며 더 전진할 수 없었다. 그는 낮은 자존감마저 지키려 필사적으로 달렸다. 그녀가 숨을 헐떡이며 그를 쫓으면서 창백한 얼굴로 토라졌다. 그가 막무가내로 그녀의 손을 잡아 쥐고 터덜터덜 차도를 향해 걸었다.

택시기사는 행선지를 아는지 쌩쌩 달리는데 남녀는 차갑게 입이 얼어붙었다. 그녀는 돌변한 사태를 생각할수록 자신이 빌미가 되었나 싶어 걱정이 깊어졌다. 그가 차창에서 고개를 돌려서 택시를 세웠다. 남녀는 안양역 근처에서 인파가 많은 보도를 따라 죽 걸으며 열기에 지치는 가운데 양복점과 마주쳤다. 그가 B양복점 앞에서 걸음을 멈추면서 돌연 양복점 간판을 가리키며 빙고를 외치듯 활짝 웃었다.

"이 양복점이야."

그녀가 혼자 주절대는 그를 가만히 지켜보며 의아했다. '질풍처럼 도망쳐서 이게 무슨 뚱딴지일까?'

"이 양복점에서 겨울 코트를 맞췄어!"

그녀가 샐쭉하다 전후곡절을 짚어가며 위엄을 갖추고 말했다.

"태자나리께서 직접 왕림하셔서 코트를 지으신 양복점이 되겠습니다. 오늘 주말 방문은, 예 또, 태자님께서 방문은 영광이 되겠습니다."

그녀는 잠자코 있는 그를 보면서 웃기게 큰 가방을 들고 나타났던 것은 새 발의 피였다. 그가 통쾌해서 시원하게 웃음을 터트리며 말했다.

"낙조의 연인이시여! 그늘로 피하소서. 이야기 좀 할까요?"

그녀가 다정히 그의 손을 잡으며 행복해서 웃음이 커졌다.

두 사람은 행인들을 지나쳐서 두 손을 마주 잡고 무성한 잎사귀를 자랑하는 플라타너스의 가로수 보호대에 기대섰다.

"거래처 사장이 잘 아는 양복점이 있다 그랬나 봐. 아버지가 나에게 코트를 맞춰주자고 생각한 것이지. 그래서 거래처 사장과 함께 갔지."

그녀는 눈을 반쯤 떠서 아쉬운 표정을 지었다.

"왜 아버지하고 같이 가지 그랬어?"

그는 못 들은 척 넘기며 이야기에 박차를 가했다.

"사방에 색상별로 원단의 종류별로 옷감이 삐죽이 걸려있는 데다, 양복점 사장도, 거래처 사장도, 내 뒤를 졸졸 따르니 선택하기가 난감했지. 양복점 사장은 두루마리 자를 어깨에 걸치고 왼쪽 귀에 몽당연필을 꽂고서는 나를 중간에 세우고, 내가 결정한 담갈색 원단을 갖다

대었지. 두 사람은 아니라는 표정이 역력했지만 난 그냥 내가 고른 색상으로 한다고 그랬지."

그녀가 훈수하였다.

"그럴 땐 아무래도 전문가의 조언이 필요할 거야. 거래처 사장이 선택한 색상과 한 번 견주어도 손해 볼 건 없지…."

그녀가 열기의 햇볕을 막으려 손지갑으로 갓을 만들었다가 걸음을 옮기며 덧붙였다.

"태자님, 옷은 자신감의 표현이거든요. 원단만큼 색상도 중요하답니다."

커피숍에서 두 사람이 자리를 잡았다. 에어컨 바람으로 그들의 열기는 식었고 오렌지 주스가 분위기를 바꾸었다. 그는 하숙집의 초대를 중도에서 무산시키면서 지레 주눅이 들어서 그녀가 떠날 것이라고 확신했다.

그는 자신이 싫어하는 운명의 번롱이라는 치명적인 사고에 집착한 까닭에 핏줄에 대한 증오에서 탈피하여 자신만의 독립적인 삶을 추구할 용기를 가질 수 없었다는 것을 깨달았다. 오명숙이 '언제 태자님의 겨울 코트를 알현할 수 있을까요?' 하고 여유를 부렸을 때 그녀에게 코트를 해준 아버지를 언제까지나 기억할 것이라고 솔직하게 밝힌 것이 왠지 마음에 걸렸다.

이상윤은 언제까지나 그녀에게 어리광을 부리고 싶었지만, 사고무친[4]이 갖는 불우한 역경에 그녀를 끌어들이는 것이 죄짓는 것만 같았

---

4) 사고무친(四顧無親): 의지할 만한 사람이 아무도 없음.

다. 그녀가 기대하는 가족의 화목한 삶을 누릴 수 있게 그녀를 떠나보내는 게 오히려 도리 같았다.

*

이상윤이 중학교 1학년 새 학기 무렵.

애통한 시절은 끝났다고 실로 오랜만에 아버지가 밝게 웃는 모습으로 기뻐했다. 그가 막 구구단을 외우던 즈음에 아버지께서 어머니의 죽음에 대한 비분을 한탄하며 울부짖었으니까.

"우리 새 출발이다. 새엄마는 애를 낳지 못해 쫓겨났다니까, 널 아들처럼 사랑할 거야. 분식집이 정리되는 대로 같이 살기로 했단다."

새엄마가 살림을 도맡게 되자 가정에 행복이 덩굴 채 굴러 떨어졌다. 그녀는 이상윤을 아들처럼 아껴주며 입이 귀에 걸리도록 김밥, 떡볶이, 어묵쟁반을 요깃거리로 챙겨주었다. 아버지는 새엄마에 대한 애정이 지극하였던 터라. 그녀는 채 1년도 되지 않아 아기를 가지며 연년생으로 아들자식을 낳는 기적을 일으켰다. 새엄마는 어린 자식들에게 모성애의 전형을 보이며 행복감을 아버지와 나누었지만, 이상윤에게는 예외적으로 두 동생에게 접근조차 금지되었다. 새엄마는 늘 바라지 않는다고 했다. '난 네가 멀리 외국으로 떠난 것으로 믿고 싶구나.'

이상윤은 아버지가 새엄마를 들이면서 가진 추모식에서 어머니의 애통한 죽음을 뒤늦게 알게 됨으로써 후회막급했다. 자식으로서 어머니가 어떻게 돌아가셨는지 죽음의 원인도 물어보지 않았던 불효의 죄를 통감하면서 이상윤은 스스로를 사랑받지 못한 자로 낙인을 찍었다.

비상체제

7월 16일 아침 7시.

거무스름한 얼굴의 조 회장이 감청색 정장 차림으로 회의 탁자 중앙에 착석했다. 엄숙한 분위기 속에서 삼각대 위에 대형액자를 고정시키는 퍼포먼스가 회의실에서 진행되었다. 미스 김을 선두로 운전기사, 경비아저씨가 퇴장하자 조 회장이 파란색 바탕에 무늬가 있는 넥타이를 보다가 침묵을 깼다.

"감상해봅시다. 세상에 없는 유토피아죠. M리조트의 모토는 자연친화적 웰빙입니다. 동경하는 꿈이 아니라 우리가 언제든 찾아갈 수 있는 라이프 스타일 리조트입니다. 자세한 내용은 조감도를 참조하세요. 그러면 M리조트 분양에 관한 의견을 들어보겠습니다."

M리조트 프로젝트를 지금까지 추진한 사람이 누구였던가?

'M리조트' 조감도의 웅비하는 설산을 감상하는 중에, 이 부회장과 박 부사장의 시선이 다급하게 마주쳤고 간부들조차 분양이라는 말에 화들짝 놀랐다.

"의견을 허심탄회하게 말씀해 보라니까요. 괜찮아요. 허허, 참."

조 회장은 선선히 미소를 지으며 간부들의 신비로운 침묵을 만장일치의 동의로 받아들였다.

"8월 1일부터 비상체제로 들어갑니다. 베테랑 분양 팀을 영입했지요. 그리고 6층을 분양 팀 사무실로 사용하고 공무부와 견적실은 8층

회의실로 이동하세요. 모두가 합심해서 행동해야 합니다."

이 부회장은 조 회장 특유의 경영압박전략에 몸을 가눌 수가 없어서 의자 뒤로 머리를 젖혔다. 건설업계의 경기가 불투명하게 지속되는 상황에서 사옥 매입에 따른 대출금상환도 벅찬 판에 더 큰 일을 벌여서 타개하겠다니까. 박 부사장도 상기된 얼굴로 짧게 깎은 잿빛 머리를 쓰다듬었다.

회의 후에 회장실에서 조 회장이 이 부회장, 박 부사장, 이 과장에게 커피를 권하면서 말문을 열었다.

"정말 잘되어야 할 텐데. 큰일이야."

조 회장의 뜻밖의 발언에 이 부회장은 기가 꺾이며 신경무력증에 빠졌다. 박 부사장과 이 과장은 회장이 '분양 팀이 베테랑'이라고 했던 말을 상기하며 경악했다. 조 회장은 심정을 이해한다는 듯 너그러이 말했다

"세상에 정답은 없어요. 이리저리 맞춰서 해보는 겁니다."

이 부회장의 눈에 두려움이 서리며 오른손으로 왼쪽 팔뚝의 와이셔츠 위를 계속 문지르기 시작했다. 분양대책이 베테랑 팀이라면서, 또 정답은 없다니 처음 시도하는 M리조트 사업은 무지막지스러울 뿐이었다.

침묵이 흘렀다. 조 회장이 테이블 밑으로 길게 다리를 뻗었다. 이 부회장은 오른손을 쉬지 않고 문질렀다. 조 회장이 바로 앉으면서 이 과장에게 말했다.

"해봐야지. 이 과장! 6층에서 분양 팀장을 맡아. 부장으로 발령 낼

거니까. 그리고 내일 점심에 박 부장을 같이 만나자. 베테랑 팀도 관리해야 한단 뜻이야."

다음날. 6층 엘리베이터 입구 벽에 설치된 은색 대형액자 속의 조감도가 M리조트의 분양을 예고하였다. 비서 미스 김이 텅 빈 6층 사무실에 회장의 전갈을 가지고 왔다. 미스 박과 김근일 계장이 반갑게 맞이하는 중에 이 부장은 메모를 건네받았다. 미스 김이 차갑게 돌아서자 윤기가 자르르한 클레오파트라 단발이 돋보였다.

'그녀가 람세스를 탐독하더니 빛의 아들을 사모하는 건가?'

이 부장이 K호텔로 직행했다. 3층의 뷔페식당에서 조 회장이 하얀 레이스 식탁보의 테이블에서 거무튀튀한 얼굴로 손짓하였다. 그가 회장을 보는 순간 낙조연인과의 점심 약속은 날아 가버렸다.

이상윤 팀장은 테이블에서 회장의 소개로 박 부장과 처음 인사를 나누었다. 하이칼라 머리에 금테안경을 써서 그런지 회색 정장 차림이 맵시가 났다.

회장은 박 부장을 치켜세웠다.

"분양은 베테랑이다. 박 부장과는 격이 없이 지내야겠지."

박 부장이 양복 안주머니에서 손을 빼자 허명이 아니라는 듯 하얀 식탁보 위에 명함들이 주르륵 펼쳐졌다. 그가 안경 너머로 미소를 머금으며 명함 한 장을 콕 집었다.

"완판입니다. 어느 것을 집어도 말입니다. 분양에 관해서는. 하하!"

조 회장이 명함과 박 부장을 번갈아 보다가 먼저 일어섰다.

이 팀장은 박 부장의 연보라 꽃무늬 넥타이를 응시하며 침묵을 지

컸다. 박 부장이 명함을 다시 양복의 안주머니에 넣었다.

"이 팀장님, 가시죠? 이 입계가 생소하겠지만. 차근차근 가다 보면 싱겁게 행운이 따르기도 한답니다. 저는 간단히 들겠습니다."

박 부장의 구두는 베테랑답게 광채가 났다. 이 팀장은 명함의 개수가 분양의 경력을 말하겠지만 역량평가는 한량의 기질이 아니라 영업의 자질이 탁월함을 뜻하지 않을까 싶었다. 이 팀장은 오명숙이 즐기는 파스타를 찾아 한 바퀴를 돌았다.

박 부장이 열의에 차서 커피잔을 들어보였다.

이상윤은 자기 커피를 보며 박 부장의 호의에 당황하였다.

"이 팀장님, 조 회장님이 조금 전에 지시했습니다. 일정을 2주간 앞당기랍니다. 분양사업계획서를 확정하려면 야근도 불사하게 생겼네요."

2주 후. 분양사업계획서를 확정하기 위한 조찬회의가 K호텔에서 열리고 다음 날, 화요일 아침. 분양의 베테랑 팀 즉, 용병 팀이 첫 출근을 하였다.

총무부장은 M건설회사 각부서의 직원들에게 용병 팀을 소개하기 위해 해당 층을 방문하기에 여념이 없었다.

동시에 부회장실에서는 긴급회동이 이루어졌다. 이 부회장이 퀭한 눈으로 서서 앓는 목소리로 말했다.

"투 트랙으로 갑니다. 극과 극이지만. 비밀유지도 성패를 가름할 수 있으니까, 이 부장은 주도면밀하게 살펴서 감독해야 할 것 같아."

조 회장이 거무스름한 얼굴로 부회장 회전의자에 앉아서 상냥하게 말했다.

"이 부회장! 이 부장이 잘 해낼 거요. 믿어봅시다."

이 부장은 얼어붙으며 박 부사장 옆에서 일어섰다. 조 회장은 이 부회장에 대한 연민의 정이 소용돌이쳤다. 3년 전. 회사가 위태로운 바람꽃에 휩싸이며 존립이 불투명한 시기에 이 부회장은 자금줄을 온몸으로 휘감는 지옥을 체험하면서 두 번이나 병원의 구급차에 실려가지 않았던가. 그리고 조 회장은 이 부회장이 퇴원하고부터는 지폐 속의 인물처럼 감정은 증발되었고, 긴 와이셔츠의 왼쪽 팔뚝을 문지르는 버릇이 생겼다는 것을 익히 알고 있었다.

조 회장이 이 부회장을 보며 의리를 지키겠다는 어조로 말했다.

"언제나 고생이 제일 많소. 자금을 융통해 볼 테니 최대한 긴축합시다."

6층 분양 사무실은 대략 3등분으로 자리 배치가 완료되었다. 엘리베이터 쪽으로 분양상담실을 두고, 사무실의 중앙에 회의용 탁자를 배치. 중앙의 안쪽 벽 쪽으로 용병 팀이 상담실 쪽으로 이 팀장이 앉고 소파 건너편에 박 부장이 앉았다. 이 팀장 앞에는 김근일 대리, 그 앞에는 박은희가 출입구를 향해 앉았다. 박 부장은 안쪽으로 선배라는 땅딸막한 체구의 양 이사를 앉히고, 박 과장을 위시해 두 사람씩 3줄로 앉고, 용병 팀의 미스 조는 상담실의 입구에서 미스 박과 마주 보고 앉았다.

분양상담실과 사무실 곳곳에 M리조트 분양팸플릿과 분양계약서가 준비되었다.

6층 회의용 긴 탁자에서 이 부장과 용병 팀 박 부장과 첫 회의를 가졌다.

용병 팀의 양 이사가 첫 발언자로 나섰다.

"우리는 한 배를 탔습니다."

박 부장은 마치 양 이사가 운을 떼기를 기다린 것처럼 미소를 지으며 말했다.

"이 팀장님, 분양확률은 정석을 벗어날 수 없죠. 모델하우스가 고객의 구매력을 촉발할 뿐 아니라 신뢰 근거가 되니까요. 우리 경험에 비추면…."

김 대리가 박 부장을 일리 있다는 듯 쳐다보았다. 이 팀장은 할 말이 없어 박 부장과 양 이사를 번갈아 쳐다만 보았다. 박 부장이 거들먹거렸다.

"잘해보자는 충심에서. 고객들은 6층까지 오는 동안 회사의 브랜드나 상품에 대해 감을 잡거든요. 음. 허지만 우리는 베테랑입니다. 시장조사를 철저히 분석했고 영업 전략을 강구했지요. 시장의 움직임이 변수지만요."

김 대리가 얼굴에 그늘이 지며 짙은 눈썹이 배추벌레처럼 꼬물거렸다. 이 팀장도 양미간이 좁혀지며 가슴이 답답했다.

D-Day. 8월 4일. M건설 회사의 명운이 걸린 한판 룰렛게임이 전개되었다. 이 부회장은 잠에서 깨는 길로 4대 일간지의 조간신문을 들고

M리조트의 전면분양 광고를 보며 수심에 잠겼다.

사옥에 M리조트의 분양을 맞아서 축화 화분이 쇄도하면서 M건설 회사 전체가 벌집을 건드린 것처럼 소동이 벌어지고 시끌벅적했다. 조 회장도 출근하자 임원들을 대동하고 6층의 분양사무실을 찾았다. 조 회장은 거무스름한 얼굴에 단호한 표정을 지으며 말했다.

"행복의 가치는 우리가 일에 열중하는 만큼이나 웰빙과 힐링에 좌우됩니다. M리조트에서 행복의 가치를 만끽할 수 있도록 M리조트를 분양해서 세상을 이롭게 하도록 힘씁시다. 목표가 정해졌으니 달려야 합니다. 파이팅! M리조트 분양 팀!"

회장과 임원들은 게걸음으로 줄을 맞춰 분양 팀과 격려 악수를 나누었다. 부지불식간에 미스 박은 미스 조 다음, 두 번째로 임원들과 악수를 하면서 감정이 북받친 끝에 눈물을 쏙 뺐다. 김 대리가 얼굴을 무섭게 해서 미스 박에게 겁을 주었다.

외부 귀빈들이 줄을 이으며 사옥의 6층 엘리베이터가 쉴 새 없었고 심지어 비상계단도 붐볐다. 김 대리가 미스 박과 함께 복도를 정돈하면서 대형화분 2개를 골라서 분홍빛 리본을 드리운 채 대형액자의 양 옆으로 세워놓았다.

박 부장이 '분양상품'에 대한 간단한 소개에 대한 설명을 반복하였고, 분양업무가 개시되었다. 모두들 전화벨 소리에 청각을 집중시켰다. 박 부장의 눈알이 번득이며 손이 전광석화처럼 움직이며 전화기의 벨소리를 차단시켰다.

박 부장이 베테랑답게 목에 힘을 주며 분양의 문의에 절도 있게 진행하였다.

분양 팀의 얼굴에 화색이 돌면서 책상 앞에 놓인 전화기에서 눈을 떼지 못했다. 미리 정해진 순서대로 분양 직원들은 전화의 릴레이를 벌이며 분주하게 인적사항을 받아 적으며 분양상담실의 연락처를 확인시켰다. 미스 박도 두 차례 전화 응대를 할 수 있었다.

점심시간 당번은 미스 박과 김 대리가 맡았다. 용병 팀은 사이좋게 사무실을 나갔다. 이 팀장은 점심 생각도 없었다.

"이 팀장님, 전화예요."

이 팀장은 자기도 모르게 '낙조의 연인이여!'라고 목청을 높이다 서둘러 창가로 옮겼다. 미스 박이 돌아앉은 채 김근일 대리에게 싱글거렸다.

"1층, 연쇄점. 무슨 일이 있는 건 아니고? 요즈음."

"아니, 오후에 연락하지."

이 팀장은 머리가 무지근히 저려왔다. 오후에는 낙조의 여인보다 은밀한 '알파 팀'이 더 급했다.

다음 주부터는 4대 일간지의 M리조트의 전면 분양광고도 5단 통광고를 축소될 것이다. 그리고 용병 팀은 출근 후 영업을 나갈 것이다.

금방 토요일이 되었다. 중국집이 안성맞춤. 이 팀장이 앞장섰는데 실내는 손님들의 열기와 구텁지근한 하수구 냄새로 가득했다. 양 이사가 창가 쪽의 빈자리에 앉자마자 고량주를 주문했다. 박 부장은 안경 너머로 눈알을 바삐 굴렸다. 양 이사가 엄지만 한 잔에 고량주를 제각기 채워서 전달했다. 양 이사가 잔을 비우고 단무지를 우적거렸다. 박 부장이 이 팀장에게 말을 건넸다.

"첫 계약자에게 상금을 걸어야겠습니다. 이 팀장님."

시뻘건 짬뽕이 도착했다. 박 부장은 노란 꽃무늬에 회색 작은 나비들이 날아드는 넥타이 끝을 집어 회색 와이셔츠의 단추 틈새로 끼어넣었다.

양 이사가 또 잔을 비우자, 이 팀장이 재빨리 잔을 채우면서 부드럽게 말했다.

"금시초문이라, 무슨 말…."

"아, 제가 빠트렸습니다. 보통 첫 계약자가 5일까지 가지는 않는데 말이죠."

양 이사가 술기운이 뻗친 얼굴로 끼어들었다.

"이 바닥 불문율이죠. 예산을 아낀다고 그랬는데, 아무래도 격려 차원에서. 허."

분양 이 주째 월요일. M리조트 분양광고는 신문 하단부 1/4광고가 나갔다.

조 회장은 삼각대 위에 고정된 M리조트 조감도를 힐끗거리고는 박 부장에게 괴로운 듯 입술을 간신히 달싹거렸다.

"이러면 안 되죠. 첫날부터 싹수가 노랗더니만, 뭐하는 겁니까. 도대체."

이 팀장은 수척해진 박 부장을 고단한 침묵 속에서 지켜보았다. 박 부장은 말쑥한 차림새로 탁자 밑에 반짝이는 구두에 시선을 주고 머리를 조아렸다.

"분양은 시간문제입니다. 보고를 드리자면, 지난주 동안 문의 전화가….”

"결산이 다 뭡니까! 나가서 분양계약을 해야지! 공사비는 어떻게 해요? 참! 계약 좀 하세요. 제발. 베테랑답게 하세요.”

조 회장이 갑자기 목청을 낮추며 이 팀장에게 시선을 옮겼다.

"서로 협력해야지. 문의 고객 명단에서 가능 고객은 따로 보관하세요.”

박 부장이 6층으로 내려가는 비상구 계단에서 씩씩거렸다.

"분양업무를 통 모르시는 분이야. 분양조감도를 모델하우스 벽에 걸지 누가 삼각대에다 얹습니까?”

이 팀장이 책상에 앉자마자 미스 박이 연결한 전화를 받았다. 부회장님의 호출이었다. 약속이 자꾸 삐꾸러지면서 오명숙과 멀어지는 기분이 들었다.

이 팀장은 부회장실에 들어섰지만 조용히 기다릴 수밖에 없었다. 직사각형 원목 책상 위에 두 줄로 쌓여있는 회사의 결재서류더미들과 분양 관련 경비지출 서류철들. 이 부회장이 서류에서 눈을 떼면서 일어서서 소파로 향했다. 이 팀장이 부회장에게 목례를 하는데, 조 회장이 와이셔츠 차림으로 부회장실에 들어왔다. 이 팀장은 선 채로 회장과 부회장을 향해 '알파 팀'의 경과를 보고했다.

"M리조트 법인 설립 및 사무실 임차완료. '알파 팀'은 6명으로 영업활동에 돌입하였습니다. 인재 공급 회사에서 '법인을 대상으로 한 영업 전략'에 입각하여 직원을 선발하였습니다. 선발기준은 자기소개서와 면접에서 혈연, 학연, 지연 등과 관련한 법인유무를 심층 분석하면서 M리조트 분양의 가능성을 최우선 조건으로 삼았습니다."

회장과 부회장은 바늘구멍만 한 확률에 도전하는 궁여지책에 바르셀로나 람블라스 거리의 인간 조각상처럼 꼼작하지 않았다. 이 부회장은 추가로 자금이 투자되는 부담을 견뎌내며 실낱같은 용기를 냈다.

"이 팀장도 힘들겠지. 어쩌나 해보자."

이 팀장이 보고를 하고 비상계단을 내려가다가 샘에서 맑은 물이 솟듯 아이디어가 떠올랐다. 명동 카페의 신비 경험! 보잘것없는 출입통로와 궁전 같은 홀은 현실과 상상의 세계가 서로 통한다는 것을 보여주었으니까.

이 팀장은 '알파 팀'을 상상력으로 무장시키기로 전략을 수정하기로 했다.

M리조트의 분양신문광고가 종료되면서 향후 베테랑 박 부장과 용병 팀의 활약에 이목이 집중되었다.

회장실에서 조 회장이 유일무이한 분양 계약자에게 순금 열쇠를 부상으로 수여했다. 조 회장은 혼자 남은 이 팀장에게 뜬금없는 말을 건넸다.

"미스 김, 요즈음 갑자기 멋 내더라. 이 팀장이 보기에는 어때?"

이 팀장은 멈칫하며 아무 말도 못 했다.

6층 분양사무실의 용병팀은 3주만에 저녁회식을 가지면서 비상체제에 돌입하여 영업력을 총동원하였다.

베테랑 박 부장을 위시하여 용병 팀은 분양계약을 위해 필드(현장)

에서 살아야 했다. 미스 조가 업무 연락을 받고 상담실에서 분양미팅을 맡았다.
 이 팀장은 모처럼 웃음을 지으며 눈을 깜박거렸다. 생각 끝에 오명숙에게 전화를 했다. 미스 박이 여자고객의 문의 전화를 수차례 받았는가 하면 김근일 대리는 상담실에서 미팅이 잡히면서 상업시설에 대해서 이 부장에게 질문을 했다.
 "상업시설 분양은 아직 아니지. 객실의 분양이 완료될지 미지수니까."
 상담실에서 미스 조가 손님에게 M리조트의 분양 인쇄물 대봉투를 건네며 양해를 구했다.
 "아직 상가 분양은 미정입니다."
 천숙희가 커피 종이컵을 구기며 화를 버럭 냈다.
 "사람을 왜 왔다 갔다 하게 만들어. 뭐 제대로 돌아가는 게 없다니까."
 이 팀장은 낙조의 연인이 연쇄점 출입문에 나타나자 미술용품이 진열된 제일 안쪽 코너로 어슬렁거렸다. 이 팀장은 뒤돌아보자 낙조의 연인이 불편한 진열대의 통로를 걸어오며 발끈했다. '2층 커피숍에서 만나면 좀 좋아?' 캔버스 화구가 쌓인 구석의 좁은 공간. 여고생 몇 명이 재잘거리며 교복 차림에 가방을 들고 미술용품 쪽으로 천천히 접근했다. 그녀의 심정은 석연치 않았다. 그는 무례에 용서를 구하려다 무표정하게 돌아서 나직하게 말했다. '또, 연락해.'
 그녀는 이야기 수집가가 자기존재에 대해 고뇌한다는 생각을 지을 수 없었지만, 자신은 단골 거래처에서 남자의 뒤꽁무니나 쫓는 형편없는 여자가 되면서 약이 올랐다.

오명숙은 연쇄점 출입문에서 천숙희와 부딪히자 짜증까지 일었다. 천숙희는 집에 도착하자 식탁에 앉아 이력서를 작성하였다. 병원 근무를 서둘러 퇴직한 것은 과오를 저지른 셈이었다. 세상이 돼먹지 않아서 손을 대는 것마다 왕따 취급당하는 것 같아 괴로웠다. 송재근의 전성기가 언제쯤 다시 도래한단 말인가?

9월 중순.
6층의 분양사무실은 분양의 부진으로 문을 닫아야 할 위험에 달했고 분양의 경기는 침체국면에서 벗어나지 못했다.
양 이사가 써먹던 여름 휴가철이 지났지만, 분양계약의 실적은 꿈쩍도 않았다.
미스 조가 보이지 않자 출근 때마다 상담실 탁자에 놓던 꽃병도 사라졌다. 이 팀장도, 김 대리도, 미스 박도 여름휴가까지 반납하면서 멍청한 짓을 되풀이하는 꼴이었다. 이 부회장도 사옥의 대출금을 갚기도 벅찬데 M리조트의 지출이 엎친 데 덮치니 이제는 응급실이 아니라, 시체실 신세도 질지도 모를 일이었다.
마침 박 부장이 외부에서 이 팀장에게 전화를 걸었다. 이 팀장을 보자 수위아저씨까지 나서서 걱정했다.
"회장님은요? 요즈음 통….”
S회관 커피숍에서 이 팀장은 박 부장과 양 이사를 만났다. 양 이사

는 숙취가 있어 보였고 박 부장은 감색 정장의 초췌한 모습에 안경 너머로 눈빛만 심각하게 빛났다.

"이 팀장님! M리조트는 천혜의 입지조건이죠. 그러나 이곳에는 '분양'도 없고 '상품'도 없다고 봐야죠. 조 회장님이 정 이렇게 나가신다면 말입니다."

"학구파 박 과장이 황금 열쇠를 받았지요. 음…."

양 이사가 붉어진 얼굴로 참견하자 박 부장이 손으로 막으며 말했다.

"말하자면 사업개발 허가와 천연자원의 이용에는 차이가 난다고 할까요? 즉."

이 팀장은 아닌 밤중에 횡설수설 같아서 그저 침묵을 지켰다.

"음. 처음부터 상황이 이랬다면 비상체제를 가동했어야지요. 비상대책 말입니다. 분양! 분양이 최우선 아닙니까?"

M건설회사는 진퇴양난의 재앙에 직면했다.

조 회장이 앉을 때면 머리에 금이 간 듯 양손으로 붙들고 있었다. 이 부회장은 망연자실했다. 조 회장은 박 부사장에게 담배 한 개비를 얻으며 결국 금연 약속을 깼다. 갑자기 화가 치밀었는지 고함을 질렀다.

"상종도 못 할 놈들! 베테랑이라고 걱정 말라던 때는 언제고…."

미스 김이 재떨이를 탁자에 놓고 나가자 이 부회장도 묵묵히 빠져나갔다.

"박 부사장! 대책회의를 주재해요. 꼴도 보기 싫어서. 이 팀장 알겠지?"

담뱃갑을 움켜쥐며 박 부사장이 나지막이 쇳소리를 냈다.

"해보지요."

이 팀장은 온몸이 으스러지는 고통에 휩싸였다. 용병 팀의 분양 파국의 수습책인 분양대책2를 수용할 것인가? 그렇다 해도 과연 분양성공의 가능성은? 알파 팀의 활약도 미지수니 말이다.

삶의 접착제

다음 날. 회장실에서 조 회장이 부드러운 표정으로 맞는 바람에 이 팀장은 섬뜩했는데 아니나 다를까 분노의 발언이 난무했다.

"이 팀장! 베테랑들 다 녹 쏠었어. 영업활동비가 뭐야. 우리가 뒷걸음 칠 일도 없다. 그리고 보자, '알파 팀'은 아직 살아 있잖아?"

"예?"

이 팀장은 눈이 화등잔이 되었다.

퇴근 무렵. S회관 커피숍. 이 팀장과 박 부장이 테이블에 놓인 '분양대책2'라고 적힌 책자를 서로 보며 협상에 들어갔다. 이 팀장은 입을 다물고 박 부장의 일거수일투족을 살폈다.

"분양 공기가 탁하면 경기는 하강 국면이죠. 바보처럼 분양계획을 조정하지 않고 어떻게 실적을 올릴 생각을 한단 말입니까? 우리는 분양하러 왔으므로 또다시 과오를 저지르기는 싫습니다."

이 팀장이 사무실에 돌아오니 빈 책상과 회전의자들이 형광등의 환한 불빛 속에서 아무 일도 없다는 듯 무료하게 지키고 있었다.

이 팀장은 지칠 대로 지쳐서 '분양대책2' 계획서를 책상 위로 아무렇게나 던졌다. 하얀 메모지가 나비가 날듯 풀썩거렸다.

토요일 오후 늦은 시간에 오명숙이 H다방의 아지트에서 기다리고 있었다. 이상윤이 낙조의 연인을 보자마자 탄성을 터트리자, 그녀가 마릴린 먼로의 단발머리를 시나브로 테이블로 떨어뜨렸다. 오명숙은 의혹의 앙금이 가시면서 충무로의 S 고급식당에서 식사하기를 원했다. 택시가 주말의 저녁치고는 한산한 P호텔을 지나 남산으로 가는 좁은 도로의 모퉁이에 정차했다. 그녀는 오랜만에 그와 오붓한 시간을 나누면서 기분 좋게 한턱낼 수 있었다. 그녀가 식당 앞에서 팔짱을 끼며 달콤한 입김을 내뿜었다.

"나, 오늘 시간이 별로 없어…. 오빠랑 새언니가 집에 들르거든."

삼거리에 위치한 P호텔. 휘황찬란한 네온들의 광채가 충무로로 나가는 길을 수놓았다. 남과 여는 누가 먼저인지 모르게 입술을 포개고 뜨겁게 끌어안았다.

추석을 하루 앞둔 15일 월요일. 광화문 거리도 사옥 빌딩도 명절의 연휴 기간으로 텅텅 비었다.

회장실에서 박 부사장은 대책회의를 주관하면서 소파에 앉았는데도 꽉 끼는 근무복 탓인지 연신 색색거리는 숨소리를 냈.

박 부사장이 이 팀장을 묵묵히 보다가 손바닥을 내밀며 박 부장과 양 이사에게 커피를 권유하였다.

"저는 현장맨입니다. 공사착공은 1년이 넘었어요. 선 투자된 셈이죠. 지금 분양이 2개월인가요? 적어도 분양시점에서 진척되는 공사비는 뽑아줘야죠. 지금 뭐하겠다는 것입니까? 숨을 쉴 수가 없어요."

박 부사장의 목청은 숨소리가 가세하면서 마치 카뷰레터에서 터지는 파열음 같아서 박 부장과 양 이사는 간이 오그라지는 것 같았다.

"현장에서 불평을 해요? 그럼 일한 게 요 모양 요 꼴입니까?"

박 부장이 양 이사와 눈빛을 교환하고는 이 팀장을 쳐다보았다. 세상 사람들이 각자의 개성을 유지하면서 어울려 살아가야 하는 현실을 확인히듯이.

양 이사가 불현듯이 고함을 쳤다.

"우리 대책을 수용할 수 없다는 말입니까!"

박 부사장은 자라 같은 밭은 목 주변에서부터 피가 치솟는지 짧은 백발의 머릿속이 빨개졌다.

"뭐가 잘못 됐단 말이요? 나 현장 책임자요! 분양책임자가 누구야! 실적도 없는데 무슨 대책이야. 소꿉장난해, 더 잘 알 것 아뇨?"

박 부사장이 목젖을 꺽꺽대면서 목소리가 기계음처럼 툭 끊겼다가 뒤끓기를 반복했다. 양 이사의 얼굴이 흉측해지며 스포츠머리를 훑는 박 부사장를 째려보았다.

박 부사장이 입술을 다무는 순간 수많은 침방울이 양 이사의 얼굴로 파편처럼 흩어졌다. 박 부장이 하이칼라 머리를 급히 피하면서 회색 정장 차림의 푸른색 실크 넥타이를 털며 일어서자 구두가 번쩍였다. 이 팀장은 얼른 손수건을 꺼내 양 이사의 손에 쥐어주었다. 박 부사장이 자리를 박차고 일어서며 크게 외쳤다.

"현장이면 뼈를 추렸을 것이야. 알아!"

웬일? 비서실 미스 김이 읽던 책을 덮으며 뜻밖의 상황 전개에 토끼 눈이 되어 의자에서 일어났다. 박 부장이 색색대며 양 이사와 함께 회장실을 나와서 엘리베이터로 향했다. 잠시 후, 이 팀장이 박 부사장과 같이 회장실에서 나와서 엘리베이터 쪽을 바라보자 박 부장이 손을 흔들며 이 팀장에게 고함을 쳤다.

"명절 쇠고 이야기합시다!"

박 부사장이 이 팀장의 눈치를 살피며 차분하게 말했다.

"이 팀장 수고, 미스 김도, 명절 잘 지내고…."

이 팀장은 '분양사업계획2'가 유야무야 처리되면서 싸늘한 느낌 때문에 회장실로 다시 들어갔다. 미스 김이 따라서 들어오며 우아하게 말했다. 클레오파트라 머리에 분홍 투피스로 성장한 차림이 눈에 확 들어왔다.

"고향에 가려고 오빠 차를 기다리는데요. 12시까지요."

추석연휴가 끝나면서 서울은 분주한 차량과 발걸음이 맥박처럼 뛰면서 생물처럼 다시 살아나서 활기찼다. 6층의 '용병 팀' 자리는 박 과장 팀 3명이 이탈하면서 앞니가 빠진 것처럼 흉했다.

미스 박은 김 대리의 솔깃한 거짓부렁에 속는 재미로 따라붙었지만, 추석 재미도 떡값의 봉투가 얇아서 슬펐다. 게다가 축제 같았던 분양 첫날을 떠올리고는 썰렁한 책상들을 보면서 자기가 울어서 그럴까 하는 생각에 이 팀장에게 송구했다. 미스 박은 이 팀장에게 커피를 가져가며 신문을 책상에 단정히 놓았다. '한국경제위기! IMF'

이 팀장은 소름이 끼쳐서 양손으로 신문을 움켜쥐고 뚫어지게 쳐다보았다. 스트레스로 인한 시신경 장애인가! 기사 제목을 큰 활자로 뽑았는데도 마지막에 붙은 '아니다'를 빼먹고 읽었으니 말이다.

박 부장이 하던 말이 불길했다. '이 바닥도 경기의 하강기류를 감지하거든요.' 직원의 호주머니 사정이 어렵다면 회사의 경제사정도 녹록하지 않을 것이 아닌가.

'알파 팀'은 그물을 좁혀가고 있다. '막연한 법인'이 아니라 '직원복지가 회사의 현안이 되는 법인'을 찾아서 말이다. 이 팀장은 면담 때 강조하는 사항은 한결같았다. '상상력을 동원하여 직원의 복지계획을 세운 회사를 찾아라. 찾기만 하면 그물을 걷어 올리는 것은 식은 죽 먹기다.'

M건설회사는 M리조트의 분양이 구원투수가 되지 못하면서 10월 월례회의도 취소할 지경에 이르렀다. M리조트의 분양 업무는 종잡을 수 없이 흐지부지되었다. 양 이사는 유독 출근이 들쑥날쑥했고 박 부장도 처량하기 짝이 없었다.

이 팀장은 책상에 미스 김이 없자 부회장실로 직접 들어갔는데 빈 방에는 원목 책상에 산더미 같은 결재서류들이 마구 쌓여있었다.

미스 김이 상큼한 차림으로 뒤에서 깔깔거렸다.

"길이 어긋나서…. 이 부회장님은 곧바로 병원으로 가신다고 그랬어요."

그는 자금을 먹어 치우는 불가사리에게 먹히지 않은 것만도 다행이라 생각했다. 어느 틈엔가 미스 박이 미스 김에게 와 있었는지 불쑥 하얀 편지 봉투를 내밀었다. 두 여직원은 이 팀장을 측은히 바라보았다.

8층에서 엘리베이터를 타자, 미스 박이 조용히 있지를 못하고 부스럭대며, 앳된 여고생이 미적거리다 길을 묻듯 말했다.

"부장님, 시간 되시면 식사 대접하려고요. 김 대리 하고요."

엘리베이터 출입문이 열리자 마침 박 부장과 양 이사가 침울하게 서 있었다.

이 팀장은 엘리베이터로 손을 들어 보이고 복도로 걸으며 미스 박을 보며 말했다.

"좋지, 수고가 많지, 미스 박. 요즈음."

조감도가 걸린 벽 양옆으로 세워 둔 도자기 대형화분의 백량금 나무가 더 견실하게 뻗고 윤이 나는 긴 잎사귀들 틈에 쪼끄맣고 빨간 구슬 알맹이들이 돋보였다.

"제가 꾸준히 간수했죠. 김 대리가 '보물나무'라고 뺑치는데, 헤헤."

"미스 박, 사랑을 듬뿍 주는 것만큼 좋은 비료는 없거든…."

이 팀장은 빨간 구슬과 미스 박의 해맑은 미소를 보며 간절히 소망했다.

이 팀장이 사무실에 들어서자 미스 박이 등 뒤에서 재주를 피웠는지 김 대리가 고개를 끄덕이며 낄낄댔다. 이 팀장은 회장의 전갈 내용을 읽었다.

〈동분서주하는 것도 모자라 남분북주하고 있다. 자네가 김근일 부친을 직접 만나라 자금을 한 번 더 융통해야겠다. 회장 조팔기.〉

이 팀장은 식욕 부진으로 끼니를 거르는 게 편안할 것 같아 혼자 남았다. 점심시간인데도 전화가 울렸다. 박 부사장의 쉰 목소리.

"이 팀장, 어떻게? 곰탕은 아직 끓이고 있는 거야? 지난달에 J그룹도 부도 맞은 건 알지. 심상찮다. 현장도 큰일이네."

이 팀장은 의자의 등받이 뒤로 목을 젖혀 눈을 감고서 응답했다.

"상상력을 펼치세요."

이 팀장은 통화가 끝나도 끌지가 지끈거려서 눈을 뜰 수가 없었다. 미스 박이 재차 가볍게 불렀다.

"팀장님! 어떤 남자분이…. 10분 뒤에 다시 연락하라고 전했어요."

이 팀장은 번뇌가 일었다. 알파 팀의 김영철이 요청한 두 번째 전화도 단호하게 묵살했다. 보통 때처럼 면담하면 자동으로 밝혀지니까. 그때까지 기다리기로 마음을 굳혔다.

퇴근 무렵 이 팀장은 알파 팀의 M리조트 사무실에서 일일보고서를 움켜쥐고 김영철의 면담을 맨 마지막으로 돌렸다. 그도 직감했는지 아까의 불같은 기색은 가라앉았다. 알파 팀은 단출했으니 이 팀장은 얼마 후 탁자를 가운데 놓고 김영철과 어색하게 마주 앉았다.

김영철이 상큼한 옷차림으로 똑바로 얼굴을 들었다. 한쪽 가르마를 타서 단정히 빗은 머리에 감색 정장은 품이 넉넉했다. 그가 싱겁게 중얼거렸다.

"전부 다 말입니다."

이 팀장은 마치 환청에 시달리는 사람처럼 진위 여부에 가슴이 울렁거렸다. 김영철은 심각한 이 팀장을 보다 못해 참을 수 없다는 듯 파안대소하였다.

"팀장님, M리조트를 다 사겠답니다. 일일보고서에 적힌 대로요."

"그래, 김영철! 아직은 둘만이 아는 비밀로 하자."

이 팀장은 김영철을 택시로 귀가시켰다. 그리고 회장에게 카폰으로 보고하고 귀갓길을 서둘렀다. 귀가하는 중에 회장에게서 연락이 와서 발길을 돌렸다.

 밤하늘을 수놓는 번화가 T 센터 사거리의 테헤란로. 이 팀장은 큰 도로에서 우측 도로로 방향을 바꾸어 진입했는데 헷갈리기 시작했다. 몇 번을 돌아 나와도 마땅한 입구가 보이지 않아 끝까지 가보기로 했다. 어둡고 좁다란 골목길에 장벽처럼 선 고층빌딩의 대낮 같은 불빛에 장승처럼 솟은 한옥집. 백열등이 비추는 진노란 원목의 일각대문은 뚜렷했다. 이 팀장은 맞배지붕 아래 높은 대문턱을 넘어 비좁은 마당으로 들어갔다. 젊은이가 나비넥타이 차림으로 바로 옆에서 현관문을 열고는 복도로 안내하면서 가다가 조용히 방문을 열고 물러났다. 천장에서 쥐꼬리 같은 줄에 대롱거리는 3개의 사각형 갓 아래 모든 것이 실루엣으로만 보였다.

 "이 팀장, 수고 많다. 머리에 금이 가서 술로 붙이고 있다. 마담!"

 이 팀장은 눈에 설은 광경에 당황하며 마담이 양주잔을 놓는 자리에 겨우 앉았다. 회장은 취기가 도는 것 같았다.

 "따라봐라. 내 사촌 동생이야."

 마담이 한복을 입은 자태로 양주를 조심스럽게 따랐다. 옻칠한 전통 주안상에는 신선로, 날렵한 사기그릇에 편육, 전, 뚝배기에는 갈비찜이 담겼다.

 "물꼬가 트려나. 한잔하자. 30년산이야."

 이 팀장은 잔을 두 손으로 받아 들자 뒤설레며 단숨에 넘겼다.

 "어 허! 정말, 수고했다. 술이 내한테는 삶의 접착제여…."

 회장이 아가씨에게도 잔을 따르게 했다. 그녀가 노란색 커트머리를 수그리자 보랏빛 긴 손톱들이 춤을 추었다.

이 팀장은 '누구나 고달픈 삶에서 조각나서 너덜거리는 세포들을 붙일 접착제가 필요하다'는 것에 대하여 수긍이 갔다.

대반전

다음 날 아침. 이 팀장은 어제 보고를 했는데도 왜 만나는지 영문도 모른 채 S커피숍으로 달려갔다. 조 회장은 부스스한 모습이었지만 힘이 넘쳤다.

"면담은 형식이고. 계약이 핵심이야. 에, 또. 전체 금액에서 35% 정도 가산해서 말이다. 계약 이후 공정은 공사를 수주하는 것이거든. 서로 윈윈이지."

회장은 밤사이 금이 간 머리가 회복된 것이 분명했다.

"김 대리 부친. 김 사장이 오후에 전화 오면 직접 만나 부회장님에게 갖다드리면 된다. 에, 그러면 용병 팀 문제만 남나?"

이 팀장은 회장의 승부수에 긴박감이 흐르면서 극도로 예민해졌다. 사옥 주차장에서 검정 그랜저가 광화문 대로로 들어섰다. 이 팀장이 옆에 앉은 김영철을 보며 믿기지 않는다는 듯 안절부절못했다.

"이 팀장님, 제가 처음 인터내셔널 회사에 방문했을 때 안절부절못했지요."

이 팀장이 미간을 찌푸리며 바싹 긴장했다.

"왜냐구요? 회사 편제에 복리담당 이사가 눈에 확 들어왔지 뭡니까."

그랜저가 여의도에 진입하는가 싶었는데 이 기사가 인터내셔널 회사가 입주한 대형빌딩의 입구에 차를 세웠다. 이 팀장이 마음을 굳세게 먹고 차에서 내렸다. 이 팀장이 회전문 출입구를 나가자 널찍한 로비의 벽시계가 10시 30분을 가리켰다. 와이셔츠 차림의 김 기획실장이 기다리고 있다가 김영철의 소개로 이 팀장과 첫인사를 나누며 로비의 출입통제구역을 통과했다. 엘리베이터에서도 김 실장은 생글거리는 첫인상이 다정한 친구를 만난 것 같았다.

20층의 빌딩 복도는 연한 은색 카펫이 깔렸고 고요했다. 김 실장은 아늑한 회의실에 두 사람을 남겨두고 다시 오겠다고 하며 나갔다. 김영철은 선배 자랑을 늘어놓았다.

"동아리 회장이자, 인기도 많았어요. 졸업할 때까지 장학금을 받았지요."

실내 좌측의 대형 창문으로 한눈에 들어오는 한강의 아름다운 광경. 이 팀장은 그림처럼 걸린 한강교를 응시하며 전망 좋은 회의실에 감탄했다. 노크 소리가 나자 김 기획실장이 들어오면서 곁에선 외국사람을 소개했다.

"SAM이라고 부르면 됩니다. 휴양복지 이사죠."

SAM이 명함을 건네며 서툰 한국말을 하였다.

"잘 부탁드립니다."

네 사람이 티크무늬 회의테이블에 자리 잡자, 김 실장이 가져온 M리조트 분양팸플릿과 관련 자료 등을 옆에다 놓았다. 김 실장이 인터폰으로 주문한 커피가 도착하면서 쌍방이 초미의 관심사에 집중했다.

이 팀장은 오늘 중으로 가계약을 하자면 브리핑부터 서둘러야 했다. 김영철이 일어나서 김 기획실장에게 귓속말을 했다. 이 팀장이 긴장해서 일어섰다.

"오늘 귀한 자리를 마련해 주신 휴양복지 이사인 SAM에게 감사말씀을 드리면서 M리조트의 브리핑을 시작하겠습니다."

SAM 이사가 김 기획실장에게 눈길을 보내며 함께 요란하게 박수를 쳤다. 김 기획실장이 일어나서 미소를 지으며 말했다.

"SAM 이사가 이미 M리조트의 검토를 다 마친 상태라서. 김영철이 책임감이 강해서 백방으로 손을 썼답니다. 하하. 혹 추가할 사항이 있으시면 말씀해 주세요."

이 팀장은 붉어진 얼굴로 SAM 이사를 뚫어지게 보며 큰 소리로 외쳤다.

"저가 오늘 방문한 목적은 매매계약입니다. 감사합니다."

M리조트의 매매 가계약이 SAM 휴양복지 담당 이사 방에서 10월 7일 자로 체결되었고 본 계약은 10월 21일 11시에 체결하기로 명시했다.

김 실장이 SAM 이사를 보며 계약하게 된 경위를 설명했다.

"하하, 전 세계에 직원들만 수만 명이 근무해요. 예산이 책정된 복지 프로젝트이기에, M리조트의 설계변경이 주안점이 되면서 낙착되었죠. 게다가 동남아지역이 화폐가치가 폭락하는 상황에서 한국은 작년에 OECD에 가입하면서 위상도 높아졌지요."

이 팀장이 인터내셔널 빌딩의 회전문을 바람같이 빠져나오자 이제까지 받았던 모진 형벌에서 풀려난 것 같았다. 그는 즉각 김영철에게 포상휴가를 명했다.

"김 계장! 연락이 갈 때까지 휴가야."

김영철이 미친 듯이 웃었다. 이 팀장은 부회장 차의 뒷좌석에 털썩 주저앉았다. 그는 순서에 입각해서 카폰으로 회장과 부회장에게 가계약의 낭보를 보고하고는 그길로 김 대리의 부친인 김 사장을 만났고 이 부회장에게 당좌수표를 전달하였다. 이 부회장은 겹경사에 퀭한 눈이 더욱 크게 보였다. 이 팀장은 미스 박에게 몸이 아파서 일찍 퇴근한다고 연락했다. 그는 감정이 메마른 상태에서 어렴풋이 짚이는 것이 있었다.

'사람들끼리 밀고 당기는 감정의 간만의 차를 극복할 수 있는 평정심의 유지가 관건이라는 것을 말이다.'

다음 날. 미스 박과 김 대리가 늦게 출근하는 이 팀장에게서 정녕 환자 같은 기색을 읽을 수가 있었다. 미스 박이 이 팀장에게 가서 근심 어린 눈빛으로 약속을 확인시켰다.

"팀장님, 오늘 점심 약속한 것 아시죠?"

이태리 식당은 낙조의 연인을 만났던 거리의 횡단보도를 지나면 되었다. 미스 박이 단단히 벼르던 터라 예약이 된 자리에 모두가 착석하자 메뉴를 찬찬히 읽었다.

"음. 랑귀니 알 페스토 제노베제에요."

김 대리가 재빨리 '제노바식 페스토'라고 설명하였다.

이 팀장은 계란형 접시에 강한 노란색의 스파게티도 특별했는데 초록색 깍지콩 서너 개를 얹은 토핑을 보자 요리의 품격을 높이는 것 같아 그윽하게 웃음을 띠었다. 미스 박이 성공이라고 김 대리에게 눈을 깜박거렸다.

미스 변이 입구에서 줄곧 지켜보다 이상윤을 확인하고는 테이블로 다가갔다.

"저, 이 과장님, 저 아시죠? 식사하러 감사님을 모시고 와서 그런데…. 명숙이에게 연락 한 번 해보세요."

이 팀장은 멍하니 미스 변을 바라보았고 앞에 앉은 미스 박과 김 대리는 기이하게 이 팀장을 보았다.

이 팀장이 점심 식사에 대해 침이 마르도록 극찬했는데도 미스 박과 김 대리의 반응이 신통찮았다. 그는 궁리 끝에 돌발 퀴즈 문제를 들이댔다.

"가정시간에 배웠을지도 몰라? 옛날 여인들이 쓰던 미용기구거든."

아니나 다를까. 오누이 같은 사이가 갑자기 살벌해졌다. 두 선수가 '빗'이라고 동시에 외쳤지만, 미스 박이 '스톱' 하며 재차 외쳐대는 바람에 서로 헐뜯기 시작했다. 한쪽에서 '내가 빨랐어.'라고 주장하는가 하면 다른 쪽에선 '따라 했잖아.'라며 우겼다.

이 팀장이 화해하라는 손짓을 하면서 서둘러 퀴즈의 정답을 알려주었다.

"빗치개! 여인들의 머리단장에 쓰는 애용품이거든…."

이 팀장은 사무실로 돌아오자 호출을 받고 부회장실에 들렀다.

"문제는 용병 팀이지. 이 팀장이 신속히 해결하길 바라네."

이 팀장이 미스 박에게 박 부장에게 연락하라고 지시하였다. 김 대리가 미스 박에게 엄지를 척 들어 보였다.

이 팀장은 데면데면하게 굴 작정으로 일찍 상담실로 가서 벽을 등지고 탁자의 중앙에 앉았다. 박 부장은 투 버튼 정장 차림에 구두는 변함없이 반짝였다. 양 이사가 이 팀장 옆에 앉자 겨울 모직 재킷을 걸으며 탁자에 두 주먹을 쥐고 언성을 높였다.

"A급 인력을 불러다 놓고 제대로 대접해야지! 정말, 사람 미치겠네."

박 부장이 안경 너머로 눈을 굴리며 양 이사를 달래듯 조용히 말을 건넸다.

"이 팀장님, 전에는 M건설회사도 몰랐어요. 조 회장님이 어떻게 수소문했는지 저를 찾아서 간청하더란 말이죠. 모델하우스부터 엇박자가…. 참."

"이번 분양계획과 분양활동의 책임자가 누구시죠? 베테랑 팀의 박 부장 아닙니까? 제2의 계획이 뭐 도깨비방망이라도 되는 것처럼 주장하는데 지금 실패를 인정하고 베테랑답게 떠나세요. 우리 모두가 산 증인이네요."

양 이사가 두 주먹을 떨며 격앙해서 구슬프게 말했다.

"우리는 분양에 살고 분양에 죽는 인생입니다."

"박 부장, 회사 사정은 알죠? 지금 확답을 주지 않으면 그나마 기회도 날아가요. '분양대책2'에 근거해서 정산하도록 힘써보죠."

박 부장은 허탈한지 안경 너머의 표정에 실의가 드러났다. 양 이사는 부릅떴던 눈을 감고 주먹으로 머리를 천천히 두 번 두들겼다. 이 팀장은 그들이 떠나는데도 사지가 떨려서 금방 일어설 수가 없었다.

다음날 출근한 용병 팀은 총무부장의 설명에 따라 경리과에서 각자의 급여봉투를 받자 미련 없이 회사를 떠났다.

이 팀장이 사무실에서 기다렸지만, 박 부장도 양 이사도 유종의 미를 증오하는 사람처럼 말없이 사라졌다. 김 대리가 총무부에 전화를 통화하고는 웃으며 두 손을 높이 들었다. M리조트 분양계약의 해지에 따른 제반 업무는 분양의 대실패로 간단했으며 무엇보다도 손해배상 금액이 적어서 불행 중 다행이었다.

M건설주식회사의 위용이 불경기 속에서 드높아졌다. 조 회장은 M리조트(주)를 시행사로 거느리면서 10월 15일 구상한 대로 새 진용을 갖추었다.

M리조트의 본사 서울에 이상윤 이사. 김근일 과장, 박은희 대리가 근무하고, 김영철 과장이 현장에서 근무하며 인터내셔널주식회사에 건설상황 전반에 대해 브리핑하는 업무를 맡았다.

며칠 후. 비서실 미스 김이 전화를 회장에게 연결하기 전에 이 이사에게 '축하한다.'는 멘트를 날렸다.

조 회장의 전화 요지는 인터내셔널주식회사의 관계자들을 초대해서 유대관계를 강화하자는 것. 이 이사는 1박 2일 정도로 현장을 둘러볼 겸 현지 관광을 염두에 두자 현장 출장을 떠날 수밖에 없었다. 박은희 대리가 초대 행사 때는 자기도 참석할 권리가 있다고 주장하였다.

M리조트 현장이 첩첩한 산골인 까닭에 김영철 과장은 궁벽한 시골집을 사무실로 사용하고 있었다. 김영철 과장은 인터내셔널 회사의 김기획실장과 통화를 한 후에 이 이사에게 보고 했다.

"이사님, 본사에 출장이 계획되어 참석할 수 없답니다."

이 이사가 찜찜해서 어떻게 할까 고민 중인데 마침 전화가 왔다. 김 기획실장이 아연실색할 내용을 전했다.

"한국이 곧 '모라토리엄5)'으로 가게 생겼어요. 동남아 경제위기 상황입니다. 저희들은 홍콩 본사로 출장이 계획되어 있습니다."

이 이사의 머릿속에 여름날의 악몽이 뭉게구름처럼 피어올랐다.

1997년 11월 21일. 이른 아침부터 울릴 일이 없는 사무실로 전화벨이 울렸다.

김근일 과장이 눈을 부릅뜨고 '회장'이라며 입을 쫑긋거렸다. 이 이사가 급히 일어나 초대 건에 대해 보고를 할 양 전화기를 쥐었다.

"IMF6)다. 골로 갈 뻔했네. 참. SAM 이사도, 김 기획실장도 여기없다네. 사실은 말이야. 케이블카 프로젝트를 고려중이었거든."

M리조트의 초대 행사는 추위 속에서도 강행되었다. 초대 손님은 서울 본사의 박 대리와 비서실 미스 김. J버스터미널에 도착한 귀빈들은 M리조트 팀의 열렬한 환영 속에 승합차에 동승하여 동해관광투어를 가졌다.

광진리 해변의 겨울 바다는 도시의 혼탁함을 잊게 하는 청량제 구실을 하였다. 해변에 맞닿은 너럭바위에는 싱그러운 소금 내가 물씬

---

5) 모라토리엄(Moratorium): 지불유예. 전쟁·천재(天災)·공황 등에 의해 경제계가 혼란하고 채무이행이 어려워지게 된 경우 국가의 공권력에 의해서 일정기간 채무의 이행을 연기 또는 유예하는 일.
6) 1997년 12월 3일 IMF에 긴급 융자를 요청하면서 겪는 한국의 IMF 외환 위기. 2001년 8월 23일까지 지속되었음.

풍겼다. 물고기 떼였다. 어디선가 너울거리는 파도를 타고 수면에 새까맣게 몰려 먹이활동을 하는 광경에 환호하며 동해의 낙조에 희열을 만끽했다.

그들은 아야진항의 고즈넉한 어촌마을에 있는 횟집으로 갔다. 초대 만찬은 주방장이 특별한 솜씨를 보인 생선회에 희색이 만면한 가운데 벌어졌다.

이 이사는 김영철, 김근일 과장과 초대 손님을 뚫어지게 쳐다보며 생사를 같이한 전우라는 생각에 눈물이 핑 돌았다.

두석장

어둑새벽이 흐릿하게 번지는 하숙방 창문.

이상윤은 동해여행에서 돌아온 길로 가계(家系)라는 피의 저주에 무력한 자신을 발견하면서 삶의 번뇌에 절규할 수밖에 없었다. 악질적인 독백을 중얼거리며 천장을 보았다.

'차라리 피붙이를 모르는 고아였으면 얼마나 좋을까?'

결국 오명숙과 애면글면한 애정의 시간들은 불행한 사나이로 살아야 하는 것을 증명하는 것 같았다. 그저 애정의 허구에 지나지 않으니 말이다.

그는 마치 성난 물고기처럼 하숙집을 뛰쳐나와 동네를 배회했다. 잔뜩 찌푸린 음산한 날씨에 공원을 지키는 공중전화부스에 시선이 닿자 대장간 노인에게라도 사랑을 고백하고 싶었다. 그는 전화기를 붙들고 감정이 북받치면서 신호음 건너의 상대를 초조하게 기다렸다. 대장간 노인의 텁텁한 목소리가 무거운 업보를 덜어주는 양 마음이 한결 가벼웠다.

"사랑하는 여인이 불행해지는 것을 막겠다는 솔직한 고백이라니…. 청춘 시절에 사랑의 경험은 소중합니다. 사랑의 이별도 세상의 경험이니까요."

이상윤은 초연히 읊조리는 노인의 지혜에 괴로운 심정을 삭이며 슬픔에서 깨어날 수 있었다. 노인의 억센 의지가 담긴 목청이 조곤조곤 전달되었다.

"무쇠가 달궈지듯. 세상은 경험을 쌓아가는 대장간이라고 할까요. 청춘의 열정만은 꼭 간직하여야 한답니다."

그는 형편없는 사람이라고 핀잔까지 감수하였으므로 바싹 용기를 냈다.

"어른께 혹 기회가 닿으면 그녀에게도 덕담을 당부드리겠습니다."

이상윤은 하숙집 쪽을 원망스럽게 쳐다보며 전화를 끊었다. 설움이 목에서 울컥울컥 차올랐다. 일요일 아침의 텅 빈 골목길에 하염없이 내리는 보슬비.

'실낱같은 물길이 개천을 형성하며 흐르듯 오명숙도 삶의 여정에서 새로운 애정의 흐름에 합류할 수 있을 것이다.'

백수가 별별 걱정과 무료한 시간으로 지내면서 궁금증이 발동하였다. 이상윤이 오명숙도 백수라는 것을 모르는데 어찌 연락을 할 수 있을까. 미스 변은 이상윤에게 오명숙의 집 전화를 알려 줄 작정을 했다.

미스 변은 멀뚱한 표정이 되었다. M건설회사에 몇 번이고 전화 다이얼을 돌려서 물어보았지만 이상윤 과장이란 직원은 근무하지 않았다.

미스 변은 미스터리 사건 같이 긴장감이 느껴지면서 오명숙을 만나지 않고서는 속이 타서 배길 수가 없었다. 남녀관계가 긍정에서 부정으로 바뀌기는 쉬운 일이니까. 백수의 단합대회는 제과점이 만만했다.

가로수들의 낙엽이 쌓인 광화문 거리에는 서민들의 시름이 자글자글 끓으며 옛날에 내린 희망을 갉아 먹는 IMF의 환영이 판을 쳤다.

오명숙은 햇살이 비치는 창가 아래 다소곳이 앉아 맞은 편 S회관의 콘크리트 구조물을 쓸쓸히 바라보고 있었다. 미스 변이 자리에 앉자 뜻밖의 말이 먼저 튀어나왔다.

"이상윤은 연락하고 있는 거지?"

오명숙은 무슨 각오가 선 것마냥 화제를 상대방 쪽으로 돌렸다.

"그래, 선본 사람과는 재미가 어때?"

미스 변은 활짝 웃지 않으려 노력했지만 즐거운 표정이 얼굴에 넘쳤다.

"나는 지루한 시간 때우는 셈인데, 묘하네. 선수 겸 코치야. 여심을 낚으려 감동의 미끼가 줄 사탕이야."

"뭐 하는 사람이래?"

"변호사 사무실. 어머, 아니, 그 남자 말이야!"

오명숙은 맥없이 고개를 옆으로 살짝 저었다.

"이태리 경양식 식당에서 봤거든, 직원들과 같이 왔더라. 나도 석별의 식사를 한다고 감사님이랑 갔었거든. 낌새가 그래서 말이야."

미스 변이 M건설회사로 쳐들어가자고 앞장섰다. 오명숙이 연쇄점 출입구를 보며 머뭇거리는데 수위아저씨가 연쇄점에서 나왔다. 미스 변이 입술 자국 무늬가 찍힌 카디건의 주머니에 손을 넣어 늘어지도록 힘을 주며 앙칼지게 물었다.

"이상윤 과장이란 분, 이 회사에 근무하는 거 맞죠?"

수위아저씨는 억장이 무너졌다. 그는 친밀한 관계라면 안 해도 되는 질문을 하는 바보들을 제일 증오했다. 미스 변이 재빨리 웃음을 지으며 말했다.

"좀 되긴 했는데…. 웃기게 큰 가방을 찾으러 갔지요. 그때 이상윤 과장에게 전화한 걸 기억해보세요."

해는 서산으로 뉘엿뉘엿 지고 있었다. 수위아저씨는 멀뚱한 표정으로 사옥 쪽을 자꾸 쳐다보다 말을 이었다.

"회사를 딴 데로 옮겼다지, 이사라 그랬지?"

오명숙이 창백한 얼굴로 미스 변의 카디건을 잡아당겼다. 연쇄점 대형유리 출입문이 활짝 젖히며 근무복 차림의 꽁지머리 여직원이 사무용 물품이 실린 이동접이식 수레를 밀며 보도로 나타났다. 오명숙이 여직원과 정통으로 시선을 마주쳤다.

"언니, 언제든 오세요. 같이 근무해요."

미스 변이 이상야릇하게 미소를 지으며 종알거리는 동안 오명숙이 꽁지머리에게 쑥스럽게 손을 흔들었다.

"이해를 할 수 없어? 처음엔 과장 그리고 부장이라 그랬다… 지금은 분명히 이사라 그랬지. 연말에는 사장까지 올라가나?"

오명숙은 어쭙잖은 연애의 출정식과 이야기 수집가의 행보를 생각하자 오래간만에 한바탕 웃음보가 터졌다. 미스 변이 2층 커피숍을 올려보며 졸랐지만, 오명숙은 웃음기를 머금으면서 끝끝내 거절했다.

오명숙은 집에서 미스 변과 수다를 떠는 것도 입장이 다르기에 눈치가 보였다. 오명숙은 체면을 무릎 쓰고 꽁지머리에게 연락했다. 오명숙은 새 학기가 시작되는 3월부터 임시직원으로 연쇄점에 근무하게 되었다. 출근은 입술을 깨물며 박봉을 감지덕지하는 고행이었다.

오명숙은 다시 광화문으로 출근하면서 아침마다 이상한 버릇에 심취했다. 빗치개로 앞 가르마를 타서 머리를 조곤조곤 빗어 내린 후 낭자머리를 만들어 빗치개를 꽂고는 거울에 비쳐보곤 했다.

'빗치개의 당초는 덩굴손처럼 겨울을 이기고 세상 끝까지 뻗어 갈 것이리라.' 그가 별리를 선포하지 않은 이상 사랑은 참으며 기다리는 일이 아닐까?

한 해가 저물면서 오명숙은 나이만 먹나 싶어 허무한 데다 연쇄점의 반복되는 제자리 업무에 생각이 복잡했다. 양품점이 오랜 꿈이기도 해서 집에서 슬쩍 떠보다가 IMF 때문에 된통 혼이 나면서 취소하기 바빴다. 엄마가 난리를 쳤다. 여동생도 피식거렸다. '지금이 어느 땐데. 좋아하시네.'

뭐 이런 세상이 다 있지? 또 백수 신세가 뻔했다. 오명숙은 갑자기 웃기게 큰 가방이 생각나서 자지러지게 웃었다. 엄마와 동생이 수상쩍게 쳐다보다가 차선책에는 엄마가 걱정된다는 투로 말했다.

"추운 날씨에 어딜 갈 데가 있다고?"

오명숙은 그냥 서울을 떠나고 싶었다.

빗치개가 애물단지 노릇을 톡톡히 한 셈이었다. 통영시는 대천과는 잽이 안 될 정도로 먼 남녘 땅. 버스는 한나절을 달려 터미널에 도착했다.

터미널에서 적지 않은 승객들이 금세 뿔뿔이 흩어졌고 주변은 찬바람만 불어댔다. 오명숙은 오버코트 자락이 날려서 몇 번이고 망설이다 목에 스카프를 두르고 제대로 여몄다. 다닥다닥 붙은 작은 건물들을 휘둘러보며 택시 정류장을 찾았다. 그녀는 운전기사에게 목적지를 일렀다.

택시의 차창에 수려한 겨울 수채화들의 풍경이 빠른 속도로 지나갔다. 굴곡진 해안선을 따라서 드넓은 바다와 내륙의 아기자기한 촌락 위로 뻗은 계단식 경작지의 풍경이 어우러졌다.

대장간 노인의 가게가 수협 근처의 번듯한 위치에 있지 않았다. 오명숙은 초행길에 착각을 일으켰지만 마음을 다잡으며 발품을 팔아야 했다. 그녀는 반대편 오르막 동네의 주택가로 이동하였다. 길가의 구멍가게. 그녀는 주홍빛이 낡은 오버의 앞 단추 몇 개를 끄르고는 하얀 숨을 토해냈다. 구멍가게의 공터에 놓인 둥근 탁자에 가방을 놓고는 푸른 바다를 향해 섰다. 멀리서 통통배 소리가 은은히 들리자 대천 바다가 떠올랐다. 그녀가 하염없이 날리는 스카프를 잡으며 갈 길을 재촉했다.

오명숙은 야트막한 언덕의 동네에 이르며 짧은 해거름의 조바심에 벗어났다. 곳곳의 공터에는 잡초들이 바람 따라 춤을 출 뿐 인기척은 없었다. 그녀는 골목에서 노인이 사는 집을 가늠했다. 세월에 찌든 한옥의 기와지붕의 대문에는 대장간이란 팻말이 붙어있었다. 가방을 대문 앞에 놓고 주홍색 오버 깃을 잔뜩 올리고 서성댔다. 맞은 편 기와집도 고요하기는 마찬가지. 무너진 흙담 뒤로는 잡풀이 시들어 볼 폼 없이 바람에 나부끼고 있었다. 비바람에 헤어진 나무 대문이 스르르 열리며 꼬부랑 할머니가 등장했다.

오명숙이 얼른 가방을 집어 들고는 기쁨에 차서 인사를 드리며 물었다.

"대장간 어른 댁이 맞지요. 서울에서 연락드린…"

할머니가 허리를 펴자 잔주름이 그득한 얼굴에 소소한 미소가 번졌다.

"서울서 온다는 새댁이군."

꼬부랑 할머니가 대뜸 오명숙의 손을 잡고는 앞장서 걸었다. 넓은 마당의 녹슨 양철 울타리가 반쯤 쓰러진 가장자리에 살림의 규모를 암시하듯 크고 작은 장독들이 가득했다. 장독대는 시멘트로 만든 턱에 금이 간 데다 이끼가 끼고 변색되어 세월의 흔적이 엿보였다.

할머니는 작은 몸집으로 오명숙에게 안마당 맞은편의 헛간과 나란히 이어진 슬레이트 지붕의 별채를 가리켰다.

"영감탱이의 수족 같은 보물들이 보관된 방이야. 왕년의 영감을 알아볼 사람은 나 빼면 세상에 아무도 없지."

오명숙이 살짝 미소를 짓자 할머니는 느닷없이 열변을 토했다.

"두석장[7]이라 부르는 걸 좋아해. 난 영감이라 불러…. 이게 맞지 안 그래요?"

오명숙은 오랜만에 반달눈이 되면서 행복했다.

할머니는 사랑방에 들어서기 무섭게 펴놓았던 이불을 들썩였다. 노란 장판지를 쓸며 웃었다.

---

7) 두석장: 가구에 덧대는 금속장식 일에 종사하는 장인.

"겨울에는 절절 끓는 온돌방이 최고지."

오명숙은 발바닥이 뜨거워지는 것을 느꼈다. 자개 농장이 놓인 옆으로 벽에 옷걸이 봉이 매달려 있었다. 할머니가 오버를 벗으라며 그녀의 가슴에 쭈글쭈글한 손을 뻗어 단추를 끄르려했다. 오명숙이 오버코트를 걸고 와서 할머니와 나란히 발을 뻗고 앉았다.

"새댁, 이 방에서 편히 지내면 돼요. 영감은 내일 와요."

할머니가 나가자 오명숙은 마음을 놓으며 벽에 기대 눈을 감았다.

사랑방 문이 열리고 둥근 꽃무늬 양은 밥상이 보였다. 오명숙이 상을 납작 들어 옮겨놓고는 다소곳이 앉았다. 할머니가 선 채로 말했다.

"찬은 없어. 새댁, 요기부터 해야지."

양은 밥상에는 따뜻한 된장국과 잡곡밥, 김치, 멸치볶음과 큰 대접에 숭늉이 담겨있었다. 오명숙이가 감사하는 마음에 할머니에게 시선을 뗄 수가 없었다.

"식사하고 일찌감치 자버려요. 그게 복이지. 난 부엌방에서 잘 테니, 신경 쓸 게 없다오."

할머니는 새벽같이 일어나서 사랑방으로 건너와서 말동무가 깨어나기를 기다리고 있었다. 오명숙은 앙고라 카디건 차림의 할머니를 희미하게 보다 눈을 번쩍 떴다. 할머니가 기다렸다는 듯 쏘아붙였다.

"영감이 꿀 먹은 벙어리라 겨울철 지내기가 여간 힘들어야지."

오명숙이 할머니의 뒤를 따라서 마당에 내려섰다.

할머니가 대문간에 붙은 행랑채를 열자 먼저 지게와 장화가 눈에 띄었다. 안쪽은 장작더미와 각종 종이상자들과 마른 솔가지 등이 가득 쌓인 월동 창고. 부엌문을 열자 온기가 가득한 부엌아궁이에 무쇠솥이 걸려있고 출입문 가까운 벽에는 찬장이 놓였다.

할머니는 디딤돌을 밟고 한지문의 동그란 쇠고리를 당겨서 열고 고개를 숙여 웃으면서 부엌방으로 들어갔다. 방에는 전기밥솥 곁에 자개가 붙은 둥근 소반 위에 아침식사가 단출하게 차려져 있었다. '팥죽과 동치미' 오명숙은 입맛을 다셨다.

"겨울에 팥죽이 제일이야. 뜨끈뜨끈하게 몸을 보하거든."

오명숙은 놋그릇의 바닥까지 긁었다. 할머니가 기쁨에 차서 말했다.

"식사를 마쳤으니까. 진짜배기 구경거리를 봐야지요."

할머니가 넓은 마당을 가로질러서 커다란 헛간에 당도했다. 장인의 작업장은 일손을 멈춘 만큼 장치와 도구들이 녹슬어가고 있었다. 오명숙은 장인의 열정이 담긴 작업장을 접하는 게 영광스러웠지만 시대의 흐름에 뒤지는 노인의 고뇌를 목격하는 것 같아 우울했다.

할머니는 장인의 대역을 하듯 작업장을 뒤적이며 이것저것 손짓을 하며 설명을 했다. 커다란 종 모양의 아궁이가 나타났다.

"헛간의 슬레이트 지붕 중앙 부분을 뚫다 보니 모양새가 묘상하지. 뒷문과 근처 벽돌은 그을음으로 섬뜩하다마다. 두석장 시절은 영감도 뻔질났으니까."

오명숙은 옛날의 일을 짐작하며 혼자 아궁이 쪽으로 둘러 갔다. 할머니가 외쳤다.

"거기 네모난 상자가 손풀무라는 거지."

"예! 할머니."

오명숙은 할머니와 떨어져 있어서 지체 않고 대답했다.

손풀무 사이의 공간에 긴 쇠망치, 길고 작은 쇠 집게들이 세워져 있었다. 뒤편의 벽 쪽에는 벌겋게 녹이 슬은 3개의 톱니바퀴가 맞물린 사다리꼴 장치가 전성기를 대변하듯 자리를 지키고 섰다. 원목으로 다듬은 둥치에는 바이킹족장의 투구처럼 생긴 양 끝이 뾰족한 쇠뿔 모양의 강철 도구가 시선을 끌었다. 그녀는 엉뚱하게 삼각형의 뾰족한 강철 조각이 쌓인 작업장을 통과하면서 나무의자가 놓여 있는 여유 공간으로 나왔다. 할머니는 나뒹구는 목탄 묶음을 나무의자 밑으로 발로 툭 밀고는 혼잣말을 했다. '온갖 잡동사니들은 저 뒷문 밖의 창고 행이야.'

할머니는 별채 마루로 올라 방에 들어가자. 가지런히 진열된 쌍 그릇장. 오명숙은 고가구의 단아한 격자창에 압도당했다. 옆에 메신저 가방이 보였다.

"영감의 예술작품들. 유기방자그릇, 전통장석, 빗치개, 수저 등. 꼭꼭 잠가놓았다가도 심심풀이로 감상하곤 하지요."

사랑방은 항상 따뜻했다. 오명숙이 할머니가 잡아주는 손 가까이 앉아서 할머니 품으로 머리를 숙였다.

대문이 삐걱거렸다. 오명숙이 마루로 나가 할머니 곁에서 대장간 노인에게 공손히 인사를 드렸다. 할머니가 댓돌에 내려서서 노인에게서 신문지에 싼 것을 받자 오명숙에게 방으로 들어가라고 손짓을 했다.

세 사람이 충무김밥과 국물 그릇이 놓인 원형소반에 뺑 둘러 자리를 잡았다. 대장간 노인이 오명숙을 살갑게 맞아주면서도 유심히 지켜보았다.

"누추한 옛닐 집이라 말이 아니지요. 멀리서 찾아주니 저희들은 그지없이 반갑습니다. 입에 맞을는지 모르지만 맛은 봐야지요. 드세요."

할머니가 연신 싱글벙글거리며 대장간 노인에게 말했다.

"딸이 생기니 기쁠 수밖에는…."

대장간 노인은 허허거리며 말을 삼가며 신중한 태도로 충무김밥에 젓가락질을 했다.

할머니가 대장간 노인에게 말했다.

"오늘 팔자 늘어지게 놀러 다닐 거요. 말동무가 떠난다니…."

오명숙이 대장간 노인에게도 말씀을 드렸다.

"어른을 뵙게 돼서 얼마나 다행인지요."

할머니는 오명숙과 나들이에 나섰다. 차가운 날씨가 대수이랴.

중앙시장은 한갓졌지만 다정다감한 모녀지간 같은 대화는 겨울 군것질과 따뜻한 차를 마시며 끝이 없었다. 할머니는 자신의 입담에 솔깃해 호호거리는 오명숙이 정말 딸처럼 생각되었다.

떠나는 날 새벽녘, 오명숙은 노부부가 기침하기 전에 아침상을 준비하겠다고 일찍 기동했다. 부엌문에서 매캐한 냄새가 새어 나왔다.

할머니가 부엌 아궁이에서 돌아서서 웃고 있었다. 아궁이에 지펴놓은 불덩이가 시뻘겋게 타오르고 있었다. 오명숙이 할머니의 웃음소리에 맞춰 식사 준비를 거들었다. 둥근 꽃무늬 양은 밥상에 아침식사가 조촐하게 차려졌다. 대장간 노인은 무던하게 기다리다 김이 무럭무럭

나는 소고기미역국을 대하자 넙죽 웃으며 큰 손으로 입을 두 번 쓰다듬었다. 오명숙이 눈물을 찔끔거리며 눈을 비비자, 할머니도 한쪽 눈을 찡그리며 부엌방의 매캐한 연기를 흩었다. 오명숙은 대장간 노인과 할머니를 극구 구슬려서 방에서 기다리게 했다. 혼자서 아침 설거지를 마치고는 부엌방에서 노인 부부에게 무릎을 꿇고서 인사를 드렸다.

노부부는 대문간에서부터 섭섭한 마음으로 사랑방에 들어섰는데 아랫목에는 노부부가 처음 보는 예쁜 누비방석보료가 나란히 놓여있었다.

비탈길에 바람이 스산하게 불었다. 오명숙은 행복하게 지낸 짧은 시간을 뒤로 하고 경황이 없었던 그해의 모진 겨울을 곱씹으며 상심의 바다를 건너기로 굳게 마음먹었다.

2부

전문가 시대

전문가 시대

오명숙이 용기를 내어 인생 상담에 나섰다. 자기 일처럼 걱정해주는 미스 변의 마음씨가 비단결 같으니 말이다.

서교동의 아담한 호텔 근처. 송 감사는 대머리 스타일이 늘 너그러운 인상을 풍겼다. 중화반점에서 일행은 식사가 끝날 때까지 화제는 단연 5월로 날짜가 정해진 미스 변의 결혼식 이야기였다. 오명숙의 인생 상담은 호텔의 1층 커피숍으로 자리를 바꾸면서 시작되었다. 송 감사가 커피를 한 모금 마시고 특유의 굵은 목소리로 천천히 질문했다.

"그래, 그만두었다지? 어쩐다."

미스 변이 밝게 웃으며 오명숙을 거들고 나섰다.

"감사님, 오래 있기는 급여도 그렇죠. 발전성이 없으니 이직률이 높잖아요."

"발전성과 이직률이라? IMF 같은 환란의 시대에는 유망한 자격증을 따는 거야. 문제는 공부하는 시간을 투자해야 한다는 거지."

송 감사가 조심스레 오명숙을 유심히 살피면서 설명했다.

"관광통역가이드 자격증은 어때? 외국어 하나만 똘똘하면 무역계통, 관광산업 등 여러 분야에서 일할 수가 있잖아. 바다와 싸웠던 노인처럼 몰입하는 거지. 1차 필기, 2차 외국어인터뷰, 3차 면접시험을 통과하려면"

"감사님, 시험을 세 번 치러요?"

미스 변과 송 감사가 예의주시하였다.

"미스 오! 언제까지 지옥 불을 피해 다닐 수 있을 것 같아? 삶의 방식을 바꾸는 거야. 이들 악물 열정이 벌써 식었다면 모르지만. 흠."

미스 변이 헤어지면서 오명숙에게 신신당부를 했다.

"물론 언니 생각에 달렸지만. 감사님은 그래도 상공부국장 출신이니까. 장래를 내다보는 안목이 있겠지?"

오명숙은 꿈에도 생각해본 적이 없는 수험준비생이 되면서 조바심이 났다. 전철을 타고 가면서도 학원등록에 필수적인 외국어의 선택에 골몰했다. 서울역 반대 방향의 맨 끝 출구로 나와서 곧장 걸었다. K관 광통역학원 건물은 도로가에 위치했지만 행인의 통행은 거의 없었다. 등록창구에는 뜸지근한 젊은 수험생들이 넘쳐났다.

그녀는 차례가 되자 창구 직원에게 '중국어'라고 외치면서 근근이 저축한 목돈을 내밀자 공포감과 긴장감이 교차했다. 수험교재로 무거워진 캔버스 천 가방은 진짜 고생보따리였다.

그녀는 무심코 N역 방향으로 걸었다. H다방 건물로 가는 신축건물에 시선이 가면서 소스라쳐 놀랐다. 변모하는 시대처럼 이야기 수집가가 무정하게 느껴졌다.

오명숙은 팔팔한 젊은이들에 비하면 정말 노인 측에 들어서 연필로 머리를 콕콕 찌르며 학원에서 배운 과목들을 복습할 때는 소리 없이 웃느라 낑낑거렸다. 첫 번째 치른 자격증 시험은 새삼스럽게 공부하는 까닭에 6개월의 기간을 공부 요령을 습득하는 과정이라고 생각했다.

2000년의 새해. 오명숙은 새로운 밀레니엄 시대를 맞는 글로벌 축제를 보면서 관광통역가이드 자격을 취득할 수 있도록 간절히 빌었다.

IMF의 설움인가. 두 번째 치른 자격증시험 당일 수험생들이 차도에서부터 수험장으로 가는 학교 입구에 이르는 도로까지 인산인해였다. 오명숙은 수험표를 가슴에 꽂고 교실에서 수험번호가 붙은 책상에 앉았지만, 주위의 수험생들에게 기가 죽었고 시험 감독관이 입장하자 오금이 저렸다. 사지선다형 답안지에 찍기만 잘해도 합격이라는데 찍을 시간이 형편없이 부족했다.

오명숙은 스스로를 깨우쳤다.

'수험생 오명숙에게는 시간 관리의 요령부득과 자신감이 문제입니다.'

무거운 캔버스 천 가방을 지고 다니는 고행은 다시 시작되면서 H다방의 추억도 차츰 사그라졌다. 1년은 금방이었다.

중국어 시험에서 한문과 성조 변화는 마치 만리장성을 넘는 것 같아서 낭독하는 지문을 알아듣기 힘들었다.

영하의 날씨. 오명숙은 유일한 주황색 오버에 K회사에 다닐 때 남대문시장에서 지름신이 내려 구입하였던 부츠로 무장하였다. 거리의 행인들이 목을 움츠리고 거북이걸음을 하였다.

그녀는 비상금까지 털어서 이를 악물고 줄을 섰다. 학원 등록창구의 길고 긴 줄에서 터져 나온 불평은 한결같이 IMF의 여파였다. 오명숙은 자습실에서 생기발랄한 수험생들을 보다가 좁은 칸막이에서 꿩이 대가리를 박고 몸을 숨기듯 필수과목인 중국어에 골머리를 썩였다.

오명숙이 미스 변에게 악전고투를 호소했다.

"중국어시험에서 공인어학 점수가 계속 미달이야. 나는 관광통역가이드 자격증을 취득할 팔자가 아닌 것 같아. 빈털터리 신세니 말이야."

미스 변도 답답하기는 해도 이제 와서 일본어로 바꾸기에도 어정쩡했다. 수습책을 송 감사한테 강요하지 않을 수 없는 지경이었다.

미스 변은 신랑에게도 부탁할 요량을 꾸몄다. 막상 귀가한 신랑은 덤덤했다. 'IMF에는 시집가는 게 수야'

며칠 뒤. 미스 변은 저녁 무렵. 오명숙과 통화하면서 송 감사가 격려한 내용을 그대로 읊었다.

"감사님이 공부가 익는 중이니. 파이팅하래. 그럼 주소를 적어."

'5층 건물의 1층 브런치 카페.' 오명숙은 B동의 카페거리라는 선입감 때문에 비위가 틀어졌다가 자신의 못난 행티에 절로 쓴웃음을 지었다.

여사장이 오명숙을 실내 중앙의 소파로 안내하였다. 여사장은 기품 있는 미인으로 오명숙이 양손으로 꽉 쥔 캔버스 천 가방을 불안하게 쳐다보았다.

오명숙은 앉으면서도 사방에 널린 실내의 장식품을 기웃거렸고 마주 앉았는데도 카페 출입구의 벽에 어울리게 배치된 하얀색 풍금에서 눈을 떼지 못했다. 여사장은 계속 미소를 지으며 자리를 뜨더니 쟁반에 커피 두 잔과 접시를 가지고 나타났다. 보라색 꽃이 가장자리에 그려져 있는 커피잔에서 향긋한 커피 향이 솔솔 풍기고, 작은 접시에는 노란 각설탕이 보였다.

여사장은 명함을 건네면서 송 감사께 이야기를 들었다고 했다.

"편하게 언니라 불러, 머리를 식힌다고 생각해. 브런치의 연장이라 할까? IMF 여파로 쉬다가, 브런치 단골들의 요구로 저녁에 사교카페가 생긴 거지."

오명숙은 너무 고맙고, 무안해서 낯을 붉히면서도 한편으로는 부러웠다. 여사장은 오명숙에게 여행 이야기를 짤막하게 곁들이면서 소개를 대신했다.

"매년 여름 유럽 여행을 가지. 파리를 거쳐서…. 가게 문은 닫지만. 방문한 소도시에서 공예품, 골동품, 기념품을 하나씩 카페로 나르다보니 인테리어가 되었던 거야."

오명숙은 카페거리를 찾았을 때의 찜찜함은 사라졌지만, 장 사장이 유럽 공예품 수집의 취미를 위해서 브런치 카페를 운영할 이유가 있을까 싶었다.

그다음 날부터 저녁에 출근해서 장 언니를 힘껏 도왔다. 술을 테이블에 차려놓는 외에는 모든 일이 집안 살림과 진배없었다. 오명숙은 과일을 깎아 접시에 담아내는 재간을 보이면서 일을 즐겼다.

오명숙은 주독야경으로 생활패턴이 전환되면서도 수험생의 자세를 잃지 않았다. 사수생의 이력으로 자습실에서 관광통역가이드 수험문제를 1차, 2차, 면접시험 순으로 시간을 배분하여 풀어나갔다. 중국어 공인어학시험에서도 60점을 자신했다. 학원에서는 보통 격년제로 시험문제가 어렵게 출제되는 경향이 있다고 설명했다.

시험에서 행운은 빗겨갔지만, 오명숙은 반가운 소식을 접했다.

'수험생이 급증한 탓에, 중국어시험이 추가로 있을 거래요.'

오명숙은 양심상 보너스같이 주어진 시험이라고 야바위 치듯 번호를 찍을 수는 없었다. 오명숙은 듣기시험에서 초긴장 상태로 질문의 핵심과 경청의 속도 사이에서 낙심에 빠지며 시험을 잡쳤다.

장 언니는 신경이 곤두서서 안쓰러움을 감추지 못하며 오명숙에게 휴가를 종용했다. 단골손님들도 안타까워하기는 마찬가지였다. 미스 변이 오명숙에게 용케 전화를 걸었다. 딸을 출산해서 경황이 없다고 하면서도 송 감사와의 통화 내용을 전달했다.

'건강을 잃으면 용기도 잃는 거래.'

오명숙은 마치 주변에서 자신을 세월아 네월아 시간을 삼키는 괴물로 보는 따가운 시선이 두려워서 공부에 도무지 집중할 수가 없었다. 책상에 엎드려 죽치고 있는 것도 지겨웠다. 그녀는 2000년을 맞아 꽂았던 메모지를 찾아서 H다방으로 달려갔다. 사각기둥이 녹색 타일로 산뜻하게 바꾸고 하트모양의 메시지 꽂이는 온데간데없었다. 오명숙은 자신이 어디로 가는지 무얼 하는지 통 알 수가 없었다.

장 언니가 청승궂은 오명숙을 위해 생각 끝에 돌이키고 싶지 않은 과거를 고백하였다. 커피잔 옆에 놓인 작은 그릇에서 오명숙이 노란 각설탕을 한 개를 집으며 좋아했다.

"처녀 때 꼭 가고 싶었던 프랑스 파리로 여행을 떠났지. 사크레쾨르 대성당이 있는 몽마르트 언덕에서 남쪽으로 펼쳐진 아름다운 파리 시내. 나는 고이 서서 눈에 불을 켜고 지켜봤단다.

'여기 한 번 봐요' 나와는 무관한 남자의 열의에 찬 목소리가 연거푸 들리면서 익숙한 한국말에 나의 중추신경계가 엇박자를 일으켰던 거야. 나, 참.

어찌 넋을 잃지 않을 수가 있을까? 석양의 찬란한 오렌지빛 속에 오롯한 대성당은 기적과 같은 경이로움 그 자체였단다. 누가 높은 곳에서 보고 있다고 느꼈는데, 금세 많은 백인 관광객들 사이를 달리는 움직임을 포착할 수 있었단다.

'어때요?'

한 젊은이가 가로막고 서서 성급하게 물었어. 난 아무 말도 못 하고 고개를 크게 끄덕였지.

'좋지요, 동의한 겁니다.'

그는 세계 각처의 수많은 관광객 중에서 자기 목소리에 대답을 한 것은 명백한 청혼의 수락이라고 괴상망측한 논리를 펼쳤지.

나는 경악하며 고함을 지를 뻔했지만 귀신에 홀린 듯 그 남자와 맺어졌던 거야. 결혼 후, 3년 동안 세계여행을 하는 거창한 인생계획을 세우면서 말이다. 난 행복이 한결같을 줄만 알았던 거지. 행복의 무게가 가벼워질수록 반대편의 불행은 상대적으로 무거워진다는 걸 미처 알지 못했지. 어느 날 불행의 저울추가 저울판을 짓눌렀던 거야.

아침에 신랑은 침대 위에서 차가운 죽음을 맞이했단다. 내가 고개를 끄덕여 그를 만난 것마냥 그를 선선히 떠나보내야 했지. 정말 시시한 남자지 뭐야. 지금 이 카페빌딩은 시댁에서 준 거야. 아들과 한 약속을 지킨다면서 말이다.

명숙아, 낙방도 삶의 일부고, 태양은 언제나 공평해. 네가 건강하다면 네가 열지 못할 문이 어디 있겠니?"

오명숙의 눈망울에 물기가 그렁거렸다. 장 언니의 집은 건물의 5층이었다. 오명숙은 장 언니를 따라 현관 입구에서 빨간 혓바닥을 내민 강아지 모형부터, 거실 벽에 솔방울 모양의 추가 매달린 뻐꾸기시계며. 각 나라의 찻잔 세트며, 특히 눈길 끄는 어린애 엉덩이 모양의 앙증맞은 볼 세트를 둘러보면서 감탄을 연발했다. 1층 카페는 잽도 안 되는 이국의 풍물 전시장이었다.

오명숙은 고독한 공간에 장 언니가 슬픔마저 예쁘게 장식해 놓은 것 같아 가슴이 뭉클했다.

완벽한 인생은 없었다. 장인들이 뜨거운 열정으로 땀을 흘리고, 입김을 불어가며 수작업으로 제작한 아름다운 사물은 다시 사람들의 입김을 입거나 손길에 부대끼며 사람의 온기 속에서 이용되어야만 가치가 있으니까.

오명숙은 만성적인 자격취득시험 후유증 때문에 거칠어지는 성격과 쌀쌀맞은 대인기피증의 스트레스를 해소할 수 있는 위안과 함께 용기를 얻었다. 듣기중국어 강좌만 등록하고, 실전 핵심 응용문제 위주로 학원 자습실에서 씨름했다.

11월 말. 10시가 되기도 전에 장 언니가 진두지휘하며 추운 날씨에 카페를 나왔다. 오명숙은 Y단란주점이 목적지라 단골들의 사교행차쯤으로 알았다. 택시가 두 대 다 도착하자, 박 사무장이 풍채 값을 하듯 안경을 벗었다 쓰면서 일행을 모이게 했다. '없는 사람 손들어' 하자 와자지껄한 소란이 벌어졌다.

장 언니가 선두로 빌딩의 로비로 들어가서 지하 계단 입구에서 손짓하며 계단으로 내려갔다. 여사장이 청바지 차림으로 출입문을 열어젖히고 장 언니에게 깍듯하게 인사하며 일행들을 반겼다. 단란주점은 인테리어도 홀 천장의 미러볼도 영업한 지가 꽤 되어 허름했다. 홀의 가운데 둥그런 소파가 마주 보는 테이블 쪽에 일행들이 자리를 잡았다.

장 언니는 춥다며 여사장에게 난방 좀 팡팡 틀어 달라고 주문했다. 넓은 테이블에는 맥주 1박스, 조니 워커 블랙 1병과 또 큰 쟁반에 과일, 오징어채, 땅콩, 치즈 조각을 담은 접시들이 놓였다. 손님 수대로 테이블에 차려진 맥주잔에 거품이 부글거리는 맥주가 가득히 채워졌다.

무대의 중앙 벽에는 4개의 TV 화면으로 구성된 대형화면과 한쪽 구석에는 허술한 장식장이 있었다. 도우미 아가씨가 마이크를 꺼내 들고 시험했다.

조 사무장이 까무잡잡한 얼굴에 홍조를 띠고 장신의 몸을 일으키며 맥주잔을 높이 쳐들고 외쳤다.

"위로 파티를 시작하겠습니다. 미스 오를 위하여!"

오명숙은 갑작스런 멘트에 심란해지면서 좌중을 둘러보았다. 그리고 미러볼의 고르지 못한 조명 속에서 화를 내며 중얼거렸다.

'미역국을 먹은 지가 언젠데? 지금 와서 불합격파티라니 세상이 공정하게 돌아가고 있는 거야.'

"미스 오! 노래를 부르며 인생을 즐깁시다."

도우미 아가씨가 무대에서 미러볼 불빛 아래 선곡 채비를 하며 박수를 보냈다. 노래방 기계 앞에는 딱따기와 꽹과리, 탬버린이 준비되어 있었다.

장 언니가 울상이 된 오명숙에게 미소를 지으며 말했다.

"네가 워낙 침묵으로 일관하며 차갑게 대했으니 말이다."

소명의 길

　대사부는 장일국과 비록 몸은 떨어져 있었지만 으뜸아귀 식당에 생아귀를 공수하면서 뒷바라지를 해주었다. 그는 대사부의 후덕에 감은하는 길은 대중에게 아귀의 진미에 패복시키며 아귀의 영양 가치를 세상에 널리 알리는 것이라고 매일 다짐했다. 따라서 장일국은 손님을 왕처럼 극진히 모시면서 자신이 절차탁마한 요리의 공력에 정성을 다했다. 지역의 맛집 등극은 여반장. 아귀찜의 풍미에 매료된 손님들의 입을 통해서 명성이 자자하자. 서울의 중심지에서도 아귀찜의 풍미를 욕심내는 식객들이 장일국의 식당으로 꾸역꾸역 모여들기 시작했다.
　식객마다 주방장의 형형한 눈빛과 아귀를 다루는 손재간 그리고 혀끝의 미각으로 아귀요리에 대한 경지를 보여주니 찬탄을 아끼지 않으며 단골이 되었다.
　장일국의 사명감은 손님들이 아귀요리에 작약하는 모습 때문에 더욱 깊어지고 행복감은 아귀요리의 공력을 발휘하는 주방에서 있을 때가 최고였다. 그는 독백도 즐겨 했다. '된장을 약하게 풀어 넣고 미나리 듬뿍, 그리고 뽕 넣는 걸 잊으면 큰일 나지, 그리고 음, 빨간 소스…. 겉으로는 입맛을 자극하지만 맵지 않고 달지 않으며 담백할 뿐.'
　그는 아귀 요리사로서 자부심을 느끼며 삶의 소명은 단순한 우연이라기보다는 필연적 법칙이라고 느끼면서 진지한 태도로 임했다.
　'죽음은 세상이 마음대로 되지 않는다고 탈출하는 돌파구가 아니었다. 돌파구는 거꾸로 자신의 내부에서 길을 발견하고 세상을 개척해가야 하는 용단에 있었다. 세상을 조각배 신세로 정처 없이 떠돌면서도 삶의 소명을 간구하였기에 등대 같은 대사부를 만나지 않았던가.

'으뜸아귀' 레시피가 외식시장에 입소문이 파다하면서 손님 말고도 예비 창업주나, 메뉴에 골머리를 썩는 음식점 주인들이 '으뜸아귀' 식당에 쇄도하였다.

장일국이 베푸는 아귀 인심은 유별났다. 단순히 레시피만 전달하는 것이 아니라 아귀의 점질물 손질법부터, 날카로운 이빨을 조심시키며, 예민한 칼질로 아귀 배 속의 내장과 이물질을 제거하는 과정까지 정성을 기울여 시범을 보였다. 으뜸아귀의 레시피에 의거하여 각 식재료들의 조화와 조리의 타이밍을 강조하면서 자신만의 감각을 놓쳐서는 안 된다고 귀띔하였다. 장일국의 눈부신 활약으로 아귀찜과 탕 요리의 '으뜸아귀'의 레시피가 날개돋인 듯 팔리면서 마침내 으뜸아귀'의 왕국이 형성되었다.

각종 식재료 공급회사들은 '으뜸아귀' 왕국에 식재료의 공급권을 공고히 하고자 장일국에게 '회장' 호칭을 붙이면서 아귀의 전도사로 추앙했다. '장 회장'의 호칭이 '으뜸아귀 왕국'에서도 자연스럽게 통용되었다.

어느 때부터인가 식재료 공급회사들은 장 회장에게 감사의 봉투를 헌금하면서 '으뜸아귀' 왕국의 무궁한 발전을 기원하였다.

장 회장은 수첩에 깨알같이 적어놓은 수하의 식당이 30여 개가 훌쩍 넘어서자 당당하게 행동했다. 그는 직접 '으뜸아귀' 왕국에 속하는 식당에 일일이 전화를 걸어서 자신이 추천한 식재료 공급자들과 거래 여부는 물론이고 거래 사항까지 꼼꼼하게 점검했다. 이래저래 각종 식재료 공급자들은 '으뜸아귀' 식당의 모집사업에도 발 벗고 나서게 되었다.

장일국의 아귀에 대한 유별난 애정 때문에 자신도 일약 재산가가 되었지만 '으뜸아귀' 왕국의 식당 사장들도 성공가도를 달렸다.

장일국은 강남에 사는 강 회장이 발길이 뜸하면 보고 싶었다. 그는 아귀수육의 광팬으로 수육의 락미풍미(樂味豊味)를 즐기는 미식가자, 인생 상담에도 응해주었기에 그지없이 편했다.

그는 강 회장에게 아귀수육을 대접하기로 마음먹고 태연스럽게 강 회장에게 전화를 넣었다. 강 회장은 목소리를 듣자 곧장 말을 이어 받았다.

"그렇잖아도 아귀수육이 생각났거든. '으뜸아귀'에 들리지, 내일, 내일이야."

미스 양이 계산대에서 강 회장을 식당의 골방으로 안내하고는 주방에서 점잔을 빼고 있는 양복 차림의 장일국에게 알렸다. 장 사장이 직접 아귀수육 접시를 쟁반에서 식탁에서 옮겨놓으며 말했다.

"회장님 일본에 수출하는 아귀 간도 좀 챙겼지요."

"양복차림이 출중해! 간은 귀하지, 어이쿠 푸짐하군. 그래."

타원형 접시의 밑바닥에 깔린 삶은 콩나물 위로 삐죽이 돋은 아래턱살의 두툼한 조각들이 미나리와 당근 채 사이로 거무스름하게 드러났다.

강 회장은 아귀 간을 살피다가 냉큼 입에 넣고는 연신 벙글거렸다.

"IMF의 경제 쇼크와 부동산 투자? 사실 기회거든, 강남의 대형평수 아파트로 질러야지. 아니면 꼬마빌딩은 월세가 들어오잖아. 누가 투자할 건가?"

장 사장이 의외로 촉을 세우자 강 회장은 한 발짝 물러서는 눈치가 역력했다. 강 회장이 아귀턱살 조각을 뜯어 우적거리는 동안 식사와 매운탕이 나왔다.

강 회장은 노을 빛깔의 매운탕을 보자 흡족한 표정으로 숟가락으로 떠서 입으로 가져갔다. 매운탕의 알싸한 향미가 가득 찬 골방. 장 사장은 내심 서운하면서도 강 회장의 선견지명에 속이 후련했다. '강남의 아파트에 투자하면 된다니까.'

누가 골방의 방바닥에다 돈다발을 쟁기고 잔다고 상상할 수 있을까? 신용불량자로서 골방 방바닥의 공간도 이제 차버렸으니 막급했다. 장일국은 강 회장이 놀라는 모습을 상상하면서 강남아파트의 분양 소식에 안테나를 한껏 올리고 귀를 쫑긋거렸다. 분양의 경쟁률은 M건설회사의 최고급 대형아파트 분양 광고에 비해서는 다소 저조했다. 장일국은 분양 아파트의 잔금을 치르는 날을 고대하면서 강남아파트에 입주한다는 기쁨보다는 자신만의 주방 공간을 갖는 숙원을 풀 수 있어서 행복했다.

작달막한 신사가 초라한 식당으로 찾아와서 명함을 두 손으로 공손히 내밀고는 깍듯이 절을 했다. 장 사장은 명함을 들고 눈썹이 짙은 신사를 골방으로 안내하였다. 그는 식탁에 앉자 M건설회사 출신이라고 덧붙였다. 장 사장은 탁자에 놓은 명함을 다시 확인했다. M인테리어 회사 대표이사 김근일.

김 사장은 장 사장의 주방 공사의 인테리어에 대한 계획을 들으며 허리를 가끔 뒤로 젖히며 전문가답게 으스대곤 했다. 김 사장은 최고급아파트의 럭셔리한 주방을 철거하겠다는데 대목에서 심각한 표정으로 짙은 눈썹을 풀쐐기처럼 꿈틀거렸다.

그는 철거공사를 시작하기 전에 신축주방설계도를 완성하여 다시 미팅을 갖자고 제안했다. 장 사장은 김 사장의 서글서글한 성격과 여유만만한 자세가 황금 레시피의 산실을 창조할 적임자 같아 마음이 놓였다.

며칠 후, 김 사장이 제안할 주방설계도를 들고 다시 장 회장을 찾아서 주방설계도면들을 한 장씩 넘기면서 인테리어 전반에 대해 설명했다.

"장 사장님, 주방 공간의 효율적인 구성과 주방 동선의 매치에 중점을 두면서 가급적 사장님의 체형까지 고려한 3D설계프로그램을 적용했죠. 또한 한강의 조망을 우선하는 '레시피의 산실'을 창조하는 전망 조리대, 휴식공간의 키친 아일랜드, 대형식탁이 최적 위치에 배치하도록 유용성을 최대한 살렸습니다."

장 사장은 분에 넘치는 '레시피의 산실'에 얼굴이 빨개지며 브리핑 중도에 김 사장이 제안한 설계안을 승낙했다.

김 사장은 공사의 진척사항을 보고하는가 하면 중요 품목은 채택에

앞서 꼭 의견을 물었다. 장 사장은 기분 좋게 항변하였다. '다 맡겼잖아요.'

장 사장은 인테리어 공사 후. 처음 현관에 들어서며 자동유리 중문이 열리자 즉시 놀라운 표정을 지으며 김 사장을 바라보았다.

'이게 그 자동문이군요.'

김 사장이 빙그레 미소 지으며 설명을 이어갔다.

"주방에도 설치했습니다. 음식연구소에서 발생하는 음식 냄새를 원천 차단해서 거실에 영향이 없도록 말이죠."

장 사장은 널찍한 거실에서 한강의 정경을 감상하며 주방으로 건너가면서 입가가 양쪽 귀에 걸렸는데, 아니나 다를까 주방 자동문이 주인을 정중하게 맞았다. 신축 주방은 설계도면 대로 완벽했다.

장 사장이 김 사장과 깔끔하고 미려한 후드시스템이 천장에 연결되어 조리대의 4구 불꽃을 커버하는 피라미드 구조를 번갈아 보면서 말했다.

"진즉에 음식연구소는 있어야 했습니다."

장 사장은 한참을 주저하다 김 사장의 인테리어 실력에 감탄하며 비밀스럽게 간청했다.

"서재가 필요해요. 김 사장! 아귀 때문에…."

김 사장은 공사 대금을 현금으로 받았던 터라 호탕하게 웃으며 말했다.

"위장벽체를 설치하면 비밀공간이 감쪽같습니다."

"김 사장은 아귀처럼 격의 없이 대화할 수 있어서 좋단 말입니다."

소명의 길 161

장 사장은 신용불량자라는 고뇌까지 인테리어로 해결하는 김 사장에게 또 한 번 감탄했다.
 장 사장은 아파트를 장만하면서 전망조리대의 음식연구실까지 마련하게 되자 도량이 넓어진 것마냥 매사에 의젓해졌다.
 집은 마음의 정주(定住)이자 삶의 방향타(方向舵) 역할을 한다는 것을 깨달았으므로.

신장개업

새해를 맞아 을씨년스러운 날씨 속에 오명숙이 저녁에 출근하자 장 언니가 저녁 요기를 갖다주었다.

"몸부터 데워야지. 스프와 내가 만든 스콘이야."

오명숙이 속을 채우며 휴식을 마치자 커피를 준비해서 장 언니와 마주 앉았다.

"장사해 볼 생각은 있었니? 그냥 네가 좋다면 그게 조건이니까. 음. 낮에는 자격증시험공부를 하려무나."

오명숙은 장 언니의 갑작스런 질문에 뭐라 대답할 수가 없었다. 장사라곤 양품점 얘기를 꺼냈다가 코가 납작해진 경험과 어머니의 입버릇을 주워들은 게 전부였다. '장사하면 돈주머니가 마를 날이 없어서 좋아.'

장 언니는 오명숙의 의향이 궁금한 나머지 자상하게 설명했다.

"Y단란주점 말이다. 여사장이 채무 대신 넘기겠다는 뜻을 비쳤거든. 장사기술이 뭐 있겠어? 돈을 만지면, 또 아니?"

오명숙이 가당찮은 표정을 짓다가 '예' 하며 가냘프게 대답했다. 장 언니가 Y단란주점의 인수 작업을 일사천리로 진행시키면서 오명숙도 집을 떠나서 혼자 지낼 방을 구해야 했다.

Y시장과 인접한 주택가 사거리에 즐비한 부동산사무실. 오명숙은 유일하게 여사장이 하는 강민영 부동산을 찾아갔다. 그녀는 물건목록

을 뒤적이다 벌떡 일어서서 오명숙에게 종알거렸다.

"나가요. 가게와 조금 떨어지긴 했지만 월세니까."

오명숙은 그녀의 하얀 피부에 탄탄한 몸매가 부러워서 눈길을 주는데 그녀가 출입문을 나서자 명령조로 말했다.

"여기 입구에서 기다려요!"

그녀가 흰색 벤츠를 몰고 나타나서 손짓하자 오명숙은 머쓱해져서 조수석 문을 열고 타려 하자 그녀가 눈을 부릅뜨고 성깔을 부렸다.

"운동화가 그게 뭐예요?"

오명숙은 밖에서 운동화를 털고 앉긴 했는데 불안했다. 그녀는 어린이 놀이터 근처의 K복덕방에 오명숙을 내려놓고는 홀연히 떠났다. K사장은 오명숙에게 봉지 커피를 타서 대접하며 명함을 공손히 내밀었다.

오명숙은 K 사장이 운전하는 경차에 앉으니 마음이 놓였다.

경차는 어린이 놀이터 뒤쪽 주택가의 월세 지하방을 순회한 후 건너 동네로 갔다. 주택가의 골목 삼거리 모퉁이에 접한 2층 주택의 지하방은 초록색 철 대문의 출입구가 따로 있고 방 구조는 일자 모양. 벽돌담 끝에 있는 화장실을 같이 쓰는 이웃은 방 2칸짜리의 전세라 했다.

오명숙은 가게가 세 정거장 남짓한 거리라 출퇴근은 걷기로 마음먹었다. 단란주점을 점검하는 날. 장 언니가 이것저것 가르쳐주었다. 출입구부터 점검하며 건물의 로비를 통해 지하 계단으로 출입하는 것을 원칙으로 했다. '너 혼자 있는데 야밤에 두서없이 손님이 나타나는 건

위험해.'

　지하 2층의 화장실로 가는 계단을 비추는 일반 백열등은 맛이 가서 갈아야만 했다. 단란주점 무대와 홀이 아담하게 보이게 통로의 가장자리에 ㄴ자 칸막이는 설치가 시급했다. 홀의 미러볼과 무대의 조명장치, 노래방 기계와 마이크 및 음향설비, 14인치 TV 4개가 구성된 대형화면도 수리나 교체를 하면 한결 나을 것 같았다.

　장 언니가 몇 번이고 망설이며 고심하다 오명숙에게 "홀과 무대는 돈을 벌어서 할까? 어때?"

　장 언니가 주방을 둘러보고 나오면서 뒤늦게 주방 통로의 벽 위에 색감이 변한 비키니 차림의 금발 아가씨 그림을 발견하자 바로 치워버렸다.

　마지막으로 출입구의 계산대 쪽에 있는 두 개의 룸은 칸막이를 질러놓아 어부지리로 얻은 인상이 짙었다. 오명숙은 가슴까지 치렁치렁대는 비즈 발을 들치다 웃음을 터트렸다. 장 언니가 무심결에 외쳤다.

　"중화반점이다…. 얘. 이건 어쩌지?"

　오명숙은 개업부터하자고 장 언니에게 성화를 부렸다.

　"야! 개업하기 전에 단란주점 사장이 다 되었네."

　장 언니가 웃으며 말했다.

　두 사람은 출입문에서 계산대의 위치가 도드라지게 양 벽면에 밝고 화사한 꽃무늬의 벽지를 새로 도배하였다. 룸 두 곳이 빈티가 흘렀지만 손을 대면 일이 커질 것 같았다.

　'릴라' 단란주점의 개업일. 2006년 3월 3일 금요일 오후 4시.

주방입구의 벽에 새 액자가 걸렸다. '자주 꽃이 만개한 라일락 속의 아가씨.' 장 언니가 말했다.

"릴라 어때? 라일락의 스페인어이지. 사랑의 시작이란 꽃말도 그렇고…."

오명숙은 본때 나게 돈을 주물러야 했다. 따라서 단란주점의 운영 철학이 필요했다. 누구라도 삶의 밋밋한 지평에서 20cm라도 높은 무대에 선다면 인생을 새롭게 바라볼 수 있을 것이다. 미러볼의 조명을 받으며 자신의 인생 노래 한 곡조를 뽑아내면 세상의 고된 시름도 가시고, 기쁨은 용솟음칠 것이니까 말이다. 한 박자 쉬어가는 무대의 리듬 속에서 삶이 싱싱해진다는 것을 몸소 깨닫기를 바랐다. 오명숙은 인생을 질주하는 바람에 번아웃 증후군에 헤매는 사람은 구하고 싶었지만 술고래들은 상대할 생각이 없었다.

장 언니가 자가용을 운전하며 개업시간에 맞춰 작은 사거리로 들어서서 단란주점 빌딩을 한 바퀴 돌아서 주차장에 들어갔다. 그녀가 빌딩 입구의 좌우에 세워진 개업 화환을 확인하고는 빌딩의 로비로 들어서자 지하 계단으로 달려갔다. 장 언니가 홀 중앙의 둥그런 소파에서 두리번거리다가 주방에서 달려 나오는 오명숙에게 손뼉을 쳤다. "오늘 너무 예쁘다. 얘."

오명숙의 활짝 웃는 분홍빛 얼굴에 양어깨에 닿을 듯 가지런한 머리가 찰랑거렸다. 그녀가 다시 주방으로 가서 따뜻한 유자차를 내어 왔다.

장 언니가 안쓰럽게 오명숙을 쳐다보다가 핸드백에서 예쁘게 포장한 개업 축하 선물을 꺼내 건넸다. 오명숙이 만면에 웃음을 뿌렸다.

"언니! 무슨 개업선물을…."

"아니야, 사장님은 말이다 몸조심이 최고야. 밤길에 혼자는 위험하잖니. 그런데 무대가 왜 이래?"

"아직 홀의 미러볼과 무대 조명의 전원 스위치를 켜지 않았죠."

"말이 된다고 생각해? 오늘 개업식이야! 명숙아, 아낄 걸 아껴야지."

개업 첫 달의 매상은 단연히 연줄의 위력. 장 언니가 뭐라 해도 1등 공신이었다. 원정팀의 가이드로 조 사무장, 박 사무장의 일행들이 주말마다 꼬박꼬박 매상을 채워주었다. 브런치 카페의 일반 단골들도 장 언니의 친분 덕에 '릴라 단란주점'을 알게 모르게 드나들며 단골이 되었다.

세상에 엿장수 마음대로 되는 장사는 없었다. 최대의 과제는 월 매상 목표를 사수하기 위한 노력을 경주하는 것. 오명숙은 일찍 출근해서 매상의 극심한 등락을 해결하고자 손쉬운 광고명함을 Y시장 주변의 상가와 빌딩에 직접 뿌리며 다녔다.

손님들이 봄비에 방울방울 맺히는 꽃봉오리처럼 잇따르는 날은 장사의 기쁨이었고, 한밤중일지라도 찾는 단체손님들은 장사의 행복이었다.

오명숙은 마감을 치면서 잠이 다 달아나고, 함지박만 한 입을 다물지 못했다. 업보는 통역관광가이드 자격증에 대한 미련. 그녀는 중국어와 노인의 싸움에 마침표를 찍고 싶었다. 그녀는 계산대 옆의 중화반점을 자습실처럼 이용하였다.

오명숙이 고요 속에서 자신의 숨소리를 들으며 중국어 공부에 열중하고 있었다. 그녀는 귀를 기울이다 얼른 수험서를 덮었다.

1층에서 큼직한 감자 하나가 굴러서 지하층 계단으로 통통거리며 떨어지는 소리가 분명했다. 그녀가 무대의 전원을 올리고 입구로 달려갔다. 출입구에 빠끔한 손님. 숱이 적은 대머리와 피둥피둥한 체구의 건물주가 틀림없었다. 개업식에 축화 화분을 들고 찾아왔을 때부터 동화에 나옴직한 감자 같은 인상이었으니까

오명숙은 웃음을 참아가며 감자가 베레모 모자를 다시 쓰는 타이밍을 맞춰 앞장섰다. '감자가 한 달이 지나서 어떻게…'

그가 으스대며 들어서자 지정석처럼 중화반점 두 번째 룸으로 입장하였다. 오명숙은 묵묵히 주문을 받았다. 릴라가 '감자' 맞은 편 자리에서 작은 양주병을 따서 첫 잔을 따르자 '감자'는 기분 좋게 웃으며 마시기도 전에 벌겋게 달아오른 얼굴로 말했다. "나는 퇴근인데 릴라씨는 출근이야."

'감자'가 대화가 필요하다는 듯 웃음을 터트리며 릴라를 앉히려 손짓을 멈추지 않았다.

"통풍이 있어 맥주는 거부하지. 건강관리에서 소신을 굽히지 않아."

'감자'는 이마까지 뻘게져서 '릴라 사장'은 꽃처럼 예쁘다며 게다가 '랄, 랄, 라'라는 노랫가락처럼 흥겹다고 찬사를 늘어놓았다. 릴라는 '감자'가 머리 스타일이 바뀐 걸 모르는지 입도 벙긋하지 않는 탓에, 빗치개로 단장한 머리를 슬쩍 돌려서 보였다. '감자'가 침이 마르도록 되풀이했다.

"풍류민족인 우리는 어우러져 정을 나누고 한을 토하며 자신의 주체성을 확립하였던 거야."

작은 양주 한 병이 어느새 비었다.

'감자'는 마지막 잔을 탁자에 놓자. 품위 있는 태도로 잠바 안주머니 속으로 살집이 좋은 손을 들이고는 마주 앉은 릴라의 동태를 살폈다.

"사장님, 그냥 서비스에요."

릴라가 상냥하게 선심을 쓰자 '감자'는 베레모 모자를 챙기고는 룸에서 사라졌다. 릴라는 자기도 모르게 손을 목덜미 깨로 돌려 빗치개를 어루만지며 자신의 변신에 만족했다.

여름철로 접어들면서 단란주점 영업이 만만찮았다. 주류 납품 사장이 맥주 상자를 손수레에서 주방으로 옮기며 걱정했다.

"사장님, 매상은 술고래가 그저 그만이고 도우미도 그렇고요. 그러니까 노래는 뭐라 할까? 좌우간 장사는 남아야 하거든요."

수지균형이 비틀거리며 월세가 당장 심적 압박을 가하기 시작했다. 오명숙은 점심시간을 이용하여 발바닥이 뜨겁도록 시장 주변과 빌딩 근처의 식당가를 돌며 단란주점 명함을 돌렸다. 다행히 관광통역가이드 시험제도가 바뀌면서 필기시험과 면접시험을 10월 7일과 28일 양일간에 치르고 중국어능력시험은 종전과 같이 시험성적표를 제출하면 되었다.

장 언니가 격려 전화를 하는 날은 공교롭게도 매상이 최고로 올랐다. 미스 변의 남편이 강북에서 손님들과 2차로 방문하여 늦게까지 양주를 팔아주었다. 여동생의 회사 동료들이 회식을 가지며 늦게까지 무대에서 가무를 즐겼다.

가을에 반짝하던 매상이 추석 명절을 고비로 장기 침체에 빠지는 것 같았다. 오명숙은 장 언니 몰래 고민하다 여동생에게 금전융통을 했다. 오명숙은 같은 돈인데도 매번 빌린 돈을 쓸 때는 정신이 번쩍 들었다.

영업시간 전부터 홀과 무대의 전원을 다 켰다. 손님이 넘실거리기를 기대하면서. 월말이 또 닥쳤다. 그녀가 중화반점 룸에서 장부의 앞뒤 페이지를 꼼꼼히 체크하다 오색찬란한 홀을 보고 있자니 한심하고 두려웠다.

인기척에 그녀가 나가자 계산대에 서 있는 '감자'

오명숙은 보름도 못 넘기고 등장한 '감자'가 야속하고 속상했다. 그런데 '감자'가 지정석을 놔두고 왜?

'감자'가 갑자기 발작하듯 고함을 쳤다.

"릴라 사장! 대형사고야, 정말!"

오명숙은 멀뚱멀뚱하게 베레모 모자를 바라만 보고 있었다. '감자'가 자기 뺨을 치고 나서야 말문을 열었다.

"이래서 운명이나, 때가 있다는 거야. 대박이야. 릴라 사장!"

'감자'가 양치기 소년처럼 장난칠 리 만무했으므로 맞장구를 쳤다.

"건물주 사장님, 축하드려요."

오명숙은 우스꽝스러운 상황을 끝내고 돌아서려는데 '감자'가 생뚱

맞게 주먹으로 계산대를 쾅쾅 쳤다.
"미녀. 상 사장이 사업 수완이 좋다마다. 1층부터 3층까지 계약했단 말이지."

킹콩찜

강 회장이 삼복더위가 한풀 꺾이자 '으뜸아귀'를 방문하였다. 장 사장이 반가이 맞아 골방에서 마주 앉았다.

"회장님, 오늘은 제가 극진히 대접하겠습니다. 5년 동안 잊지 않고 불원천리하시니 말입니다."

"아니, 벌써 그렇게 되었어, 그럼 나도 늙었단 말이지. 하하."

장 사장은 서두에 강남아파트를 분양받았다는 말은 피하면서 외식 사업에 대한 자문만을 구하기로 했다. 식탁에는 아귀간과 아귀수육이 채소바구니, 양념장 종지와 함께 놓였다. 장 사장이 강 회장에게 흔쾌히 소주를 권했다.

"강 회장님, 보시다시피 식당도 협소하고 메뉴도 단출해서 말이죠. 외식시장에서 규모 있는 브랜드로 발전시키면 어떨까 해서요. 회장님의 식견 높은 가르침을 받고자 합니다. 이 무지렁이에게 자비를 베푸십시오."

강 회장은 뜨악하며 장 사장을 한참 쳐다보다가 고개를 한 번 끄덕거렸다.

"하하! 장 사장, 이제 사업가가 다 되었어요. 그럼. 아귀식당 사장이라고 미래의 포부를 품지 말라는 법은 없으니까."

강 회장이 술잔을 놓자마자 양념장에 찍은 두터운 수육 한 점을 대뜸 입안에서 우물거렸다.

장 사장은 8년간 각고의 노력으로 아귀요리에 공력을 쌓으며 요리사의 소명감을 가졌다고 담담히 술회했다. 그리고 '으뜸아귀'의 전도사에 만족하지 않고 다양한 식재료의 레시피 탐구에도 열의를 쏟는 요리사로 거듭나고 싶다고 털어놓았다.

강 회장은 감탄을 연발하며 장 사장을 칭찬했다.

"그래. 음식점도 개인 장사는 한계가 있지. 외식산업의 미래는 창창하고. 브랜드를 표상하는 메뉴의 다양화와 표준 레시피가 사업의 관건일세."

장 사장은 바람같이 골방을 나가서 아귀찜과 식사를 직접 챙겨왔다. 강 회장은 호탕하게 웃었다.

"실력을 쌓았으되 운이 받쳐주지 못한다면 말이야. 난 두 눈으로 똑똑히 봤다네. 우선 길지(吉地)를 찾는 방법이 있지. 강 사장을 찾아가게. 내 딸일세."

장 사장은 발 빠르게 움직였다. 우선 전화로 강민영 사장에게 용건의 전말을 소상히 설명하고 약속 날짜를 잡았다.

강 사장은 허름한 차림이 수상해서 용건을 확인하려는데 장사장이 말을 가로챘다.

"잠시 차를 사무실 입구에 주차하겠습니다."

강 사장은 긴 속눈썹을 내리깔며 떨떠름하게 말했다.

"주차장을 찾아야지요."

장 사장이 창으로 벤츠를 돌아다보며 가리켰다.

"아버님께서 말씀하시던, 아귀식당하시는 장 사장인가요? 멀리서

킹콩찜 173

일찍 오셨군요."

그녀가 장 사장에게 정중히 인사를 드리며 소파로 안내하였다.

"IMF가 끝나면서 음식점도 구멍가게 시대는 종말을 맞았죠. 음식점의 성공 공식이 바뀐 셈이죠. 외식산업도 맛의 브랜드로서 거미줄 같은 네트워크가 구성되어야 합니다. 저희는 외식산업에서 성공의 지름길을 안내하기 위해 노력하고 있죠."

장 사장은 거창한 설명을 묵묵히 듣다가 용건을 캐물었다.

"예. 어떻게 하면 될지 자세히 설명해주시면 안 될까요?"

그녀가 환하게 웃으며 연분홍빛 손톱을 현란하게 움직이더니 메모지를 건넸다.

장 사장이 받아 든 메모지에는 '강남에 안테나숍과 법인의 본점을 설치할 것'이라는 내용 외에 수신은 박대오 사장, 의뢰인은 장일국 사장이라고 적혀있었다.

그녀가 자리에서 일어나 옷걸이에 걸린 구찌 숄더백에서 보고서를 가지고 와서 건넸다. 보고서의 제목은 '새 브랜드 출시와 체인점의 창업 구상.' 그리고 뒤표지에는 박대오 사장의 신림동 사무실의 전화번호가 있었다.

장 사장은 그 길로 신림동의 박대오 사장을 만나러 가면서 아예 공용주차장부터 먼저 들렀다.

장 사장이 사무실에 들어서자 선물상자와 예의 바른 환대가 기다리고 있었다.

"만남을 축하할 겸 상가 분양의 답례품과 제가 쓴 '상가통달'을 준비했죠. 강 사장과 상담한 내용은 들었습니다. 보고서는 항상 지니고 다니셔야 합니다. 사업의 기본골격은 파악하셔야 하고요. 세부계획은 적시 적소에서 순서에 입각해서 빈틈없이 실행된다고 보면 됩니다."

그는 '상가통달'의 저자답게 요목조목 족집게로 집어내듯 설명했다.

"제 머릿속에 다 있으니까요. 정말 신나죠. 첫 번째. 맛의 상표 등록 및 주식회사의 설립. 명함은 '회장' 직함이 필수죠. 진행은 보고서의 목차에 따라 적용하면 되고요. 언제든지 통화는 가능하고요. 에, 회장님께서는 보고서의 끝 페이지에 따로 표시된 유의사항만은 꼭 숙지하기를 당부드립니다."

장 사장은 '회장'이란 말에 빙긋거리며 말주변이 뛰어난 박 사장이 인재라는 생각이 들면서 법인설립 전에 스카우트 제의를 했다.

"박 사장! 오늘부터 '킹'주식회사 본부장입니다. 회장의 명령입니다."

박대오 사장이 고개를 숙여 즐겁게 웃으며 너스레를 떨었다.

"회장님! 강남에 본사와 안테나숍은 필수지요. 음식가격대와 점포 임대료의 상관관계를 짚어보면 체인점 확산은 수도권은 외곽에서, 서울은 도심에서 승부를 걸며 지방을 공략하는 방법도 나쁘지 않을 것 같군요, 허허."

세상에 야심차게 브랜드의 출사표를 내던진다고나 할까. 장 회장은 '킹'주식회사의 법인등록이 완료되면서 전망조리대에서 탄생한 '킹콩찜'을 출시하다 보니 세상은 온통 경이로 가득한 것 같았다.

도대체 어떤 식당이 3층을 통째로 사용한단 말인가?

오명숙은 대형식당의 오픈을 오매불망 애태우면서, 11월 2일 마침내 중국어 시험과 노인의 싸움에 종지부를 찍었다.

오명숙은 그날 한밤중에 무대에서 혼자 관광통역가이드 자격시험 합격 자축연을 열었다. 미러볼 불빛 아래서 노래방 기계의 반주에 맞추어 '창밖의 여자'와 '외로운 여자'를 연거푸 불렀다.

오명숙은 큰마음을 먹고 연말 장사에서 목돈을 만질 궁리를 하며 일찌감치 크리스마스 기분이 나도록 무대 장식을 하였다.

어느 날. 단란주점 건물의 외벽이 3층까지 단색으로 통일되면서 단아한 모습이 되었다. 2개의 커다란 간판 틀이 양쪽 사거리에서 보이도록 3층 창턱 아래의 외벽을 가로지르며 설치되었다. 건물의 볼품 없던 외양이 장막으로 가려진 채 요란한 소리가 빗발친 지가 꽤 되었으니까.

오명숙은 건물의 1층에서 3층까지 가시적인 징후들을 포착하면서 신경이 예민해졌다. 건물의 현관 출입문 외에도 길에서 직접 출입할 수 있는 전용출입문을 만드는 공사가 한창이었다.

추운 날씨에도 쉬지 않은 공사로 건물의 1층과 2층이 새롭게 변모하였다. 로비의 복도 벽에 있던 우편함도 통째로 눈에 띄도록 새것으로 교체되었다.

오명숙은 대형식당에 손님이 들끓어서 단란주점의 영업에 나쁠 것이 없다 보니 '감자'가 건물주답게 임차인에게 임무를 다하는 모습이 고마웠다.

역사적 브랜드 본칭을 하루 앞둔 오후. '킹'주식회사의 회장실에서 장 회장은 그간 두 사람이 서로 통성명하고 지내는 사이로 착각하였던 터라. 그는 서둘러 김근일 사장과 박대오 본부장을 소파로 불러서 두 사람의 손목을 잡아끌어 서로 악수하도록 하였다.

"소개하는 걸 깜빡해버렸네. 박 본부장! 김 사장을 체인점 인테리어 적격자로 낙점했지요. M건설에서 잔뼈가 굵어진 터라. 체인점 계약이 성사되면 제일 먼저 소식을 전해야 할 양반이죠. 한 식구니까. 잘해봅시다."

장 회장이 처음 두 사람에게 준다며 새 명함을 지갑에서 꺼내서 건넸다.

박 본부장은 체인 점포의 인테리어 건은 떼 놓은 당상인데 믿는 도끼에 발등이 찍힌 꼴이었다. 장 회장이 '상가통달'의 저자를 무시해도 유분수지. 보고서의 끝 페이지에 따로 표시된 유의사항을 어찌 숙독하지 않을 수가 있을까.

'토탈서비스 시대의 추세에 따라서 체인계약 본부에서 창업의 첫 삽이나 다름없는 점포의 발굴에서 점포의 인테리어까지 도맡아야 한다.'고 명시했건만.

결국 완벽한 계획에도 허점이 있었다. 강 사장이 생각이 짧았던 것 같았다. 안테나숍 계약의 후속 조치로 인테리어 공사까지 챙길 줄 믿었는데 말이다.

박 본부장은 김근일 사장의 이마를 쏘아보며 악수한 손을 양복바지의 뒷주머니에 넣어 비볐다. 그는 멸시당하는 기분을 마음속으로 깊이 새겼다.

'중요한 것은 언제나 문제가 일어난 그다음의 행동에 달려있는 것.'

장 회장은 박 본부장이 회장실을 떠나자 잘 됐다 싶었다. 장 회장이 명함을 꺼내 보이며 김 사장에게 설명했다.

"명함을 하면서 개명을 했습니다. '일국'인데 뒤의 글자 '국'을 빼버렸어요. 훨씬 회장다워진 것 같지 않아요?"

김 사장은 눈썹이 송충이처럼 꿈틀거리도록 배를 잡고 웃으며 말했다. 장 회장도 파안대소하였다.

"회장님, 미래지향적으로 가야죠. 모든 것의 과거와 이별을 해야겠지요? 행동거지도 생각도 심지어 외모까지 말입니다."

"매사에 틀림없으신 분이시니. 내 취향에 맞게 개성을 창조해볼까요? 하하."

"회장님, 제가 모시겠습니다. 브랜드 론칭 겸 개업행사가 절묘하군요."

김 사장이 조수석에 앉아 벤츠를 운전하는 장 회장과 함께 빌딩 주차장에서 나오며 새롭게 단장한 건물의 외관을 유심히 살폈다.

"회장님, M아파트의 뒤쪽에 주택가 아시죠? 이발사가 같은 김 씨죠. 성격이 얼마나 꼼꼼한지."

이발소에서 김 사장이 이발사에게 특별히 주문했다. 이발사가 장 회장의 목을 하얀 타월로 동이고는 대형거울에 비치는 장 회장의 모습을 유심히 살피다가 뒷머리부터 가위질하기 시작했다. 김 사장이 지켜보는 가운데 연한 갈색염색에 세안까지 마치자 장 회장은 완전히 다른 사람이 되었다.

장 회장이 통쾌하게 웃으며 농담처럼 말했다.

"아까 외모까지 바꾸라는 말이 자꾸 생각나서…."

"회장님, 바꾸세요. 그럼 저도 행복할 것입니다."

일생일대의 획기적인 날이었다. 장 회장은 아파트 거실에서 한강을 전망하며 갈마드는 감정의 변주를 참을 수가 없었다.

골목 사거리는 온통 축제 분위기. 공중에는 사방으로 축하 테이프가 연결되고 사이사이에 매달아 놓은 오색풍선과 만국기가 나부끼는 가운데 3층의 '킹'주식회사 본사가 유난히 눈에 들어왔다. '킹콩찜'을 알리는 대형 간판이 1층 북향출입문과 서향출입문 상단에서 2층의 창턱까지 빈틈없이 에워쌌다.

지상에는 커다란 아치 풍선이 설치되었고 '브랜드 론칭, 확장개업 이벤트 식사 무조건 3,000원'이라고 표시되어 있었다. 그 옆에는 육중한 킹콩 풍선의 빵빵한 가슴팍에 걸쳐서 '킹콩찜'이라고 표시한 어깨띠를 두르고 행주치마를 동여맨 자세에 굵은 팔뚝에는 아귀문신이 새겨져 있었다. 날씨가 차차 풀리면서 점심시간이 한 참 전인데도 사거리 골목은 인산인해를 이루며 왁자지껄했다.

장 회장이 회장실에서 개업식 리허설에 열을 올리며 창문을 통해 골목 사거리 쪽을 힐끔거렸다. 단란주점 간판의 녹슨 지지대가 빠끔히 드러났다.

3층 본사 직원들은 브랜드 론칭과 본점 확장개업식 준비에 혼쭐났다. 회장실에 사무용 집기 등, 캐비닛들과 컴퓨터, 복사기를 차곡차곡 쟁이고, 2층과 4층 가는 비상계단은 개인 서류함, 소소한 사무 비품들의 대피처가 되었다.

중앙 벽면에는 브랜드 메뉴와 식재료 아래에는 건강의 효능이 설명되어 있었다. '킹 돈가스/콩나물잡채밥/아귀찜'

철제접의자가 연단까지 가로로 8칸, 세로로 9줄로 빽빽하게 자리 잡았다.

'으뜸아귀'의 사장들, 예비창업자들, 지방에서 참석한 광팬들은 눈을 까막거리며 장 회장을 기다렸다. '으뜸아귀'의 사장들은 자기들의 행사나 다름없었다. '킹'을 칭송하는 것이 보은이 될 터라 장 회장의 재력에 입방아를 찧었다.

"방 하나가 통째 금고라던데?"
"얼마나 성가시면? 은행거래가 딱 질색이랬지. 참."
뚱뚱한 여점주가 시시풍덩한 휜소리를 쳤다.
"아직 독신인 거는 알아?"
"어머! 돌겠네. 어떻게 해?"

정각 11시. 달뜨던 장내가 가라앉으며 박대오 본부장이 중앙연단에 등장했다. 이어서 그가 비좁은 틈을 간신히 비집고 나오자 박대오 본부장이 가볍게 목례를 하였다. 모든 시선의 스포트라이트가 그에게 쏟아지자 우레와 같은 박수가 장내를 뒤흔들었다.

"킹 주식회사 장 회장님을 모시고 '킹콩찜' 브랜드 론칭 및 본점 확장 오픈 축하 겸 창업설명회 행사를 시작하겠습니다."

장 회장이 연단에서 정중하게 묵례를 하고는 단정히 고개를 들었다.

장 회장이라고? 양 눈썹이 검게 치솟은 오각형의 새하얀 얼굴에 갈색 모발은 귀가 드러나면서 튀었다. 차이나 셔츠에 감색양복의 산뜻한 차림.

'으뜸아귀'의 여사장들이 서로의 얼굴을 마주치고 첫 탄성을 지르자 순식간에 우렁찬 함성이 합창되었다. '화장을 한 남자!'

"반갑습니다."

장 회장은 자신이 화장을 했다는 사실을 깨달으며 한바탕 웃음을 날렸다.

"우선 형님격인 '으뜸아귀' 덕분에 아우뻘인 '킹콩찜' 브랜드가 출시되었습니다. 여기 계시는 '으뜸아귀' 사장님들에게 물어보세요? 이구동성으로 부자 소리 듣는 인생이 되었다고 우쭐거릴 것입니다. '킹콩찜'은 말이죠, 이미 보증된 아귀 메뉴에 서민들의 외식 메뉴를 묶어서 저렴한 가격으로 출시하면서 손색없는 영양을 갖추었습니다."

청중들은 귀가 번쩍이며 시선은 장 회장의 새하얀 얼굴에 머물렀다.

"여기 계시는 박대오 본부장은 '상가통달'의 저자랍니다. 목 좋은 점포만 골라 '킹콩찜'을 깔 겁니다. 장사는 누워서 떡 먹기죠. '킹콩찜' 브랜드 행사에 오셨으니 제가 오늘 영업 전략의 비밀 하나만 공개하겠습니다. 창업사장님들! 한 번쯤 죽었다고 가상합시다. 자신의 유언대로 사세요. 부자는 어제와 다르게 생각해야 합니다."

3층은 발 디딜 틈 없이 혼잡했으므로 들랑거린 손님도 꽤 되었다.

강민영 사장과 강 회장, 천숙희의 남자인 송재근도, 사채업자 똘마니 자니, 칠용도….

박 본부장이 '킹콩찜' 창업에 관한 자세한 내용을 설명하기 시작했다.

릴라는 지하계단까지 '킹콩찜' 창업안내서가 날아든 것을 확인하면서 정신이 맑아졌다. 아니나 다를까. 계단에서 손님들의 말소리가 들렸다. 그녀는 종종걸음을 쳤고 가느다란 손가락으로 재빨리 벽의 스위치를 올렸다. 번쩍이는 빛무리의 안과 밖에서 릴라와 장 회장이 처음 대면하였다.

하얗게 분칠한 마르셀 마르소[8]! 릴라 자신은 빗치개 머리였기에 이게 무슨 조합인가 싶었다. 장 회장은 릴라의 공손한 자태에 숨이 멎어 버릴 것 같았다. 일행들은 뒤따르다 장 회장의 제동에 결속된 꾸러미처럼 앞으로 쏠렸다.

릴라가 타이밍을 맞춰 '어서 오세요'라고 말하는 동시에 입구의 공간을 텄기 망정이지 장 회장과 정면으로 부딪칠 뻔했다. 일행들은 칸막이 안의 홀로 안내를 받으며 형형한 눈빛으로 릴라에게 시선을 보냈다. 수수한 투피스 차림이지만 단아한 쪽찐머리에 비치개가 꽂혀 기품이 서렸다. 미러볼의 휘황찬란한 불빛이 유독 장 회장의 희멀건 얼굴에서 우스꽝스레 소용돌이쳤다.

인테리어 김 사장이 메뉴판에서 시선을 떼자마자 기선을 잡았다.

---

8) 마르셀 마르소: 프랑스의 마임 배우

"사장님! 같은 건물에 있지요. 장 회장님! 제가 쏘겠습니다. 저, 여사장님. 우선 술부터…."

장 회장은 빗치개를 한 머리가 자신과 버금가는 취향이어서 릴라에게서 시선을 뗄 수가 없었고 릴라 또한 주문받을 때까지 키득거리지 않을 수 없었다.

릴라는 혼자라서 단체가 닥치면 마음이 급했다. 맥주부터 6병을 쟁반에 받쳐 가져갔다. 장 언니도 볼일의 처리와 과일을 깎는 스피드에 감복하지 않았던가. 릴라는 그런 장 언니를 떠 올리면 과일 깎는 속도가 더 빨라져서 신이 났다.

금세 테이블에 놓인 큰 접시 모둠 과일 안주 2접시. 생선포 안주, 양주 한 병과 잔이 분위기를 풍성하게 만들었다. 그녀는 빠진 게 있나 점검하며 손님들 주변을 훑었다.

"혼자 영업하세요?"

손님들은 이구동성으로 의아했다. 장 회장이 심정을 이해한다는 듯 릴라를 물끄러미 쳐다보았다.

김 사장이 대뜸 무대로 달려가 마이크를 잡고 허리를 젖히며 말했다.

"오늘의 초대 가수! 강 사장님과 박 본부장님을 모시겠습니다."

박 본부장과 강민영 사장이 맞은편에 앉아서 서로의 눈을 마주쳤다.

무대에서 마이크의 전기 먹은 소리가 쩌렁쩌렁하였다.

"3초 안에 안 나오시면 신상에 해롭습니다. 벌칙은 키스가 되겠습니다."

 무대조명이 '베사메 무초(Besame Mucho)'의 전주가 시작되면서 색다르게 바뀌었다. 선회하는 미러볼의 찬란한 명멸에 휩싸이면서도 박 본부장과 강 사장은 독안술의 달인처럼 함께 쥔 마이크를 능숙하게 다루면서 노래를 끝마쳤다. 김 사장이 탬버린을 두드리며 '앵콜'을 외치는데, 갑자기 장 회장이 일어나서 박수를 치면서 테이블로 모두를 집합시켰다. 김 사장이 앉으며 으스댔다.

 "장 회장님 아시죠? 건배가 끝나면…"

 모두들 건배를 들었다. 장 회장은 건배가 끝나자 각자의 명함을 받아서 릴라에게 건네며 말했다.

 "출석이 불량하면 제가 조치하죠. 하하. 얼굴에 피부병은 없으니까요, 염려놓으세요. 사장님."

 릴라가 손님들 명함을 계산대에 갖다 놓고 자기 명함을 가지고 와서 각자에게 건넸다. 강민영 사장이 경멸에 찬 눈초리가 섬광처럼 번뜩였다. 릴라가 테이블의 그릇을 정리하고 주방으로 갔다.

 좌중은 브랜드 출시의 축하 무드를 뜨겁게 띄우기 위해 박 본부장, 강민영 사장, 김근일이 축하 건배를 제의하면서 장 회장에게 찬사를 아끼지 않았다. "회장님, 외식시장의 강타자가 등장한 겁니다.", "아이디어가 '킹콩찜'은 홈런감이죠.", "회장님, 해외로 진출해요. 한국음식이 최곱니다."

 장 회장은 양주를 연거푸 들이키며 일생일대의 희열을 만끽하며 릴라 단란주점이 꼭 마음에 들었다.

릴라가 금세 또 과일 한 접시를 뚝딱 만들어 오자. 양주와 골뱅이, 계란찜이 추가되었다. 미러볼의 오색 찬연한 빛이 어른거리면서 무대에서 귀에 익은 곡조가 흘러나왔다.

릴라가 주방에서 전기에 감전된 사람처럼 멈칫했다가 긴가민가하며 계산대로 가서 명함들을 한 장씩 들추었다.

"소리 지르는 네가 챔피언~ 인생 즐기는 네가 챔피언~"

그의 십팔번! '얄궂게도 박대오를 여기서 만나다니!'

과거의 그림자

송재근이 소파에 기댄 채로 눈을 비볐다. 과거의 그림자가 훼방을 놓는지 따박따박 월세를 받는 M리조트 상가나 M아파트의 분양에 번번이 실패하면서 선명한 미래에 대한 청사진은 불투명해지는 가운데서 가타부타 결혼식 문제를 놓고 사람의 진을 뺀 꼴이었다. IMF 여파라지만 돈이 되는 사업을 진즉에 시작해야 옳았다. 노동의 공백 기간이 지속되면서 금전적 감각도 마비되고, 개털같이 삶이 무효 되는 기분은 어쩌면 당연한 귀결인지도 몰랐다. 그는 천숙희처럼 간호사가 되었으면 하는 공상을 하며 쓴웃음을 지었다.

어제의 일진은 이래저래 반흉반길이었다. '머리털'과 '얼굴'을 변장한 놈을 생각할수록 메스껍기 짝이 없었다. '킹콩찜' 체인점 창업의 소망은 '그놈'을 목격하는 순간, 치가 떨리면서 헛걸음을 했다는 분노로 변하지 않았던가.

송재근은 심장이 갑자기 콩닥거려서 소파에 앉아 있을 수 없었다. 세상일은 알 수가 없는 법. 자신이 누구였던가? 수석합격자에 대한 기대가 컸던 나머지 기획실을 신설하였고 특별히 대우하지 않았던가. 박대오는 건재했다. 전국식당체인 본부장 겸 상가전문 컨설턴트로 책까지 출판했다니 말이다.

그는 열을 받았다가 다시 박대오가 '킹'주식회사에서 본부장의 역할에 만족하고 지낼 인물이 아니라는 것을 확신하였다. 수석합격자로서 야망과 두뇌를 겸비하였거늘, 멍청한 놈에게 충성을 바치고 있다는 건 천부당만부당했으니까.

천숙희는 하루가 지난 오후에도 흉한 일진 때문에 침울해서 일찍 잠자리에 들었다가 밤중에 깼다. 지금 그녀는 거대한 바위틈새에 끼어서 과거와 미래, 어느 쪽으로도 나아갈 수 없는 형국이었다. 샤워를 하면 개운할 것 같았다. 그녀는 어둠 속에서 한 손을 활짝 펴서 가슴을 가리고, 반대편 손은 젖어 윤기가 흐르는 올백의 머리칼 끝을 붙들고 곰살갑게 그에게 다가갔다.

그가 침대에 돌아누웠지만, 그녀가 깊숙이 나신을 들이자 다짜고짜 그녀에게 남았던 물기가 그의 가슴, 허리, 허벅지를 자극하였다. 그의 신경은 무감각했다. 그녀가 눅눅한 머리칼을 그의 턱밑에 갖다 붙이고 그의 팔을 더듬어 가슴께에 놓인 그의 팔을 그러쥐었다. 그의 무반응에 그녀가 입김을 불어 넣듯 속삭였다.

"레이디 퍼스트…."

그가 아랫배에 바람이 빠지도록 웃다가 그녀를 향해 두 팔을 벌렸다. 그녀가 젖가슴이 뭉그러지도록 그에게 밀착하면서 입술을 핥았다. 그가 자세를 맞바꾸며 그녀의 젖꽃판에 침을 묻히자, 그의 신경절은 활시위처럼 곤두섰다. 아랫도리에서 정염이 분연했다. 우레와 같은 불기운은 함초롬한 꽃잎 속에서 점입가경에 빠졌다. 다리가 다리를 옥죄며 그의 혀가 그녀의 목덜미에 길게 닿자 남녀의 숨결은 잠시 사라졌다.

그가 잠에서 깨어나 그녀를 더듬었다. 침대에서 그녀가 시트를 둘러 감고 누웠다가 엉망인 머리 채로 목만 빼어 절레절레 흔들며 무릎걸음을 쳤다. 그녀는 두른 시트가 더께 같아서 앞머리 사이로 씀벅거리는 두 눈망울은 꼭 거북이었다.

서향의 강한 볕은 구름이 잔뜩 끼어 흐린 날씨 탓에 종적을 감추었다. 송재근이 담배와 라이터를 들고 발코니로 나가자 썰렁한 바람이 긴팔 티 차림의 청바지를 감싸며 온기를 핥아갔다. 잿빛 담배연기가 허공을 향해 숨 가쁘게 흩어졌다.

천숙희가 원피스 차림으로 거실에서 옷자락을 잡아 쥐고 소파에 앉자마자 양팔을 머리 위로 스트레칭하였다. 송재근이 거실로 들어오며 그녀의 뒤에 초록 잎이 무성한 꽃나무가 발코니의 창문에 짓눌리는 모습을 보며 그녀의 옆에 앉았다.

천숙희는 니코틴의 고리타분한 냄새는 무시할 수 있었지만 미적거리는 거동은 신물이 났다. IMF가 사람을 우유부단하게 만들었는지 딱했다. 일본에서 사업의 묘미를 터득했다면 동물적인 감각으로 용단과 멈춤의 타이밍을 조화롭게 구사할 터인데 말이다.

"여보! 우리의 앞길이 창창한데, 용단 좀 구경하면서 삽시다. 송 사장님! 저승은 그놈이 갔어요. 아시겠습니까?"

그는 침묵 모드로 수세를 취했다. '조금 기다리구려. 육체적 코드가 사랑을 함의할진대 예식을 왜 자꾸만 고집한단 말이오.'

그녀는 한 맺힌 감정이 끓어서 못 뱉을 말이 없었다.

"바보천치나 세월을 믿지. 성희만큼 사랑이 그리고 사랑만큼 결혼식이 고귀하답니다. 결혼은 사랑의 증표이자 신성한 가족의 상징이거든요."

그의 얼굴이 우락부락해지며 입술도 뒤틀렸다.

"왜, 용단을! 내가 의지할 사람도 당신밖에 없다는 걸 몰라, 진짜로! 난 어머니가 보는 앞에서 우리의 사랑이 정정당당하다는 것을 결혼행진으로 증명하고 싶다고요. 당신 똑똑하잖아?"

송재근은 천숙희와 비밀히 정을 통했던 일이 이제와서 두려움에 떨게 할 줄은 진정 몰랐다.

"원론적인 결혼문제는 조금 늦춥시다. 이왕에 지체되고 있으니."

그녀는 종일이라도 고시랑거릴 수 있었다.

"상황 파악이 그렇게 안 돼? 이건 우리의 결혼 이야기야."

송재근은 구설이 난무하는 향우회 때문이라고 그녀에게 고백할 수가 없었다. 세월이 흐르는 동안 장일국의 회사 부도와 오리무중의 행적을 놓고 까딱 잘못하면 '후배의 아내를 가로챈 결혼식?'으로 둔갑하는 상황을 무슨 수로 감당한단 말인가? 그녀는 IMF의 금융지진이라고 강변하지만.

그는 그녀를 달래는 비법을 터득했기에 절로 나오는 한숨을 쉬며 저녁이 되기를 기다렸다. 그가 식탁에 양주병과 양주잔을 꺼내놓고, 치즈 조각을 접시에 담아내고는 곧바로 그녀를 불러냈다.

그녀가 단숨에 잔을 비웠다. 그가 지켜보다 '킹콩찜' 브랜드 론칭 행사를 다시 한번 화제로 삼았다. 반흉반길의 일진에서 반길(半吉)에 대한 이야기가 남아있었으니까.

"그날 연단에 한 사람은 죽은 자고, 또 한 사람은 산자야. 그런데

과거의 그림자

죽은 자의 귀환을 어떻게 물어볼 수가 있어야지."

그녀는 입술이 묘하게 튀어나오며 짜증스런 표정을 지었다.

"어느 쪽 발을 절룩거리는 시늉을 했다고? 제사가 흐지부지됐다더니 걸신이 들렸나!"

"난 산자에 대해 이야기하기를 원해. 한 번 들어보세요. 말하자면 푸릇푸릇한 젊은이가 상가의 달인이 되었는데, 바로 내가 사장 때 기획실을 맡겼던 직원이라면 어때? 믿을 수 있겠어. 더욱 잘 된 것은 '그놈' 회사의 본부장이라는 거지."

그가 그녀의 잔에 부딪히는 시늉을 하고는 쭉 들이켰다.

그녀가 빨개진 얼굴로 눈을 굴렸다.

"그럼, 방법이 있겠군. 첫 직장은 첫사랑과 진배없지. 그 친구가 당신을 어찌 잊을 수 있겠어."

그녀는 다시금 회의감에 젖었다. 현실이 정체되는 어느 순간부터 시간을 거슬러 가서 미래를 도모해야 하는 운명이 되었다.

장 회장은 단란주점의 릴라가 엎어지면 코가 닿을 데 있어서 얼마나 행복한지 몰랐다. 장 회장은 퇴근시간이 되면 지하계단으로 직행하면 되니까.

김 사장은 난감했다. '킹콩찜' 브랜드의 출시라는 중차대한 시기에 염문의 주인공이 되고자 발버둥 치는 것 같아서 애처롭기까지 했다.

무대에서 마이크를 붙들고 릴라에게 듀엣을 하자고 실랑이하는 추태는 '킹'주식회사에 먹칠하는 일이고, 회장의 직함을 떠나 개인적 자존심마저 구기는 일이 아닌가.

김 사장이 하루는 장 회장에게 너스레를 떨면서 대책을 강구했다.

"회장님 지금도 늦지 않죠. 거실에다 노래방 기계를 설치할까요?"

장 회장이 울상을 지으며 손을 저었다.

"아파트에 누가 있다고요?"

순간 김 사장은 장 회장의 화장한 얼굴 속에 감춰진 비애를 감지하면서 연민에 찬 눈빛을 포착할 수 있었다.

"현란한 무대에서 가무를 즐겨요! 천만에요. 난 외롭단 말입니다."

김 사장은 어깨를 뒤로 젖혀 생각에 잠기며 장 회장의 구원 메세지에 책임감을 통감했다.

'당신은 사량계교가 있는 틀림없는 사람입니다.'

며칠 후. 김 사장이 전화를 통화하면서 단란주점의 릴라 사장과 아침 일찍 가게에서 만날 약속을 하였다. 릴라는 예약치고는 꼭두새벽 같은 기분에 별일 다 있다는 생각에 겁을 먹으면서도 기꺼이 응했다.

김 사장은 인부들과 아침 일찍 출근해서 사거리 N마트 건물 앞에서 기다리고 있었다. 릴라가 손짓하는 김 사장에게 인사를 하며 다가갔다. 인부들은 뭉게뭉게 피어오르는 담배연기를 흘으며 소란스럽게 잡담하다 조용해졌다. 릴라가 무슨 일인지 의아해하자 김 사장은 릴라에게 얄밉게 웃으며 나지막이 얘기했다.

"제가 인테리어 김입니다. 아시죠?"

"예!"

릴라는 펄쩍 뛰었다. 앞서가서 단란주점의 출입문을 열어주고는 빗치개를 어루만졌다.

　인테리어의 포인트는 릴라가 소원하는 부분을 족집게같이 찾아냈다. 계산대가 새것으로 반듯하게 교체되었고, 2개의 중화반점 룸이 제대로 VIP룸 구실을 할 수 있도록 개조되면서 테이블과 소파도 새것으로 교체된 데다 출입구의 양 갈래 커튼이 걸려서 단아한 분위기까지 연출되었다. 그게 끝이었다면 릴라가 비명을 질렀을까.

　김 사장이 허리를 뒤로 젖히며 빙그레 미소를 지으며 미러볼의 스위치를 켰다. 홀의 천장에 구닥다리 미러볼을 에워싼 후줄근한 인테리어가 몽땅 뜯겨나갔다. 신형 미러볼이 흰색 몰딩의 테두리가 유럽풍의 육각 형태로 장식된 천장에서 홀 전체를 별천지로 만들었다.

　릴라는 신형 미러볼의 위력에 계면쩍게 웃으며 고개를 숙였다. 아무도 안 볼 때 김 사장에게 볼 키스를 해주고 싶은 생각이 굴뚝같았다. 김 사장은 줄곧 쳐다보고 있는 릴라에게 누구의 뜻인지 분명히 밝혔다
　"장 회장님이 드리는 작은 마음의 선물이랍니다."
　다음 날 저녁. 계산대 뒤의 VIP룸에서 김 사장이 장 회장을 초대하여 자리를 같이했다. 릴라는 기다렸다는 듯 테이블에 갖가지 안주와 양주 작은 병을 내놓았다. 장 회장은 릴라에게 베푼 선의에 대해서는 입도 벙긋하지 않았고 대하는 방식도 사뭇 달라져서 상대를 존중하는 신중한 태도를 취했다. 그가 종전에 무대에서 마이크를 잡고 그녀에게 열창으로 애원하였다면 지금은 VIP룸에서 서로를 알아가는 과정이 필요하다는 인상을 심어주었다.

　장 회장이 신중하게 마주보는 릴라에게 말문을 열었다.

"여기 김 사장도 계시지만, 이 홀을 주간에 '킹콩찜' 가맹 점주들의 교육장으로, 행사장으로. '킹' 회사에서 활용할까 합니다만. 의향이 어떨지?"

릴라는 귀를 의심하면서도 속이 상했다. '가게에만 눈독을 들이다니?'

"사장님, 다시없는 기회입니다. 사장님만 오케이 하시면 되죠. 하하."

릴라가 멍청하게 가만있을 수가 없었다. '잠시 실례'라는 말이 끝나기 무섭게 나가자 금방 산더미 같은 형형색색의 과일 그릇을 들고 들어왔다. 두 사람은 입이 쩍 벌어졌다. 릴라가 재빠르게 잭 다니엘을 따서 장 회장에게 권했다. 김 사장의 건배로 '업무협약'이 성사되었다. 장 회장이 점잖게 말했다.

"릴라 사장님, 잘 부탁드리겠습니다."

'킹'주식회사가 주간에 릴라 단란주점을 교육장으로 이용하는 한편 안테나숍의 홍보 차원에서 친목 모임 등을 초치하는 영업활동에 힘입어 '킹콩찜' 본점이 지역의 맛집 순위에서 1위를 달리는 기염을 토했다.

릴라는 마치 1층 식당에서 지하로 돈이 떨어지는 것 같이 장사가 솔솔 해서 물집이 손가락에 잡혀도 아랑곳 않고 용기백배하였다.

장 회장은 릴라를 만나면 마치 감정조절 수련생처럼 빈말이나 거짓부렁은 미래를 망친다는 각오로 곰살궂게 대해주었다. 릴라가 가끔 3층으로 감정의 서정을 띄어 보내면 화장한 얼굴이 나타났다.

호사다마라. '킹콩찜' 안테나숍 1층과 2층에서 근무하는 여종업원들은 릴라 단란주점 간판 봐도 가슴에 타오르는 질투심의 열기를 내뱉지 않고는 배길 수가 없었다. 주방보조 아줌마가 제일 참을 수 없었다.

"아프리카 노란 가오리보다 꼬리가 긴 년이야! 어떻게 지하에서 건물 3층에 있는 장 회장을 낚아채 갈 수가 있겠어."

설거지 아줌마가 일하다 말고 노란색 통통한 고무장갑을 높이 쳐들었다.

"지하에서 무슨 공부를 했대. 3층으로 주문을 걸었겠지, 뭐."

소문은 근육이 생기고 날개가 돋치면서 식당 건물을 넘어서 Y시장 한복판까지 날아갔다.

"어린 여자애를 몰래 키운다며, 참."

"아이고, 방배동에 기둥서방이 있다는 얘기도 있어요."

부평초

 장 회장은 한 건물에 입주한 인연이 새삼스러웠다. 릴라의 본명이 궁금했지만 그저 함박웃음을 짓는 모습만 볼 수밖에 없었다. 산당화 같은 그녀의 낯빛은 그의 가슴 속에서 살아서 움직이는 여자로 환생하였다.

 장 회장은 릴라를 사모하기 시작하면서 빗치개 머리 스타일이 자신처럼 묻을 수 없는 과거의 잔재처럼 느껴져서 석연찮았다.

 김근일 사장이 쪽찐머리에 빗치개를 꽂는 여성의 심리에 대해 질문하는 내용의 긴급 전문을 받았다. 김 사장의 아내, 박은희가 '쪽찐머리는 지극정성'이라고 혀를 내두르면서 강박신경증세로 판단한지라. 현대 도시생활의 부적응 증세로 머리에 시간을 들여가며 머리에 집착하는 것은 현실을 도피하는 행동 양태로써 기혼여성으로서는 있을 수 없는 일이라고 못을 박았다.

 김근일 사장은 장 회장에게 아내의 결론을 전달하면서 단란주점이 생계의 방편인 그녀로서는 쪽찐머리의 빗치개도 상술의 일환일 것이라고 일축했다.

 장 회장은 김근일 사장의 의견을 듣다 보니 그녀가 부평초처럼 각박한 세상에서 삶의 뿌리를 내리지 못하고 목적 없이 방황하는 것 같아 가슴이 아팠다. 그는 릴라의 멀티플레이가 장사 초창기 시절의 자신과 판박이라서 주방에 비밀이 있을 법했다. '초고속 과일 모둠 안주'

의 비법은 탐이 났으니까.

 기회가 기다리는 자에게 온다 했던가. 그가 주방 입구의 벽에 걸린 액자를 사모하는 마음으로 주방에 까치발로 접근했다. 장 회장은 만화경으로 들여다보듯 릴라의 손동작에 온 정신을 집중했다. 가냘픈 손으로 과일칼을 쥐고 과일을 집어 들자마자, 칼은 과일 곡선의 표면에서 천둥 치듯 움직였고 과일은 초스피드로 회전하였다. 과일의 먹음직스러운 속살이 드러나면서 과일 껍질은 가느다랗게 바닥으로 늘어지다 나동그라졌다. 과일을 깎아서 접시에 가지런히 놓으면서 한 손은 재빠르게 참새 혓바닥 같은 포크를 손님 인원수에 맞게 꽂았다. 이어서 각종 스낵 봉지가 차례대로 쏟아지면서 싱그러운 과일 모둠안주의 마술이 마무리되었다.

 장 회장은 자신의 상황을 떠올리자 이심전심의 감흥이 일었다. 진지한 눈빛은 시련의 외로움을 삭이는 것이기에 빗치개는 수호요정처럼 빛났다.

 장 회장은 빗치개의 의문이 해결되자 김 사장에게 자신의 소신을 피력하였다.

 "김 사장, 와이프의 의견에 전적으로 찬사를 보내며, 릴라가 독신이라는 판단에는 저도 동감합니다."

 김 사장이 교제의 진척을 위한 조언을 아끼지 않았다.

 "국면전환 말입니다. 회장님의 성공을 위해서. 전투도 전투지만 전략이란 큰 그림 속에서 승세를 굳히는 것이죠. 지금까지 신뢰의 성벽을 쌓았다면 이제 '사랑의 쟁취'라는 목표 아래 목적을 달성해야 합니다."

장 회장은 틀림없는 사나이에게 고개를 끄덕거렸다.

김 사장은 '킹'주식회사의 점포인테리어 협력업체의 대표였음으로 오전에 '킹콩찜' 본사 사무실에 출근하여 전날의 전국 창업상담 현황과 체인 가맹점 계약 건수를 확인하는 대로 창업 점포와 관련한 정보를 입수했다. 오후에 김 사장은 M건설과의 업무를 소화하면서, 박 본부장의 신림동 상가 연구소를 방문해서 시간을 보내는 날이 많았다.

김 사장은 브랜드 출시 행사의 자축연이 열린 단란주점에서 강민영 사장에게도 호기심이 생기면서 박 본부장과 사업 파트너 이상의 수수께끼 같은 관계라는 것을 짐작할 수 있었다.

5월 어느 날. 점심 식사 후 김 사장은 강 사장의 사무실을 방문하게 되었다. 강 사장은 뜻밖의 손님에 당황하면서도 공허한 미소와 제스처를 취하였다.

"평택에 출동했겠지요. '킹콩찜' 브랜드를 위해서. 박 본부장님은 분망해야 빛이 나는 사람이죠."

테이블에 드링크 1병이 놓이면서 향수가 김 사장의 코를 자극하였다. 강 사장이 회전의자에 기댄 채 방향을 돌리자 하이힐의 뾰족한 앞코가 김 사장을 아래위로 훑듯 까딱거렸다.

"저도, 하하! 신림동에서 오픈할까 봐요. 박 본부장이 찍었잖아요. 돈이 내리는 비를 맞을 수 있으려나?"

김 사장은 반가운 소식에 내심 반기면서도 시치미를 뗐다.

"장 회장 때문만은 아녜요. 박 본부장의 권유니까. 상가의 귀재! 뭐든 해도 좋은 점포니 재미가 얼마나 솔솔 할까요?"

김 사장은 강 사장과 박 본부장과의 연대를 모르는 바는 아니지만 이야기를 듣고 보니 좀 '킹'주식회사에 충직한 파트너로 보기에는 약간 거리가 있었다.

"저희는 김 사장이 안목을 썩히는 게 안타까워서 말이죠. 징그러운 아귀가 세상에서 최고처럼 굴지를 않나, 보세요! 그 단란주점에서 일본 기생 같은 년에게 하는 꼴이라니."

강 사장이 심정이 달떠서 눈매가 찢기는 매력을 발산하며 미사를 쏟아냈다.

"M건설회사의 수주업무가 오죽하겠어요. 김 사장! 저도 현장맨 출신을 초치하려는 계획을 구상하고 있지요. 냉동창고를 매입할 계획 때문에. 인테리어 차원에서 김 사장의 의견을 듣고 싶군요."

김 사장은 그녀에게 동조하며 입을 꾹 다물었다. 강 사장의 매력에 감춰진 심중의 소회를 털어놓으니 카리스마가 번득였다.

"가맹점의 통제는 식재료 공급에도 좌우되니까요. 식재료 냉동창고에 선투자하고 브랜드는 외국에서 수입할 수도 있죠. 김 사장! 사업가는 배포와 배짱 아닙니까."

김 사장의 생각도 그랬다. '킹'주식회사의 사업적인 측면에서는 전망 조리대보다는 냉동창고였다. 가맹점 확장만이 능사가 아니었다. 아귀가 냉동창고에서 제3의 손에 의해 볼모로 잡힐 가능성은 충분하니까.

그때 출입문이 획 열리면서 박 본부장이 나타났다. 강 사장이 김 사장에게 짧게 말했다.

"여기까지."

김 사장이 아는 체를 하며 한 손을 흔들었다. 그가 강 사장이 앉은 의자를 성큼 지나서 생수통에서 목을 축인 후 김 사장에게 반가운 표정을 지었다.

삼자가 소파에 회동했지만 김 사장만 두 사람의 눈빛을 따라잡을 수 없었다. 두 사람은 독안술(讀眼術)의 술객이었으므로 서로 의미심장한 눈빛을 해독한 터라 김 사장은 무안해서 종종걸음을 치며 사무실에서 나왔다.

저녁 5시가 거의 다 됐다. 김 사장은 릴라로 향하며 단란주점에서 박 본부장에 대한 석연치 못한 점이 다시 떠올랐다. 릴라 사장은 박 본부장을 알아보았지만, 박 본부장은 왜 모른 체 하였던 걸까?

결정결핍증

릴라가 장 언니에게 매일 기쁜 소식을 전달하다가 언니가 보고 싶었다.

"언니, 요즈음 같으면 지원사격이 부담될 것 같아서 말이지."

"우리 명숙이, 부자 되겠네!"

릴라는 언니의 답변이 걸작이어서 언니의 손을 마주 잡고는 한바탕 웃음을 쏟았다. 언니가 갑자기 건망증을 호소하다가 마음먹었던 말을 꺼냈다.

"이런 답답이! 생각 좀 해봐. 화장하는 남자가 널 사랑하는 거야."

릴라는 귓바퀴를 자극하는 '사랑'이란 단어가 어색해서 멀뚱하게 쳐다만 보았다. 장 언니가 예민한 탐색견처럼 커피 향을 음미하면서 진득한 태도를 보였고 릴라는 장 언니의 눈치를 살피다가 설명했다.

"언니 때문에 명색이 사장이랍시고 장사하는데, 어찌 한눈을 팔아요."

"그런 말이 어디 있니? 네 인생의 기회라고. 장 회장의 지극정성은 곧 너의 마음을 학수고대하는 현재 진행형이지."

릴라는 민망했다. 장 언니가 '빗치개'가 단란주점 밤 장사의 묘안이라고 권유했을 때도 이상윤을 거들먹거릴 필요가 있었던가.

장 언니는 여느 때와 다르게 집요하게 독촉했다

"장 회장은 외식업계에서 자수성가했으니, 너의 진면목을 간파했다는 건 보통일이 아니지."

릴라는 빗치개로 손이 올라가 닿았다. 연인의 존재란 곁에 있어야 하는 것이라면 이미 이상윤의 존재는 흩어져 사라진 연무가 아니던가. 장 언니가 릴라에게 눈을 껌벅거리며 경각심을 심어주려 윽박질렀다.

"이 내숭쟁이! 명숙아, 학원에 혹시…. 그렇게 시험공부에 매달리더니, 마음에 둔 남자라도 있는 거야?"

"아이, 언니는."

"명숙아! 관광가이드가 대수야. 세월 금방 가. 장 회장의 인생가이드가 되어서 동행하는 게 최고지."

릴라는 누구보다도 장 언니가 적조하고 외롭다는 것을 잘 알고 있었다.

"난 자신이 없어. 언니의 삶을 응원할 사람으로 상상했지…."

"애 봐, 너 미쳤어. 내 얘기를 어디로 들었다는 거야. 날 그렇게 몰라."

아침. 반지하의 창문이 환했다. 릴라가 사지를 뒤틀며 크게 하품했다가 다시 잠들었다. 그날따라 출근하며 거울에 비친 빗치개를 꽂은 머리를 보자니 가슴이 쓰라렸다.

천숙희가 와이셔츠의 넥타이의 길이를 조절하며 외출 준비를 서두르는 송재근에게 다짐을 받았다. '이번에는 틀림없겠지.'

그녀가 현관에서 그의 어깨를 토닥거리며 환하게 웃었다.

송재근은 박대오 본부장의 하루 일과를 알고 있었다. '킹'주식회사에 출근했다 반드시 강 부동산사무실을 거쳐서 신림동으로 이동하였다. 시간도 거의 변함이 없었다. 송재근이 N마트 건물 앞에서 사거리 건너의 '킹' 회사의 건물을 살피며 박대오가 나오기를 기다렸다. 그는 옛 부하 직원을 만난다 생각하니 격세지감에 가슴이 벅찼다.

박대오가 먹자골목으로 향하자 송재근이 달려가서 약삭빠르게 손을 내밀며 말했다.

"나 알지? 송재근 사장이야."

박대오는 악수를 하고는 머뭇거리다 물었다.

"무슨 일인지요?"

박대오가 터벅터벅 걷는 곁에서 송재근은 싱글벙글거리기만 했다. '장 놈의 낯짝'이 없는 장소를 원했으니까. 박대오는 용무가 궁금한 나머지 송재근을 힐끗거리며 말했다.

"지금 강남 사무실에 들러야 해서…."

송재근의 포마드 머리가 시장의 채소가게들이 촘촘히 들어선 좁은 길을 벗어나면서 유난히 반짝였다. 박대오는 아스라한 기억을 되살렸다. 송재근이 눈치를 채고 히히거렸다. "나요, 나."

박대오가 "거의 다 왔다"고 말하며 사무실로 들어가자 뒤따르던 송재근이 멋쩍게 꾸벅거리며 말했다.

"송재근입니다."

강 사장이 책상에서 앞으로 나오며 손님을 맞으며 박 본부장의 눈빛과 강 사장의 눈빛이 섬광처럼 번쩍였다. 송재근은 소파에 앉으면서 박대오의 손을 덥석 잡아 끌어당겨 옆에 앉혔다. 강민영은 책상의 회

전의자에 앉자 약한 눈웃음을 비치자. 박대오가 무릎을 치면서 큰 목소리를 냈다

"송재근 사장님이시라고, IMF만 아니었으면 이렇게 만나지도 못했을 거야."

송재근은 찬스라는 듯 입술을 지그시 깨물며 강민영을 향해 언성을 높였다.

"우리 회사의 브레인이었어요. 사장님은 복이 넘쳐요. 이런 인재가 아무나하고 사업해요."

강 사장은 눈살을 찌푸리며 '킹콩찜' 브랜드 예비창업자가 아니라는 것을 감 잡았다. 송재근은 강 사장의 자태에 눈을 뗄 줄 모르며 너털웃음을 쳤다. 박대오가 송재근 사장에게 시간을 허비하지 않으려 강 사장에게 눈빛을 건네며 일어섰다.

"강 사장, 신림동 사무실로 먼저 갑니다."

송재근은 박대오를 뒤따라 나오며 주차장으로 가는 진로를 막으며 섭섭하다는 조로 항변했다.

"오랜만에 점심도 못 한단 말입니까!"

송재근은 천숙희가 입술이 닳도록 당부했는데 순서가 맞는지 헷갈렸다.

'박대오에게 우선 접근, 그다음 '킹콩찜' 브랜드 예비창업자임을 밝히고 식사접대를 하는 것이 순서야. 알았지? 그리고 상황을 살펴봐야겠지.'

박 본부장은 송재근과 걸었다. 6차선 도로의 비탈길에 줄을 선 빌

딩들을 따라서. 한우 갈비탕 식당은 강남대로에 닿기 직전 야트막한 빌딩에 있었다. 출입구에서부터 손님들로 혼잡한 실내는 2층에 오르는 계단까지 복작거리며 시끄러운 소리가 메아리쳤다. 여종업원이 선선히 1층의 화장실 반대편 자리를 안내하였다. 박 본부장은 갑갑했지만 내색 않고 송재근에게 먼저 앉기를 권했다. 여종업원은 갈비탕 2개를 주문받자 부리나케 사라졌다.

송재근 사장은 일본 출장이 잦기도 했지만, 박 본부장이 기획실에서 1년 남짓 근무한 탓에 박 본부장에 대한 과거의 이야깃거리가 빈곤했다. 송재근은 가지런히 놓인 수저를 보다가 스텐 컵의 물만 홀짝였고, 박 본부장은 무엇보다도 그가 용무를 함구하기 때문에 테이블의 위치만큼이나 불편했다.

스텐 그릇에서 김이 무럭무럭 피어오르는 갈비탕은 갈비에 붙은 살점에 고명으로 뿌려진 파가 식욕 촉진제 같았다. 송재근은 뜨거운 국물에 안절부절못하며 박 본부장을 쳐다보다 갈비를 밥그릇 뚜껑에다 옮기고, 국물도 스텐 컵에 따로 덜어 식혀가며 먹느라 정신을 쏙 뺐다. 박 본부장은 송재근의 이마에 맺힌 구슬땀을 보며 황당하기도 하고 아리송하기도 해서 식욕이 떨어졌다.

식당의 손님들이 한바탕 테이블에서 몰려나가자 종업원들이 토끼풀을 쫓아다니는 토끼들처럼 바삐 깡충거렸다.

송재근은 박대오의 갈비탕이 비어질 때까지 느긋했다. 송 감사에게 들었던 '여자 문제가 옥에 티'라는 그의 약점을 알고 있었으니까.

송재근이 자리에서 우뚝 섰는가 했는데 스텐 컵을 높이 쳐들자 정신 나간 사람처럼 바닥에 패대기쳤다. 강렬한 굉음이 실내를 뒤흔드는 속에서 박 본부장이 반사적으로 몸을 피했다. 손님들이 식겁하면서 시선이 일제히 두 사람에게 꽂혔다. 종업원들은 각자의 위치에서 얼어붙었다. 송재근은 선 채로 포마드 머리를 세우고 박 본부장을 째려보며 고함을 질렀다.

"박대오! 지금 내가 그놈을 박살내겠다는 각오를 자네에게 보여주는 것이지. 아귀 같은 신용불량자 놈…. 그 사기꾼 말이야."

박 본부장은 막가파식 그의 언동에 갈피를 잡지 못하고 쩔쩔맸다.

여종업원이 화장실에서 대걸레를 끌고 와서 타일 바닥을 조심스레 걸레질하면서 스텐 컵을 치웠다. 박대오가 보조를 맞추어 조용히 의자에 앉는데 송재근이 발작하듯 저질스럽게 언성을 높였다.

"장 일, 천만에, 장 일 국이야! 이름을 속이려 드는 놈이라니 어떻게 용서해 줄 수가 있겠어."

젊은 여종업원이 달려와서 항의했다. "손님만 있는 게 아니잖아요." 박 본부장은 사색이 되며 망연자실했다. 전국 체인망의 회장이 가짜 이름을.

"나 말이요. 장 일 국! 애초에 도와줘서는 안 될 화근덩이를…. 어음으로 사기를 쳤으니 회사가 견뎌낼 수가 있겠어. 악질반동분자!"

'이 무슨 변고란 말인가!' 박 본부장은 목을 늘어뜨리며 그의 다음 말을 경청하려 테이블에 몸을 바싹 붙였다.

"자네도 알다시피 나는 완벽하게 세상을 질주하고 있었잖아. IMF는 승승장구할 기회였지. 사기꾼 놈이 바로 곁에 있었던 거야. 돈이 어디서 나서 회사를 버젓이 차려, 말도 안 되지."

박 본부장도 송재근의 말을 듣자 짚이는 데가 있는 데다, 아쉬운 여운을 남겼던 회사가 떠오르면서 갑자기 노처녀 3총사의 저항이 느껴졌다. 그는 갈비탕 스텐 그릇의 안쪽에 보이는 흠집이 너무 싫었다.

박 본부장이 다시 송 사장과 나란히 걸었다. 가까운 강남대로 사거리를 향해서.

신축 코너 빌딩의 1층 대형 커피숍. 내부에서도 외부의 뚫린 벽을 통해 거리의 전경이 보이면서 천장에서 흘러나오는 팝송 음악과 손님들의 대화로 시끌벅적하였다.

박 본부장이 커피 2잔을 쟁반에 받쳐 들고 살갑게 송재근에게 다가가서 눈웃음을 치며 앉았다.

"송 사장님! 사실은 사장님은 롤모델이었지요. 지금도 변함이 없습니다."

"내가 해외출장이 너무 잦았지. 그렇지 않았다면 자네를 떠날 수 있게 내버려 두었겠어. 우리의 재회는 천운이지."

박 본부장은 그의 입에서 장 회장에 대한 새로운 폭탄이 줄줄이 투하되기를 기대했다. 송재근은 커피잔을 들었다 내려놓고는 원형탁자에 꺼내놓은 담배를 흔들어 보이며 자리를 떴다. 강 사장의 구상이 척척 아귀가 맞게 돌아가는 판에 장 회장의 실체가 밝혀지는 날에는 '킹'회사의 몰락은 불 보듯 뻔했다. 강 사장이 '킹콩찜' 브랜드를 지배할 수 있는 명분을 얻으며 '킹' 회사의 여왕이 되는 게 눈앞의 일처럼 보였다.

박 본부장은 낯선 팝송의 음률에 맞게 살짝살짝 발을 구르며 웃었다. 여왕과 사랑의 결실을 맺을 줄이야.

박 본부장은 출입구 쪽을 보았다. '일반적으로 통렬하였던 감정의 앙금을 삭히려면 니코틴의 스모그를 얼마나 들이켜야 할까?'

송재근이 얼굴에 '미안'이라고 글씨를 써 붙인 모양새로 자리에 앉았다. 입을 열자 담배냄새가 지독했다.

"박 사장, 내가 잘못 생각하는 걸까? 받은 걸 되갚는 것은 인지상정이지, 나, 나쁜 사람 아니에요. 도와줘요. 그 신용불량자를 징벌하자면 추악한 짓거리들을 한데 그러담아야 합니다. 더러운 짐은 내가 질 테니까."

박 본부장은 황송한 나머지 종아리에 경련이 일어났다.

장 회장이 외식시장에 데뷔시킨 장본인에게 본부장 직책을 미끼로 얼마나 못 때 먹게 굴었던가. 무시해도 정도가 있지 엉뚱한 놈에게 인테리어 공사를 쾌척하지 않나. 따지고 들면 화장하는 얼굴도 가짜가 아닌가. 눈물범벅이 된 얼굴로 횡설수설한 것은 결국 사기였다. 뭐 어째! '염라대왕의 문턱에서 소명의 길을 찾았지요.'

"박 사장! 시간은 우리를 기다려주지 않습니다. 빠르면 빠를수록 좋겠지요."

박 본부장은 그가 식당에서 난리를 치던 극렬한 처신과는 180도 딴판이어서 좀 싱거웠다.

"자네가 '킹콩찜'의 회장이 되는 거야, 어느 면으로 보나 손색이 없지."

박 본부장은 화들짝 놀라 황급히 일어서면서 그의 입을 막았다.
"난 말이지 박 사장을 도우러 온 동지라는 걸 명심해요. 하하."
장 회장의 추잡한 사기행각은 다다익선이었다.
가맹점 점주들의 창업설명회를 단란주점에서 어떻게? 여자를 유혹하는 망나니짓이 틀림없었다.

박대오가 강민영을 촛불 동굴로 초대하였다. 강민영은 박대오가 대견스러웠다. 사업을 떠나서 진정 애욕의 파트너로 자신만을 애타게 갈망하는 그가. '제기랄! 그동안의 세월에 결초보은하는 자세라니!' 탁자 위의 램프 속 주황색 불빛이 요염하게 남과 여의 성애를 적나라하게 비추었다. 손을 엮은 채 오동작으로 폭소가 터졌지만 발은 제대로 리듬을 타면서 뜨거워지며 애잔한 소리가 붉은 입술에서 맴돌았다. 성욕 이상자처럼 성감대 주변을 유별나게 원을 그리는 발. 탄성과 함께 긴 머리채가 흐느적거렸다.
그녀는 자신이 바라는 성희에 탐닉하는 그가 사랑스러웠다.
"자기!"
석양이 가물거리는 퇴근 무렵. 카페의 출입계단에서 강 사장이 박 본부장의 손을 잡았다. 그녀는 말을 하면서도 기가 막히고 즐거웠다.
"신용불량자. 장 회장에게 복수를 하겠다는 맹세라니 백번 지당한 말씀. 그 국적 없는 기생년부터 잡아가라지."
"언제 투자 시점에서 강 회장님에게 정식으로 인사를 드려야 하지 않을까?"

송재근이 현관에서 포마드 머리를 흔들며 천숙희가 기다리는 거실의 소파 옆에 앉았다. 그녀가 초조해서 반가상 자세로 고쳐 앉으며 그를 반겼다.

"어때? 신화의 존재를 대하는 태도가 변함이 없었어. 알아보기는 해?"

그는 일다운 일을 했다는 자부심에 서두에 고분고분하게 이야기의 전말을 보고했다.

"죄는 맛이라곤 없다. 결정적인 한마디로 상황을 끝냈어야지. 그놈이 필시 주방 수채처럼 구릴 텐데 언제 그걸 다 파헤쳐?"

그가 그녀를 못마땅하게 쳐다보았다.

"누구라도 그 꿍꿍이셈은 알 수가 없잖아요? 신림동에 '킹콩찜' 체인 하나 정도는 받아내야 이야기가 되잖아. 박대오에게 특종도 우리가 나서지 않으면 무슨 소용이야?"

"당신 말이 옳아. 우리가 동지로 뭉쳤으니 연락은 와."

천숙희는 그의 굼뜬 행동거지가 안타까울 뿐이었다. 송재근이 그녀의 손을 꽉 잡았다. 그는 마녀의 늪에 서식하는 환형동물처럼 척추가 삭아지도록 진화하는 것이 사는 길이었다.

그녀가 애처롭게 울부짖었다.

"빠르면 빠를수록 좋잖아. 그 위조인간을 박살내는 게 그렇게 어려워, 참."

송재근은 천숙희를 결사적으로 끌어안았다. 박대오를 다시 만나야겠다고 결심하면서.

 아침 햇살에 협죽도[9] 꽃나무의 실루엣이 소파의 탁자에 놓였다. 천숙희는 어제 저녁에 무슨 일이 있었는지 까마득했다. 주방 식탁에는 안주 접시, 양주병, 술잔 등이 어질러진 그대였으니까.

 천숙희는 한 지붕 밑에서 송재근과 살을 섞으며 살아가면 선명한 미래가 보장될 줄 믿었는데 앞길은 배신의 연속이었다. 아기를 갖는 희망도 물거품으로 돌아갔다. 첫인상이 포마드 머리로 맵시를 내었기에 완벽을 추구하는 박력의 소유자라고, 그래서 신화의 존재로 추앙받는 이유가 된다고, '하얀 집'의 꿈을 이룰 수 있겠다고 확신하지 않았던가.

*

 한밤중에 눈이 내린 겨울날. 천숙희는 서둘러 창가로 갔다. 하얀 집 처마 끝에 우후죽순같이 늘어선 고드름이 말썽꾸러기를 총집결시켰으니까. 어머니도 늦을세라 출동하는 사이에. 윗동네와 아랫동네의 대장이 고함을 지르며 벌인 칼싸움의 승부는 결정이 난 터라. 승자들이 도망 다니는 패자들의 목 뒷덜미나, 가슴에 고드름을 집어넣는다고 소동을 피우면 어머니와 천숙희는 창문을 경계로 서로 보며 웃지 않았던가.

---

9) 협죽도: 독성 식물로 섭취시 호흡곤란, 심장마비, 경련을 일으킴.

스펙트럼

〈빨〉

장 회장은 예비 가맹 점주들을 사거리까지 배웅했다가 1층 '킹콩찜' 식당을 둘러보기로 마음먹었다. 여직원이 계산대에서 휘둥그레진 눈으로 장 회장에게 꾸벅 인사하였다. 그가 띄엄띄엄 앉은 손님들을 서빙하는 종업원들을 살피면서 천천히 가운데 통로를 지났다.

그가 음식 배출 창구의 커튼을 들치고 머리를 내밀어 주방 안을 두리번거렸다. 주방 직원들이 노닥거리다 장 회장의 얼굴에 화들짝 놀라면서도 회칠한 각설이의 모습에 예의를 잊고 푸푸거렸다.

"신성한 주방에서 경망스럽게 웃음을 팔고 있으니, 이를 어쩐다?"

길쭉한 창호지 모자를 쓴 주방장이 얼른 돌아서서 목례를 드리며 군기를 잡았다.

"일동 차렷!"

종업원들이 일제히 허리를 굽혀서 인사를 드렸다.

"회장님, 사랑합니다."

"허허, 회장발이야, 화장발이야? 그나저나 가맹점이 늘어나 걱정이 커…. 음, 주방장! 오늘 회식 어때."

출입문에서 왁자지껄한 소리가 나더니 단체 손님들이 실내로 들어왔다. 장 회장은 계산대에서 직원이 자리에서 손님의 주문을 받을 때까지 쭉 지켜보다가 슬그머니 식당을 나왔다.

장 회장은 1층 로비에서 엘리베이터를 기다리다 고개를 갸우뚱거리며 뒷걸음을 쳤다. 향수 냄새의 출처가 지하로 내려가는 계단이 분명했다. 그가 급히 지하 계단을 내려가다 다시 로비로 와서 건물의 출입문을 열었다.

중년부인이 사거리에서 차도로 가고 있었다. 단란주점의 이른 영업시간에 누가 방문한 걸까?

장 회장은 걱정과 궁금증이 뒤섞인 마음으로 지하 계단으로 달려갔다. 단란주점의 출입문을 열었지만, 계산대도 비었고 VIP룸에도 릴라는 없었다. 장 회장은 칸막이의 통로를 지나다 환한 조명 아래 소파에 동그마니 올라앉아 눈을 감고 있는 릴라를 목격하고는 하마터면 소리를 지를 뻔했다. 릴라가 놀라서 젖힌 무릎을 펴서 하이힐을 신고 일어서며 환하게 웃었다. 장 회장은 서둘러 VIP룸으로 갔다. 릴라가 커튼 밖에서 상냥하게 물었다.

"장 회장님, 커피? 아니면 녹차?"

녹차 2잔에서 싱그러운 향이 룸에 퍼지는 가운데 릴라는 장 회장의 화장한 모습에 오류를 범했던 첫인상은 잊고 애정 어린 눈빛으로 바라보았다. 정말 우연이다. 릴라가 장 회장과 오붓이 단둘이 있다고 깨닫자 심장이 갑자기 콩닥거렸다. 장 회장이 나직이 물었다.

"누가 방문했나 궁금해서요? 차림도 그렇고 해서."

릴라가 분홍빛 얼굴이 짙어지며 영롱한 목소리로 말했다.

"야간 아르바이트에요. 어제 저녁에 출근하면서 지하 계단 벽에다 A4용지로 게시했는데…. 용하지요. 번개처럼 찾아냈으니까요."

장 회장은 어이없다는 듯 녹차로 가볍게 입술을 축였다.

"릴라 사장님이 인기가 있으니까 광고효과도 만점입니다. 앞으로는 박 본부장한테 연락하세요. 척척박사니까요."

"무섭게 이러시기에요? 회장님. 아르바이트 직원은 제 소관이죠."

장 회장은 표정이 바뀌며 박장대소했다. 릴라가 장 회장의 일그러진 표정을 흉내 내며 신중하게 말했다.

"모든 게 다 회장님 덕분입니다. 1층 '킹콩찜' 식당에서 지하 계단으로 잘못 내려갔다가 알바를 구했다나요."

릴라가 장 회장의 녹차 잔을 걷으려 가냘픈 손가락을 펼치자 장 회장이 오른손으로 덥석 릴라의 손목을 잡았다. 릴라의 눈망울이 새초롬하게 미소를 그리는 가운데 장 회장의 뜨거운 체온이 릴라의 팔에 고스란히 전달되었다.

장 회장이 VIP룸을 나와 3층 사무실로 간다고 하자 릴라가 단란주점 출입문 바깥까지 나와 배웅하였다. 장 회장은 단정한 빗치개의 머리가 릴라를 애잔하게 만드는 것 같아 애처로웠다.

〈주〉

릴라는 자신이 올빼미족이라고 믿고 있었는데 예사롭지 않게 등장한 뜻밖의 강자에 귀가 솔깃하지 않을 수 없었다.

'저는 늦은 밤에서 새벽 시간 근무를 간청합니다.'

릴라는 그래도 처음 아르바이트 아줌마를 채용하다 보니 쇼킹한 발언은 어찌 보면 미스터리해서 여간 신경이 예민하지 않았다. 피크타임

이긴 하지만 아예 그 시간대에 손님이 없다는 것은 생각하기도 싫었고, 단체 손님이 들이닥칠 때 아르바이트 아줌마가 얼마나 서비스 정신을 발휘할지도 미지수니까.

밤 11시쯤.

장 언니가 낭보를 띄웠다. 릴라가 감격하면서 아르바이트 아줌마에게 과일 종합 안주를 준비시키고, 종전 같으면 턱도 없을 외출을 나갔다. 아줌마가 두 손으로 맥주회사가 제공한 앞치마를 꼭 움켜쥐고 주눅이 든 채 안절부절못했다. '저는 그렇게 빨리는 예쁘게 못 깎아서….'

릴라가 케이크를 손에 쥐고 들어가면서 한바탕 웃음을 날렸다.

지원사격대가 시끌벅적하게 단란주점 홀의 통로를 가득 채웠다. 릴라가 통로로 나가서 환호하며 테이블로 안내하였다.

테이블을 두 개 연결한 중앙의 공간은 비어있었고, 각 테이블에는 큰 그릇의 과일 종합 안주와 깨끗이 닦은 맥주를 열 맞춰 세워놓았다. 그리고 빈 접시들과 포크가 가지런히 준비되어 있었다. 주방 아줌마가 릴라를 대신하듯 한껏 고개를 숙여 손님들을 맞이하고는 주방으로 달려갔다. 땅땅한 몸집의 박 사무장이 오늘 생일을 맞은 주빈답게 상석에 먼저 앉고 일행이 전원 자리에 착석했다. 릴라가 앉기 전에 주방 쪽에다 소리쳤다.

"아줌마, 여기 케이크 가져다주세요!"

홀의 주방 쪽에 있던 손님들이 자리에서 일어섰다.

아줌마는 케이크를 릴라에게 건네고 급히 계산대로 가는 손님에게 소리쳤다.

"예, 나갑니다!"

릴라는 계산대에서 아줌마가 술값을 계산하고 달려오자 다시 지시했다. 홀은 암흑으로 변했다. 케이크에서 어둠을 간지럽히는 촛불. 생일 노래의 합창이 끝남과 동시에 환성이 터졌다. 주방아줌마가 기다렸다 스위치를 다시 올렸다. 천장의 미러볼이 휘황찬란한 섬광을 일으키며 회전하자 생일파티의 분위기는 절정을 향해 달렸다.

릴라에게 일면식도 없는 일행 5명은 박 사무장보다 젊었고 예의 바르게 행동했다. 박 사무장의 생일을 축하하기 위해 순번을 정한 것처럼 일행은 애창곡을 열창하였다. 건배 소리가 끊이지 않으며 파티 분위기는 뜨거워졌다.

장 언니가 뒤늦게 합류해서 바로 무대에 올랐다. 그녀가 생일 축하 인사와 함께 원정팀에게 감사의 말을 했다. 일행들은 '후래자 3곡'을 외치며 우르르 무대에 몰려갔다. 주방아줌마도 '동백아가씨'가 흘러나오자 홀 칸막이에서 무대에 넋을 놓았다. 목청을 높이며 만들어내는 행복한 몸짓도, 막춤까지 동원했던 열정도 알코올의 과용과 수면 부족에 쫓기면서 종막을 고하기에 이르렀다.

장 언니는 건너 테이블에서 담소를 나누다 졸기 바쁜 릴라를 깨웠다.

박 사무장 일행들이 떠난 홀은 미러볼의 불빛이 멈추며 쥐 죽은 듯 조용했다. 주방아줌마는 근무시간을 초과했음에도 명랑하게 퇴근 인사를 했다. 그녀는 여름 골프 스포츠 웨어로 환복해서 깔끔하게 보였다. 무대의 조명은 그대로 화려하게 빛났다.

릴라는 장 언니와 함께 VIP룸으로 들어갔다. 장 언니가 소파에 앉자 릴라에게 할 말을 잊어버렸다.

"요즈음 부쩍 이래. 정말, 해마에 염증이라도 생겼나."

릴라는 졸음이 달아나며 게슴츠레한 눈을 비비며 느물거렸다. 장 언니가 혼자서 또 키득거리다 차분해졌다.

"명숙아, 장 회장의 인생 가이드 어떻게 허락했니? 널 끔찍이 사랑할 때가 말하자면 네가 사랑을 받을 때라는 것을 명심해. 지난번 나에게 어찌 그리 모욕을 줄 수 있단 말이냐? 난 짧지만 넘칠 만큼 사랑을 받은 여자야."

릴라가 꼭 다문 입술을 떨었다.

"언니, 아니야 난…."

장 언니가 격앙된 목소리를 진정해가며 조용조용 덧붙였다.

"명숙아, 언젠가 떠나서 사랑의 둥지를 쳐야 한다면 지금이란 뜻이지. 첫 남자란 사랑의 시발점에 불과해서 '둥지의 남자'를 만날 때까지 남자들은 나타나지만, 장 회장에게 벌써 싫증을 느꼈니?"

두 사람 모두 눈이 말똥말똥했다.

"명숙아, 네 착한 마음 알아…. 장 회장은 널 진정으로 사랑하는 거야. 너도 진정으로 장 회장을 사랑한다면 못 이룰 게 뭐있니."

"언니! 미안, 고마워요. 그리고 명심하고 또…."

릴라는 장 언니를 배웅하고 터벅터벅 걸음을 옮겼다. 가로등 불빛 위로 검푸른 벨벳의 하늘이 희끗희끗해지고 있었다.

미련은 프리즘을 통과한 스펙트럼 같아서 자신의 미래에 대해 무심한 사람이 되는 그 이상도, 그 이하도 아니라는 생각이 들었다.

릴라는 휑뎅그렁한 거리에서 외로운 여자가 확실하였다. 삶의 징검돌을 하나씩 건너서 마지막 사랑의 징검돌을 건너야 하는 순간을 맞은 것이리라.

릴라는 지하방에 도착하자 철 대문을 열면서 하루의 일과를 마감하는 멘트를 날렸다. '나 말이야, 이러고 산다. 이러고 살아.'

〈노〉

송재근이 거실에서 성큼 현관으로 나와서 천숙희가 동네 슈퍼에서 장을 본 불통한 노란 종이봉투를 받아 들며 말했다.

"박 본부장이 전화했어!"

"박대오가…"

그녀는 하얀 긴팔 티에 받쳐 입은 분홍조끼의 겨드랑이가 흠뻑 젖는 채 중얼거렸다. 그가 앞장서 주방으로 갔고, 그녀는 안방으로 직행했다.

거실은 커튼이 쳐졌지만 햇볕에 뭉근하게 달구어졌다. 그가 소파에서 참을성 있게 기다리고 있었다. 그녀가 샤워를 마치고 얼음 주스 잔을 들고 원목테이블의 소파에 앉자 그가 그녀의 젖은 머리칼을 보며 침을 튀기며 말했다.

"장 그놈! 정신이 나가긴 나갔어. 한여름에 전국의 체인점을 돈다네."

그녀는 주스 잔을 비우고 페이스를 찾은 육상 선수처럼 여유를 부렸다.

"아점 겸 먹고 나서 얘기합시다. 박 본부장은 첩보만 띄울 건가?"

천숙희가 송재근을 초대하면서 불렀다.

식탁에는 타원형 그릇에 에그 토스트 2개, 베이컨. 커피가 한 잔씩 놓였다. 그녀가 새삼스럽게 그를 쳐다보았다. 그는 눌러 먹는 꼬락서니가 아니라 단정하게 빗는 포마드 머리에 유명브랜드 티까지 챙겨 입은 탓에 옛날의 모습이 선했다. 양복쟁이가 병원을 들락거리며 첫눈에 반하게 만들었던 것은 여자에게 절도를 지키는 세련된 매너가 아니었던가.

"아점의 초대랍니다."

그녀가 환하게 웃으며 고개를 끄덕이자 머리에 동인 꼬깃꼬깃한 곱창이 간들거렸다. 그가 덩달아 기분 좋게 웃으며 말했다.

"단란주점의 알바 일도 말이요. 첩보거든."

"절묘한 지하 침투라?"

그는 포마드 머리 귀 옆을 손바닥으로 쓸며 여유를 부렸다.

"박이 '킹'주식회사를 삼킬 날도 머지않았소. 내 생각엔 '킹콩찜'을 일본으로 진출시킬까 하는 생각인데…. 원래 폭풍 전야는 조용해야 하거든요. 하하! 그놈이 아귀가 다가 아니라는 것을 아는 날이 오겠지."

그녀가 한탄조로 주절거리다 격분하면서 쌍스럽게 말했다.

"하얀 집에서 꾸었던 순결한 꿈을 산산이 부셔놓은 악령. 내 처지가 처마 끝에 매달린 고드름 신세라니. 이에는 이, 칼에는 칼이지. 썩을 피에로 인생들아! 조금만 기다려라."

그는 토스트를 우쩍우쩍 씹은 채 눈이 휘둥그레지며 힘을 실어주었다.

"맞아, 그놈이 우리의 결혼을 이토록 저주하고 있었던 거야. 박 본부장이 설마하니 큰일에 실수를 저지를까."

"우리 몫을 꼭 챙겨야 한다고. 당당하게."

그가 벌게진 얼굴로 껄껄거리며 빈 잔과 접시를 싱크대로 가져갔다.

〈초〉

릴라는 로비를 가로질러 지하 계단을 향하다 고개를 돌렸다, 덕지덕지 야한 광고 전단지로 어질러졌던 우편함이 누가 정리한 것처럼 말쑥하였다. 릴라의 눈길이 먼저 닿자 발길에 이어 가냘픈 손이 덩그렇게 꽂힌 사각봉투를 끄집어내었다. 실로 오랜만에 받아보는 우편물. 그녀는 발송인이 표시되지 않아 조바심이 났다.

릴라가 계단을 내려가면서 뒷머리에 꽂힌 빗치개를 계속 만지작거렸다. 계산대의 작은 조명 아래서 릴라가 사각봉투에서 꺼낸 초대장의 고급 밍크지 속지에 선명한 활자체들을 넋을 잃고 보았다.

릴라는 문득 장 언니의 충고가 상념의 숲에서 미래를 찾아가는 나침판 역할을 한다는 것을 깨달았다.

릴라가 간이 떨어질 만큼 놀라서 초대장을 황급히 치우며 시계를 보았다. '출근시간이 9시 30분인데…. 주방아줌마가 시간관념을 엿으로 바꿔 먹었나.'

그녀가 이번에는 주방에서 대빗자루를 들고 나와 계산대에 서서 얌전히 기다렸다.

"오늘은 일찍 발걸음했지 뭐예요. 시간이 나는 김에 대청소? 아니면, 사장님. 시간 맞춰 다시 출근해요?"

릴라가 폭소를 터트렸다. 그녀만의 황당하지만 독특한 기지에 굴복할 수밖에 없었다. 면접에서부터 별스러웠으니까. '이름이 뭐 중요해요. 편하게 아줌마로 불러주세요.'

주방아줌마가 홀의 미러볼과 무대의 전원을 모두 켰다. 그녀는 요란한 빛의 세상이 펼쳐지자 행복한 청소부처럼 단란주점의 구석구석을 돌아다니며 분주했다. 릴라는 늘 주방을 걱정하였지만 주방은 한눈에도 청결하였기에 마음이 든든했다. 소독한 행주들이 싱크대에 걸려있었다. 그릇, 도마, 컵, 잔, 칼들이 마른 채 탁자에 가지런히 정리정돈 되어 손님 맞을 준비가 되어있었다.

이번에는 주방아줌마가 주방에 들어가다 릴라를 보고 비명을 질러댔다. 릴라는 난처한 표정으로 옴짝달싹할 수 없었다. 그녀가 불만이 없다는 듯 말했다.

"피장파장, 히히."

젊은 회사원들이 5명이 늦은 시간인 10시쯤 마수걸이 손님으로 무대 앞 소파에 옹기종기 앉자 주문을 했다.

주방아줌마가 양주 1병과 맥주잔, 양주잔, 기본 마른안주, 사각 접시, 포크 등을 내어왔다. 릴라가 병맥주 10병을 쟁반에 받혀 옆 테이블에 갖다 놓았다. 조금 후 큼직한 그릇에 담긴 과일 모듬 안주 2개가 손님 앞에 차려졌다.

빛보라로 오롯한 무대. '어쩌다가'의 가락이 '사랑에 미치면'의 음률을 타고 고조되자 소파에 앉았던 손님들이 모두 무대에 몰려가서 마이크를 잡은 주인공을 둘러싸고 춤을 추며 끼를 발휘했다.

릴라가 주방 아줌마 곁에 있다가 핸드백을 챙겨야겠기에 계산대로 갔다. 금전등록기 밑으로 손을 더듬어도 초대장도 사각봉투도 흔적이 없었다. 그녀가 사색이 되었는데 주방아줌마가 싱글벙글거리며 걸어오며 애교를 부렸다.

"초대장을 찾는 거라면….."

그녀가 비웃적거리며 손가락으로 계산대의 아래 서랍을 가리켰다. 릴라가 서랍에서 초대장을 들었다. 무대의 노래는 '사랑 안 해'로 바뀌었다.

주방 아줌마가 계산대에 슬쩍 기대며 한마디를 했다.

"너무 나이스 한 초대. 저도 행복해요."

계산대에서 중년 남녀가 두리번거리다 VIP룸으로 들어갔다.

주방아줌마가 주문을 받겠다며 걸음을 옮겼다. 주방아줌마가 맥주 10병을 추가한다고 알리고 쪼르르 주방으로 들어갔다.

그녀는 소파의 테이블 손님에게 추가 주문의 서빙을 마치고는 분주하게 빈 병들과 빈 접시를 쟁반에 담아 주방으로 옮겼다. 계산대에서 릴라가 전표를 끊고 주방에 들어가서 종합과일 접시를 완성했다. 아줌마가 과일 접시와 맥주 2병을 곁들여 VIP룸에 가져갔다. 릴라가 뒤따라가 룸 손님에게 알려드렸다.

"신청곡은 언제든지 신청하세요."

주방아줌마가 주방 통로에 또 나와 무대의 가무에 눈을 떼지 못하였다. 릴라는 그녀의 불그레한 얼굴이 출랑거리는 탓으로 그냥 넘겼는데 그게 아니라는 것을 알자 괘씸했다.

"사장님! 오햅니다. 손님이 남긴 것을 홀짝거리는 재미라도 있어야 근무할 맛이 나죠. 흐흐. 그날은 제가 하루 책임지고 영업하지요."

릴라는 열을 받기도 전에 어처구니가 없었다. 남의 초대날짜까지 기억하는 등, 해괴망측한 일이 한두 가지가 아니라서 은근히 신경이 쓰였다.

릴라는 현충일 외에는 쉬어 본 적이 없어서 그날 가게를 책임진다는 말이 얄밉지는 않았다. 영업시간에 음주하는 아줌마의 괘씸죄에 대한 불쾌감이 다소 가라앉았다.

〈파〉

금요일. 릴라가 출근해서 계산대의 조명을 켜고 운동화를 하이힐로 갈아 신고 있었다.

장 회장이 기다렸다는 단란주점으로 들어와서 홀의 스위치를 켜고 성큼 VIP룸으로 들어갔다. 릴라가 쟁반을 내려놓고 장 회장과 마주 앉았다. 테이블은 아이스커피를 두 잔 놓았는데도 뜨거운 느낌. 오늘따라 장 회장은 자기 휴대폰 말고도 은박 포장케이스가 나란히 놓였다.

릴라가 차이나칼라의 긴 와이셔츠의 차림에 새하얀 얼굴에 숯검정처럼 교묘한 눈썹의 장 회장이 자기 스타일 같다는 생각이 들어서 웃음을 지어 보였다.

장 회장은 아이스커피를 대접받는 것이 예상 밖의 일처럼 놀라는 표정을 지으며 침묵을 깼다.

"모처럼 나만의 전망조리대에서 8월, 한 달 일정으로 떠난다고 생각했는데, 곰곰이 생각해 보니까 거기도 결국 주방 공간이 있다는 겁니다. 직업은 못 피하나 봐요. 허허. 전국 '킹콩찜' 가맹점 순회 투어니까요."

릴라는 아이스커피 잔을 만지작거리며 다소곳하게 장 회장의 말에 귀를 기울였다.

"무엇보다도 홍보 차원이지요. 수도권의 투어가 종료되는 대로 서울로 출발할 것입니다. 토요일 저녁에 만찬을 하자면 말입니다. 릴라 씨가 처음입니다. 눈부신 한강의 야경이 내려다보이는 전망조리대에 만찬을 준비하는 것이 저로서는 영광입니다. 영광이고말고요."

릴라는 화장한 얼굴도 열정적인 언변만큼이나 진지해서 가슴이 메었다.

"릴라 씨, 제 뻔한 밑천이 또 나오네요. 자살 기도 후, 삼순구식[10]으로 세상을 떠돌면서 눈에 헛거미가 잡히는 중에도 저 자신을 찾고 아귀와 연이 닿아 좋은 스승을 만났답니다. 그리고 지금 릴라 씨를 만난 겁니다."

장 회장은 과거의 회상에 잠겼다가 릴라를 똑바로 쳐다보았다. 릴라가 아이스커피잔을 두 손으로 꼭 감싸고 침을 꼴깍꼴깍 삼켰다.

장 회장은 그녀의 설레는 마음에 공감하면서 만찬 때까지 사랑이

---

10) 삼순구식(三旬九食): 극심한 가난을 상징.

무르익기를 애원하는 심정이었다.

"릴라 씨! 자주 통화해요. 휴대폰은 제 명의로 개통되었으니까요. 인생의 동반자로서 저를 가이드해 주십시오."

장 회장이 말이 끝나기 무섭게 성큼성큼 출입문 쪽으로 걸었다. 릴라가 재빠르게 움직여서 출입문을 열고 배웅 인사를 하자 장 회장이 손을 들어 화답했다.

릴라가 핸드백을 들고 VIP룸으로 들어가 초대장을 다시 펼쳐놓고, 은박 포장케이스를 풀었다. 유달리 빛나는 휴대폰.

〈초대장〉

릴라 사장님 귀하
일시: 8월 30일 토요일 저녁 8시.
장소: M아파트 1동 1802호
초청에 광림해 주시길 앙망하옵니다.

아귀 요리사 장일국 드림

릴라는 장 회장의 깊은 연모의 정에 형언할 수 없는 감동에 휩싸이며 한 손으로 블라우스 옷깃을 고깃거렸다. 그녀는 숨을 죽인 채 뺨을 타고 흐르는 눈물방울을 훔치자. 장 언니가 생각나면서 할머니가 그리웠다.

주방아줌마가 인사를 하고 퇴근했다. 릴라가 운동화로 갈아신는데 전화벨 소리가 요란했다. 전화기를 집어 들며 '양반은 아니네.'라는 생각에 잠이 다 달아났다.

장 언니는 야밤중의 FM 방송 게스트랄까. 장광설을 늘어놓기 시작했다.

"아이디어가 따로 있나요? 금년은 출국을 앞당기면서 인사를 서두르지 않을 수 없었답니다. 길 건너에 대형 교회의 오픈에 즈음하여 브런치 카페에서 베이커리&문화 카페로 가자면 말입니다. 오명숙 사장님 듣고 있을까요? 교인들의 왕래가 잦아질 테니 숙녀분도 좋고 주부들을 상대로 시 낭독도 좋고 독서그룹도 운영도 하며, 케주얼 악세사리 '숍 인 숍'도 착안했지요. 이번 여행은 또 다른 나를 발견한다고 할까요? 명숙아! 다녀와서 보자."

릴라는 졸았다가 다시 정신을 차렸다.

"역시 언니는 멋쟁이! 눈에 나침판이 달렸다니까 방향도, 아이디어도 너무 잘 찾는다. 좋은 여행되세요."

"이 피곤한 것아! 네가 대형사고를 치나 두고 볼 거야."

릴라는 핸드백을 메고 퇴근하면서 휴대폰을 가볍게 오른손에 쥐었다. 장 언니가 말하는 대형사고의 원격장치를 손에 들고 있다는 느낌이 오자, 웃음이 빵 터졌다. '나는 진짜로 가이드 자격증이 있다고.'

〈남〉

릴라가 아침에 늦게 눈을 뜨자 머리맡에 둔 휴대폰을 찾았다. 단란주점에서 전화할 거라고 미뤘다가 늘 깜빡하곤 했던 할머니에게 휴대폰으로 전화를 걸었다. 릴라가 편안하게 누워서 한참 동안 전화를 걸고 나서야 가쁜 숨소리가 들렸다.

"할머니, 할머니 저예요, 명숙이!"

"여, 어이, 음, 안 들리는가, 우리 딸이네."

릴라는 어눌한 할머니의 목소리에 입술을 깨물며 엎드렸다.

"할머니, 잘 계시죠?"

"서울에 있는가? 아, 잘 있다마다 그럼…."

할머니가 살림살이의 근황을 주절거렸다. 릴라가 일어나 거울 앞에 서서 휴대폰을 통화하는 자신을 쳐다보았다. 할머니가 말에 속도가 붙는다 했는데 결국 영감을 겨냥한 걱정으로 마무리가 되었다.

"영감이 시원찮아서. 난 건강해. 신랑하고…. 놀러 와요, 영감도 반길 거야."

"할머니 건강하시고요. 할아버지께도 안부 전해주세요."

"그래, 우리 딸도 잘 지내."

릴라는 다시 이불 속으로 들어가서도 휴대폰을 꼭 쥐었다.

할머니가 꼬부랑 허리 걸음걸이로 사랑방에서 부엌방으로 건너갔다. 노부부는 단출해서 부엌방에서 지냈다. 할머니는 앉아 벽에 기댄 영감 옆으로 두 손을 짚으며 보료에 앉아 나란히 벽에 기대었다. 할머니는 꼬부랑 허리를 펴듯 영감을 보며 흡족한 표정을 지었다. 할머니가 침묵하자 영감이 눈을 부릅뜨고 물었다.

"그 아가씨가 전화했던가?"

할머니가 빈둥거리며 쳐다보다 그냥 고개를 돌렸다.

"그래요, 서울에 우리 딸 말이지."

노인이 할머니를 노려보다 한숨을 크게 쉬었다.

"당신 칠십은 넘었던가?"

할머니가 도끼눈으로 영감을 째려보았다.

"평생 이런 식이지. 대충대충. 금년에 딱 칠십이랍니다."

노인이 멀뚱하게 쳐다보다 보료를 들썩이고 고쳐 앉았다.

"전화 오면 바꿔줘야지. 전화를 받기만 하면 잊으니, 허허."

"전화는 또 온다니까요. 성질은, 참. 기다립시다."

노인은 답답해서 화를 내며 말했다.

"내 말은 긴해서 그렇다는 거지. 여기 신신당부할 사람이 누가 있어서."

"소갈머리 없는 소리지. 멀리까지 영감한테 부탁을 해요. 참 얄궂어라."

노인은 입을 꼭 다물었다. '전화를 내가 먼저 받는 수밖에.'

〈보〉

천숙희는 홀가분했다. 무대가 바뀐다 해도 달라질 것은 없었다. 릴라는 자기라면 껌뻑 죽으니 말이다. 자신의 계획이 더욱 치밀하게 각색되는 양상을 띠면서 천숙희는 지상의 과제가 마침내 시간문제로 낙착된 것 같아 음흉하게 웃었다. 일찍 출근해서 의심을 사기보다는 릴라가 퇴근할 때 동행하는 것이 믿음을 굳히기에 나무랄 데 없었다.

주방아줌마는 다독이듯 릴라에게 권했다.

"구닥다리 스타일! 운동화는 뭐 하러. 지금부터 초대에 응한다고 생각해요."

릴라는 하이힐을 신은 채 주방아줌마와 같이 퇴근길에 올랐다. 새벽하늘은 한낮의 뜨거운 기운과는 달리 차분하였다.

단란주점에서 의례 포장마차가 불을 밝히는 길을 거쳐서 가구거리로 나왔다. 버스로 세 정거장째 사거리의 횡단보도를 지나면서 릴라가 먼저 손을 흔들었다. 주방아줌마는 은행 건물의 횡단보도를 건너는 릴라에게 손을 흔들고는 차갑게 돌아서 걸었다. 송재근이 좀 떨어진 도로에 정차한 승용차에서 나와서 천숙희를 맞이했다.

송재근이 신호대기에 걸린 승용차의 차창으로 호프집 입구의 보도에 마련된 원탁에 취객들이 인내심을 보이는 모습이 비치자 천숙희가 송재근을 보며 침을 삼켰다. 그가 차를 도롯가에 붙이고 아련한 불빛 속에서 일사불란하게 움직였다.

야식파티가 벌어졌다. 송재근이 맥주와 치킨 포장박스를 열어서 식탁에 놓자 천숙희는 샤워를 하고 어깨와 팔이 훤히 드러난 탱크탑 차림의 세미누드로 등장했다. 그는 호기를 부리며 그녀의 잔부터 맥주의 거품이 잔에 흘러내릴 때까지 부었다.

"맥주는 뚝뚝 떨어지는 이 맛이야."

"치킨 맛은 또 어떻고."

그녀가 이미 닭다리를 쥐고 씹으며 시원하다는 듯 그렁그렁 소리를 내며 잔을 비웠다. 송재근도 단숨에 맥주를 들이켜고는 노리끼리한 닭 날개를 뜯었다.

"짱 그놈! 닭하고는 담을 쌓았나. 왜 하필 아귀지?"

"지지리 못난 놈이니까. 날개도 없고 털도 없는 아귀 신세라니. 정이 가겠냐고~ 요?"

남녀는 가득 찬 맥주잔을 맞부딪쳤다.

"그 아귀 같은 놈의 화장발에 미친년은 또 어떻고?"

남녀는 입속 가득 닭고기를 우적거리며 맥주잔을 들고 발작적으로 킥킥거렸다. 천숙희가 전의를 벼르며 목 주위가 벌게졌다. 안방에서 불어오는 에어컨 바람이 식탁 주변을 시원하게 만들었다.

"무슨 투어라나. 사람을 놀려먹어도 유분수지. 초대장은 무슨 얼어 죽을. 부고장이지! 여름밤이 언제든 사람을 돌게 한다니까."

천숙희는 치킨으로 허기를 채우자 입가심으로 맥주를 천천히 들이켰다.

"일석이조 아냐! 박대오에게 가맹점계약서를 확실히 받아내면, 대성공이지."

그는 취기가 도는 중에도 자못 경탄하였다. 그녀가 웃으며 탱크탑 가슴 주변의 뻘게진 살갗을 문질렀다. 천숙희가 유리 진열장에서 새 양주병을 꺼내 들고 자리에 앉으며 말했다.

"대박은 아파트가 무대라는 거 아니겠어?"

송재근은 입이 다물어지지 않았지만 양주병을 뜯으며 사려 깊게 물었다.

"당신도 초대받은 손님…."

천숙희가 치킨 박스를 간추리면서 자신 있게 말했다.

"시간과 장소를 정확히 알고 있다면 초대 자격으로 충분하지 않나요?"

오후의 열기

8월 4일 월요일.

릴라는 누워있다가 친숙하지 않은 휴대폰에서 벨소리를 듣자 긴가민가하며 화장대에 놓은 휴대폰을 꺼내 귀에 바싹 붙이며 화들짝 놀랐다. 장 회장은 약속을 지켰고 주인공이 된 기분에 심장은 들끓었다.

"릴라 씨! 전국 가맹점의 투어를 가면서 홍보 효과를 노리면서 '킹콩찜' 메뉴를 단품으로 취급할 수 있는 '킹콩찜 믹스'를 출시하게 되었습니다. 하하! 예비창업자의 투자비용을 최소화하면서 체인점의 숫자는 자연히 늘어날 테지요. 그래서 이 단품에는 색다르게 곁절이를 제공하기로 결정했는데요. 손님의 입맛을 창조한다고 할까요? '킹'주식회사의 목표이자 저의 신념이 바로 손님이 킹이라는 뜻 아닙니까. 출시 현재 아귀탕에, 킹 돈가스 3조각을 믹스한 메뉴가 단연 톱입니다. 릴라 씨의 의견은 어떻습니까?

점주나 주방장에게 강조하죠. 손님이 왕이라면 입맛의 탐구는 멈출 수 없다고 말입니다. 또 손님 예절에 있어서는. 릴라 사장님이 '킹콩찜'의 모델인 셈이죠. 단란주점을 '가맹점 창업교육장'을 이용했던 것도 결코 우연의 일치가 아니란 말입니다."

릴라가 거울 앞에 서서 휴대폰을 쥐고 브라와 팬티차림으로 요염한 자태를 취했다.

주방아줌마는 갈수록 공손하고 싹싹했다. 그녀는 가게에도 릴라에게도 마이너스가 될 일은 눈곱만치도 허락하지 않겠다고 맹세한 사람처럼 굴었다.

'흠 없는 사람이 있을까.' 아줌마가 손님들이 남긴 술에 탐심을 부렸지만 릴라가 모른 체해서 손해날 것은 없었다.

릴라는 주방아줌마의 오지랖에도 공감대가 형성되었다. 간간이 눈요기로 등장하던 김밥이 다시 등장하면서 밤참 구실을 하였다.

주방아줌마는 정확하게 출출한 시간대에 손님이 비는 틈을 타서 주방에서 가까운 테이블에서 도시락을 깠다. 릴라가 처음엔 서먹서먹했지만 하루 이틀 이력이 붙자 배 속에서 꼬르륵거리는 소리에 아줌마를 살피다가 도시락이 보이면 사양 않고 달려들었다. 오지랖의 한계를 모르는 주방아줌마의 열성은 밤 시간에 도우미 역할을 자청하며 무대에서도 스스럼없이 노래 선곡을 돕거나 딸랑이로 반주를 맞추었으므로 장사는 한결 부드러웠다.

"곡선미라고 많이 들었죠? 하이힐 스타일은 엉덩이, 머리 스타일은 가슴을 말입니다. 상대방을 흡입하는 장치일 거예요."

릴라는 귀가 번쩍 뜨였다. 초대장은 받았지만 사실, 이것저것 고민이 깊었기 때문에 제2의 장 언니 같다는 생각마저 들었다.

"어느 자리에서나 구차한 모습은 악이지요. 세상은 자유를 찾는 사람을 원해요. 제가 미장원을 소개하지요."

릴라도 충분히 납득이 갔다. 아줌마는 릴라를 저울질하듯 묘한 눈초리로 변하더니 갑자기 허리를 젖혀 크게 웃었다.

"초대의 답례는 어떨까요? 초대자에 대한 예의이자, 깜짝쇼라고 해 두죠."

"무슨 깜짝 쇼를 벌린단 말입니까?"

릴라는 너무 긴장한 나머지 해괴망측하다는 생각밖에 없었다.

"하하! 사장님, 깜짝쇼가 별것 있겠어요. 기습 키스 같은 나비효과!"

아줌마가 릴라의 손을 잡으며 희희낙락대는데 술내가 확 풍겼다. 릴라는 빈손으로 가는 것도 좀 그런 것 같아 눈망울이 맑아졌다.

장 회장이 전화가 온 다음 날 저녁.

인테리어 김 사장이 초저녁에 M건설회사 직원들과 1층에서 식사를 하고 릴라 단란주점에 들렀다. 김 사장이 일행들과 VIP룸에서 릴라의 특기인 과일 모둠 안주에 빠져서 이야기꽃을 피우는데 릴라가 기웃거렸다.

김 사장이 릴라를 보며 대뜸 놀려먹었다.

"장 회장님이 사장님만 챙기니까. 저에게는 전화마저 뜸해졌어요."

릴라가 주목하는 일행들의 시선에 시치미를 떼며 후다닥 자리를 피했다. 홀은 미러볼이 쏘는 갖가지 불빛 조각들이 난무하며 명멸하였다. 릴라가 무대에서 갈색 서랍장에서 거치대에 걸린 마이크와 소독커버를 확인하였다.

릴라가 교체한 액자의 라일락 여인에 시선이 멎자 '사랑의 시작'이라는 꽃말처럼 장 언니가 여기서 꼭 사랑이 맺어지기를 기원한 것은 아닐까 하는 생각이 들었다.

자신은 정작 운명을 체감하지 못하고 지내다가 다른 사람들이 귀띔

해 줌으로써 비로소 깨달아 따르게 되는 것이 운명인가 싶었다.

김 사장이 무대에서 올라서서 마이크를 잡고 울긋불긋한 조명을 뒤집어쓴 릴라에게 외쳤다.

"사장님! 18번 한 곡 부탁드립니다."

릴라가 얼른 무대에서 계산대로 피했다 김 사장이 무대에서 일행과 교대하기를 기다렸다.

"내 정신 참, 김 사장님, 잠시 면회할까요?"

김 사장이 홀의 소파로 와서 릴라 옆에 앉았다. 김 사장이 뭐든지 오케이라는 기분으로 환하게 릴라의 말을 기다렸다. 릴라가 수줍게 자초지종을 털어놓았다. 김 사장이 고개를 끄덕거렸다.

"음, 제가 알아봐 드리죠. 제게 맡겨도 될 텐데."

"아닙니다. 김 사장님, 감사합니다."

마수걸이로 김 사장이 왔다 간 덕인지 연이어 두 팀이 홀의 테이블을 채웠다. 릴라가 순서대로 술 주문부터 받으며 모둠 과일 안주와 마른안주를 재빠르게 준비하여 각 팀의 테이블에 내어놓았다. 릴라가 계란찜을 만들고 있는데 주방 아줌마가 출근하자 한시름 놓으며 계산대로 갔다. 아줌마가 주방을 바쁘게 오가며 서비스하느라 분주했다. 두 팀은 경쟁하듯 무대에서 번갈아 가며 목청을 돋우며 곡조를 뽑았다.

릴라는 무대에서 하루가 고달팠거나, 달콤하였거나 오로지 잊기 위해서 열창하며 몸부림치는 사람들이 이해가 되었다. 삶 앞에서 숙맥 아닌 사람이 어디 있으랴.

주방아줌마가 릴라가 기대선 홀의 뒤쪽 벽에 붙으며 따지듯 물었다.

"그 출장 간 양반은 언제 연락해 보셨어요?"

릴라가 약간 놀라는 표정을 지으며 좀 언짢아졌다.

"바쁘신 분이잖아요. 마침 김 사장이 왔다 갔어요. 부탁했답니다."

갑자기 그녀가 주방으로 가면서 말했다.

"제가 오지랖이 넓어서, 주제넘게…. 죄송합니다."

릴라가 주방아줌마의 동문서답에 어리둥절했다가 수긍할 수 있었다. 초대의 답례라고 해도 주인 없는 집에 숨겨놓고 깜짝쇼를 벌린다는 것은 언어도단이었다. 장 회장과는 아직 그런 관계는 아니었다.

8월 13일 수요일.

천숙희는 염원하던 대로 1동 18층 2호의 청소에 배당되었다. 송재근이 M아파트의 경비반장을 만난 지 이틀도 되지 않아서 해결되었으니까. 그가 오랜 슬럼프에서 기지개를 켜는 것 같아 마음이 놓였.

천숙희가 선임아줌마를 따라서 지하 2층에 설치된 청소용역사무실에서 나왔다. 두 사람은 흰색 스카프를 머리에 두르고 아래위로 노란색 미화복장을 하였다. 선임동료는 황금색 엘리베이터가 18층에서 멎자 정면의 복도로 곧장 가서 출입문을 열었다. 아파트의 거실이 거대한 전망대의 분위기. 천숙희가 청소도구 함을 들고 머뭇거리자 선임이 날카롭게 지시사항을 상기시켰다.

"안방 화장실부터 베란다 바닥을 맡아. 락스로 박박 알지? 청결 우선!"

천숙희가 안방의 화장실의 변기에 꿇어 코를 박고 살살이 문질렀다. 선임이 출입문에 서서 작업하는 천숙희를 감시하다가 지시사항을 캐물었다.

"알지, 다음은 어딘지?"

천숙희가 현관 입구의 작은방 화장실로 재빨리 이동했다. 선임은 거실과 주방 경계벽에 전기 콘센트에 플러그를 꽂고 진공청소기로 이동하면서 한강의 조망을 구경하는 여유를 부렸다. 천숙희가 마지막 방까지 화장실 청소를 마치자 맹맹한 코를 붙잡고 거실 벽을 조심스레 지나며 고개를 갸우뚱했다. 화장실은 개수는 틀림없는데 서재 방은 보이지 않았다.

거실의 대형 TV가 설치되어 있는 양옆으로 황금 두꺼비 조각상이 점잖게 거실을 지키고 있었다. 선임이 안방에서 진공청소기를 끌고 나오면서 문을 잠갔다. 천숙희는 선임의 뒤를 따라 청소도구함을 들고 황금색 엘리베이터에 탑승했다. 아찔한 풍경이 연속해서 사라지더니 지하 2층 1동 엘리베이터 구역에 도착했다. 선임이 시무룩하게 그녀를 쳐다보며 앞장섰다.

김 사장은 1층 경비실을 다녀오는 길이었다. 걸어 나오는 사람이 낯익었지만 여자 미화원이라 주차장 보도를 따라 계속 걸어갔다.

김 사장은 릴라 사장이 부탁을 철회했지만 혹시나 했는데 경비 반장이 맡긴 게 없다고 고개를 절레절레 흔들댔으니 의심의 여지가 없었다.

해가 한참 길어서 릴라가 출근하면서도 실감이 나지 않았다. 김 사장이 저번에 부탁한 내용을 알려주려고 퇴근길에 들렀고 말했다. 릴라가 다짜고짜로 VIP룸으로 끌어당기며 사과했다.

"이를 어쩌죠, 그냥 없었던 걸로 해주세요. 미안해서 어쩌죠."

주방아줌마가 '오지랖이 넓다'고 사과하던 날 이후로 일에만 전념하는 눈치였다.

릴라가 주방아줌마가 홀의 테이블에 김밥도시락을 펼칠 타이밍에 주문했던 '킹콩찜' 믹스를 가져갔다. 그녀가 도시락을 들고 릴라가 한턱 쏘는 아귀찜과 킹 돈가스 3조각을 보자 눈이 휘둥그레졌다. 릴라가 손가락으로 가리키며 그녀에게 호, 불호를 선택하라는 듯 추파를 던졌다. 그녀가 반기면서도 망설였다.

단란주점이 여름을 타는 기미가 뚜렷하였다. 다음 날도 밤참 시간은 길었다.

"특제 소고기 김밥을 만들었는데, 사장님 입맛에는 어떨지?"

"아줌마는 깜짝쇼 연출가야. 이걸 어떻게…."

"사장이 한턱 쏘는데 어찌 그냥 있겠어요? 아니지요."

주방아줌마가 건네는 젓가락을 신호로 화려한 조명 아래에서 밤참이 시작되었다.

여름장사의 시름을 달래려면 체력관리가 우선이라는 둥, 아르바이트는 아르바이트일 뿐이라는 둥, 깜짝쇼는 체질이 아니라는 둥, 별별 이야기들이 오갔다.

"전, 늘 고마워서, 그러죠."

"고맙긴요. 나도 멍청해요, 가끔….."
"음, 밤참이 대박!"
릴라는 하나를 더 집으며 졸리는 낯빛이 흔들렸다.

한여름. 장 회장은 전국의 바캉스족과 부대끼며 도시 곳곳을 순회하는 투어를 진행하고 있었다. 박대오 본부장은 출근하자마자 영업팀이 작성한 '가맹점 순회 투어'라는 제하에 장 회장의 활약상을 홈페이지에 올리기 위해 짜증을 삼키며 꼼꼼히 체크하는가 하면, 퇴근 무렵에는 가맹점의 신규계약 상황을 사전에 장 회장에게 보고했다.

박 본부장은 순탄하게 가맹점을 관리하고 있는데 장 회장이 불쑥 '킹콩찜'의 단품 가맹점의 모집을 결정하는 바람에 열불이 나서 견딜 수가 없었다. 기존 '킹콩찜' 가맹점 확장의 목표를 달성하려는 분위기에 '킹콩찜'의 단품 가맹점 문의가 빗발치는 요상한 기류가 흐르면서 영업팀은 혼선을 빚을 수밖에 없었다. 박 본부장은 소규모 점포 발굴에 한계가 도사리고 있다는 점을 일찍이 간파하였기에 재빨리 손을 썼다. 기존 '킹콩찜' 가맹점에서는 이미 '킹콩찜' 믹스라는 단품 판매를 운용하고 있기 때문에 유리하면 유리했지 불리할 게 없다는 취지의 홍보에 집중하면서, 기존 '킹콩찜' 가맹점의 상가 발굴에 꾸준히 매진하였다.

박 본부장은 만면에 웃음을 띠며 단품 가맹점의 즉흥적인 결정에 대한 분노를 삼킬 수 있었다. 월말이 얼마 남지 않았지만 기존 가맹점의 신규계약 건수가 목표에 접근하였고, 경기 하락세를 반영하는 단품 가맹점 계약 건수가 덤이 되면서 8월의 실적은 상승곡선이 예고되었다.

정오 태양의 볕은 벌써 건물 주변을 달구며 거리에 나선 행인들을 괴롭히고 있었다. 박 본부장은 강 사장의 사무실에 들어서며 아름다운 모습 자체가 인사 같아서 환하게 웃었다. 에어컨의 냉기 속에서 강 사장이 이심전심으로 밝게 맞는데 시원한 눈매에 연분홍 입술이 번득이며 뒤로 질끈 동여맨 머리가 물결쳤다. 그녀가 소파에 앉은 그에게 음료를 건네고는 맞은편 소파에 가슴이 시원하게 드러난 민소매의 푸른색 원피스 차림으로 기댔다. 사무실 유리 창문에서 보이는 사거리에는 개미 한 마리 눈에 띄지 않았다.

박 본부장의 시선은 각선미에서 여전히 요원한 그녀의 입술에 멎으며 음료를 천천히 들이켰다. 그녀가 말문을 열었다.

"스토리가 각본대로 진행되는지 몰라?"

박 본부장은 아무 생각 없다는 듯 눈만 깜박였다.

"무슨 말인지?"

강 사장이 빈정거리는 투로 키득거렸다.

"요즈음 더위와 에어컨 사이에서 불감증 증후군을 겪나 봐?"

박 본부장이 눈을 번득이다 알아채고 크게 웃었다.

"머지않아 피날레 팡파르가 울릴 거야."

"존경하는 분께서는?"

"스티브 잡스라니까. 결판이 임박했으니, 냉동창고투자도 서둘러야 한다고. 판도 변화의 결정적인 변수로 작용할 테니까."

그녀가 뒷머리로 손을 올리자 약간 찌푸린 얼굴이 되었다.
"과연 종은 누구를 위하여 울릴까? 난 자기가 중요해. 알지!"
박 본부장은 논리의 비약에 현실의 중요성을 강조하며 역공을 펼쳤다.
"무주공산은 미리 준비하는 자를 위해 종을 울리기 마련이지. 타이밍은 찰나니까."
"그건 그래. IMF도 있었으니 대세를 좀 지켜봄이 지당하옵나이다."
박 본부장은 강 사장이 칼자루를 쥔 이상 불필요한 독촉은 무익했다.

8월 21일 목요일.
한가하게 쉴 수 있는 오후. 좁은 발코니에서 협죽도의 신록 찬란한 무성한 잎들이 먼지투성이로 창문을 짓누르는 기세가 자못 위협적이었다.
천숙희는 분주다사 수술실로 입원실로 뛰며 야간근무를 했던 병원 시절이 생각났다. 밤낮으로 비닐장갑을 끼고 미화원으로, 주방 아줌마로 뛰고 있으니 말이다. 그녀가 좁은 발코니 맨 끝에 놓인 협죽도 화분으로 가까이 들어가며 빙글거렸다. 이번에는 가정주부의 임무를 개시해야겠다고 생각하자마자.
그녀가 협죽도 꽃나무의 천장으로 뻗은 가지를 가위질하고는 코를 막고 물러섰다가 남은 가지들을 닥치는 대로 가위질을 하자 가지들과 함께 케케묵은 먼지가 흩날렸다. 송재근은 작업과정을 지켜보고 있다

가 한마디 했다. '벌써 했어야 옳았어. 물청소는 내게 맡겨.'

그녀가 무성한 잎과 가지들을 담은 포대자루를 들고 보일러실로 떠나자, 그는 발코니에 내팽개친 호스를 들고 수도꼭지를 틀고는 협죽도 너머 맨 끝의 천장부터 물벼락을 씌우며 자신도 흠뻑 물맛에 빠졌다. 발코니가 트이며 협죽도 화분이 홀쭉해졌다.

천숙희가 보일라 실에 꽃잎들을 보관한 비닐봉투와 포대자루를 정리해서 보일러 안쪽에 간수하였다. 그녀가 베란다에서 흠씬 젖은 송재근을 보며 오랜만에 웃음보를 터트렸다. 1인 3역의 배역은 약과다. 4역도 거뜬히 처리할 각오가 되어있지 않는가.

송재근이 두 손을 들고 물을 뚝뚝 떨어뜨리며 거실로 나왔다.

"수건을 받기 전에 부탁 하나 합시다. 박대오에게 강조해요. 당신이 최후의 승자라고. 그리고 난 끝까지 헌신한다고 말이야."

"여보, '킹콩찜' 가맹점은 떼 놓은 당상이지."

"세상일에서 만사형통하려면 자기 자신이 고삐를 바투 잡고 있어야 하지 않겠어요?"

천숙희는 하얀 집의 소망에 안달했던 게 슬펐다. 송재근이 달나라로 여행지를 잡으면 모를까? 여자의 마음이 갈대라는 것을 실감하겠지.

송재근이 여행사에서 귀가하는 길로 천숙희를 찾았지만 안방에서 곤하게 자고 있었다. 소파 뒤의 베란다 분위기가 산뜻했다. 송재근은 거실로 나오자 커튼을 바싹 당겨 에둘렀다. 밝은 그늘 아래 원목 테이블에 놓인 팸플릿을 응시하며 보며 천숙희가 하던 말을 곱씹자 과거의 존재감이 사무쳤다.

　천숙희를 과단성 있게 리드하자면 여행지 물색도 물색이지만 박대오와의 승부수에서 '킹콩찜' 가맹점도 그렇지만 일본진출의 확답을 받아내는 것도 필요했다. 박대오에게 이판사판으로 덤벼드는 수밖에 없었다.

　팝송이 난무하는 넓은 커피숍은 냉기가 가세하면서 손님들로 만원이었다. 송재근은 포마드 헤어에 하얀 남방 차림으로 부드럽게 말했다.

　"우리는 헌신 단계의 카운트에 돌입할 겁니다. 은공을 생각한다면 빨리 공약을 밝히세요. 서로의 의견차가 있다면 사전에 조율해야지. 시간도 없잖소."

　박 본부장은 식당에서 활극을 벌였던 장면이 떠올라 양복저고리를 옆자리에 단정히 놓으며 웃음을 참았다.

　"송 사장님, 헌신한다는 게 무엇을 한다는 말씀인지?"

　송재근이 불뚝거리면서 박 본부장을 제압하듯 목청을 높였다.

　"이것 참! 박 본부장을 영광의 승자로 만드는데 명운을 걸겠다는데 뭘 자꾸 따지기만 합니까. 벌써 언질을 주었어야 했지요. '킹콩찜' 가맹점 하나쯤은 말입니다. 거참."

　"영광의 승자라? 송 사장님, 원한 관계는 두 사람의 싸움이고. 저 또한 꾸준히 첩보를 날리며 협조하였습니다. 그런데 가맹점이라뇨?"

　"박 본부장! 우리가 같은 배를 탄 게 맞습니까. 그 사기꾼에 대한 복수는 정의의 구현이자, 영광의 승자가 탄생한다는 것을 정녕 모른단 말입니까?"

"으음, 그렇지요. 제가 요즈음 좀 정신이 없어서 말입니다."

박 본부장이 일어나 송 사장에게 고개를 숙이며 분위기를 반전시켰다.

"송 사장님! 제가 최후의 승자가 되는 날. 가맹점이 문제겠습니까. 과거처럼 일본진출은 어떻습니까?"

송재근은 박 본부장에게 엄지척을 하며 중얼거렸다.

"요 시~ 요 시~ 역시 박대오! 기획실 출신자답군요."

송재근은 자신의 진면목을 알아보는 자가 바로 앞에 있으니 목구멍에서 확 불이 일어서 뜨거워졌다. 박대오가 눈자위만 드러나게 송재근을 바라보았다.

박 본부장이 양복 상의의 옷깃을 집어 들고 바삐 계산대로 움직이자 송재근은 이제 일이 풀린다는 생각에 입을 다물지 못했다.

8월 30일 토요일.

릴라에게 휴대폰을 선물한 일은 정말 잘한 일이었다. 아침 시간에 잠을 방해하며 염치불구하고 릴라와 통화한 노력이 성공하면서 애정의 희열이 전국 가맹점 순회 투어에 활기를 불어넣어 주었다. 하루라도 릴라의 목소리를 듣지 않고는 배겨날 수가 없었는데 투어의 반환점에서 릴라가 보낸 발신음이 처음 휴대폰에서 울렸던 사건은 사랑의 서광이 비치는 경사가 아니었던가.

장 회장은 막바지 일정을 소화하면서 만찬 자리에서 릴라를 배필로

오후의 열기 243

삼을 수 있기를 기원했다. 만찬 테이블을 가득 채울 요리에는 자신이 있었지만, 그녀를 향한 순수한 모정을 표현할 재간은 꾸준히 의문이 들었다.

가맹점 순회 투어의 마무리 일정을 평택으로 잡은 것은 향후 배후 산업단지의 발전으로 외식시장의 잠재력이 크다고 보았기 때문이었다.

장 회장은 평택역 근처 '킹콩찜' 가맹점 음식점에 먼저 방문했다. 장 회장이 주방을 둘러보고 레시피를 꼼꼼하게 일러주며 요리의 시범을 보였다. 가맹점 사장이 장 회장이 떠날 때 답례처럼 '킹콩찜' 창업문의를 요청하는 식당 주소를 적어주었다. 지방이라도 주말 번화가의 구도로는 협소해서 차량들로 미어터졌다. 장 회장은 멀리 갈림길이 보였지만 차량의 틈바구니에서 빠져나가기가 만만찮아서 운전에 애를 먹었다. 도로에 안내판이 큼지막하게 길 안내를 했지만 초심자는 방향을 가늠할 수가 없어서 마음이 조급해졌다.

장 회장은 서울과 지척으로 무리가 없을 것이라 여겼는데 예상 밖으로 시간을 잡아먹는 것 같아 걱정이 커졌다. 4차선 도로가 구릉지를 끼고 촌락을 통과하면서 드넓은 들에 옹기종기 건축된 아파트와 빌라단지가 확연히 시계에 들어왔다.

4차선 도로에서 아파트와 빌라단지로 들어가는 진입로의 광고판에 '평택식당' 상호가 붙어있었다.

장 회장은 서둘러 평택을 벗어나야 하는 조바심에 때문에 예비 창업주와의 창업상담은 '킹콩찜' 믹스의 설명과 함께 소규모 투자의 창업을 권하며 서울 안테나숍 견학의 필요성을 강조하는 선에서 끝났다.

장 회장은 숨을 헐떡이며 긴장을 풀지 않았다가 고속도로에 들어서면서 차량들이 여전히 붐볐지만 서울로 간다는 안도감에 푸근했다. 그는 여유롭게 운전대는 잡았지만 만찬의 상념에 잠기며 전신의 근육이 근질거렸다.

장 회장은 김 사장과 만찬에 관해 나누었던 대화를 음미했다.

'립아이 스테이크와 와인이 멋, 맛, 품위, 사랑까지 꽉 잡지 않을까요? 그리고 말보다는 백번 효과를 발휘하는 퍼포먼스가 중요합니다.

장 회장님! 실례지만 만찬의 피날레가 어떻게 끝나야 한다고 생각하십니까? 키스신이 해피엔딩 같습니까? 오산입니다. 무릎을 꿇어서 경중(敬重)하는 자세로 사랑의 증표를 헌정하여야 하죠.

그 심정을 십분 이해합니다. 사랑을 고백하려면 뇌세포들이 얼어붙어서 정신없이 떨린다고요? 그럼, 제가 만찬의 피날레 때 청혼반지를 가지고 등장하겠습니다.'

장 회장은 벤츠의 가속 페달을 밟자 속도감에 환호성이 절로 터졌다. 차량들이 용인서부터 서행했지만 '만찬 준비'에 차질이 없을 것 같았다. 김 사장은 틀림없는 사람이니, 다시 연락하지 않아도 약속을 지킬 것이다.

오늘은 중요한 날인데 천숙희는 아침부터 기운이 달렸다. 거실의 서재가 찬란히 빛나고 있었다. 선임미화원도 그렇고, 청소 용역반장도 뒤꽁무니에서 닦달질하는 꼬락서니가 볼만했지만, 오늘 특근을 끝내면 다시 만날 일 없는 종자들의 처지가 불쌍했다. 천숙희는 자기의 선명한 미래가 원상회복되는 기쁨에 힘을 얻었다.

그녀는 M아파트에 출근하기 전에 일머리의 가닥을 잡았다. 첫째는 미장원까지 릴라를 바래다주고 다시 데려오는 것. 주방아줌마가 퇴근길에 서로 헤어지는 횡단보도의 건너편 은행 건물의 도로에서 기다렸다.

그녀는 릴라를 태우자마자 택시 운전사처럼 성급하게 도로를 달리는 바람에 사거리에서 신호를 받으며 정차했을 때야 서로 눈인사를 건넸다. 릴라는 조수석에서 청담동 사거리에서 좌회전하여 꼬마빌딩들이 운집한 이면도로에서 어디가 어딘지 모른 채 미장원 건물에 도착했다. 넓은 실내는 미용기구가 미용의자에 앉은 손님들의 머리 미용 단계에 따라 미용사들이 저마다 쥔 기구를 작동시키며 두런거리는 귀부인들 클럽. 주방아줌마가 릴라를 미용매니저에게 맡기고 사라졌다.

둘째는 초대의 답례품을 만들어 릴라에게 안기는 것. 송재근은 근래에 없던 일본 바람이 도져서 아파트에서 보이지 않았다. 천숙희는 정작 오늘 저녁에 할 일을 잊지 않기를 바라며 밥부터 안쳤다. 냉장고에서 각종 재료(김밥의 소), 단무지와 무친 갑오징어가 담긴 통, 그리고 싱크대의 아래 서랍에서 검은 비닐에 싼 유리병과 큰 쟁반에 펼친 사각형 김을 탁자에 널어놓았다. 주방은 졸지에 김밥 공장으로 변했다.

그녀는 일회용 비닐장갑을 두 겹으로 끼었다. 가스대의 작은 솥의 김이 나는 뚜껑을 열자 밥을 주걱으로 뒤집으며 검은 비닐에서 유리병을 꺼냈다. 그녀는 협죽도 꽃나무의 독이 담긴 유리병을 한 손에 쥐고 마구 뿌렸다.

주걱으로 작은 솥에서 밥을 덜어 김에 고르게 깔자 큰 접시에서 여러 야채와 지단을 차례대로 옮기는 작업에 들어갔다. 그녀가 마지막으로 하트모양의 김밥 만들기에 돌입했다. 양어깨를 뒤로 돌렸다가 목운동을 해가면서 김밥이 터지지 않도록 세심하게 손가락 힘의 강약을 조절했다. 일 초가 급했다. 완성된 김밥들을 둥근 찬합에 고이 담아 오방색 명주보자기에다 싸서 동여매고, 협죽도에서 추출한 독이 담긴 유리병만은 검정 비닐에 꽁꽁 싸서 싱크대의 밑 서랍에 숨겼다.

주방의 싱크대와 식탁은 엉망이 되었다. 작은 솥에 주걱이 꼽힌 채고, 큰 쟁반에는 하트모양 틀과 김 포장지가 널브러졌다. 따로 놓은 접시에는 하트 김밥의 실패작들이 모양이 터지면서 흩어진 밥알과 함께 소고기 알갱이가 섞이고 삐져나온 시금치, 당근들로 가득했다. 싱크대에는 도마, 칼, 양념 병, 조미료의 각종 용기가, 개수대에는 잘려 나간 채소류들, 달걀 껍데기 등이 어지러웠다.

청담동 미장원은 아까보다 더 붐볐고 주방아줌마는 어리둥절했다. 릴라 사장님이? 그녀는 북받치는 증오심을 누르며 여신의 미모를 드러낸 그녀에게 다가갔다. 노란색 커트 머리의 헤어디자이너가 요상한 핀을 든 채 자화자찬을 늘어놓았다. '중간머리치고는 정말 잘 나왔어요. 자연스러운 스타일이라서 턱선에서 기장을 정해 뒤로 묶어도 예뻐요.'

주방아줌마가 봐도 릴라가 S컬 펌의 볼륨 효과를 톡톡히 누렸다. 어깨에 약간 걸친 끝부분에서 빵빵한 형태는 완벽했다.

주방아줌마는 릴라를 은행 건물의 도롯가로 극진히 모셨다. 릴라가 조수석에서 넋을 잃고 앉아 있었다. 주방아줌마가 급하게 조수석으로 가서 문을 열었다. 릴라는 반달눈을 뜨고 그녀가 시키는 대로 차에서 내리며 머리에 신경을 쓰느라 동작이 굼떴다. 주방아줌마가 상냥하게 웃으며 찬합보자기를 건넸다.

"어머나! 이걸 어째."

"행복한 초대, 행복한 주전부리를 위해서!"

천숙희는 속이 홀랑 뒤집어진 채 운전대를 그러쥐었다. 30분이면 M 아파트의 특근에 무리가 없을 것 같았다. 기승을 떨치는 늦더위.

천숙희는 지하 2층의 주차구역에 차를 주차하고 청소용역 사무실로 들어갔다.

용역반장이 출석을 확인하고 있었고 선임 미화원은 벌써 출발한 것 같았다.

김근일 사장은 산책로를 따라 걷다가 오늘 만찬 초대로 장 회장의 아파트를 청소하는 날이라 한 번 둘러보는 것도 괜찮을 것 같았다.

1802호에서 작달막한 미화원 아줌마가 거실에서 마른걸레와 세정제를 든 채로 주방으로 가려다 김 사장의 출현에 소스라치며 주저앉았다가 자동문이 열리자 신속하게 이동했다. 김 사장이 멈칫하다 거실에서 한강의 전경을 감상하는데 선임미화원이 안방에서 나오며 퉁명스럽게 말했다.

"청소하는데 왔다 갔다 하면 어떻게 해요?"

김 사장이 만찬에 요긴하게 쓰일 전망조리대를 닦는 미화원 아줌마를 보다가 아파트를 나왔다. 천숙희가 대리석 식탁의 의자를 문지르다가 선임미화원이 들어오자 청소도구가 담긴 양동이에서 불룩한 종이 봉투를 꺼냈다.

"언니, 미안. 미안."

선임이 멀거니 쳐다보며 천숙희가 건네는 빵과 우유를 낚아챘다.

"좀 쉬어줘. 언니! 지금부터 이 구역은 내 거야."

선임미화원이 고분고분 청소도구를 챙기나 싶었는데 째려보았다.

"특근은 늦으면 원래 독박 쓰는 거야."

릴라는 잿빛 유리로 가려진 출입문의 잠금장치를 단단히 걸었다. 어둑한 부엌 통로의 중앙에 빨간 고무통을 놓고는 비닐 호스를 늘어뜨려서 낡은 싱크대의 개수대에 달린 수도의 주둥이에 끼웠다. 비닐 호스가 고무통 안에서 펄떡거리며 소용돌이치며 수돗물이 가득 찼다. 릴라가 목욕을 끝내자 넓은 타월을 두른 채 훌쩍 디딤돌을 딛고 문지방을 넘어서 재빨리 비키니장 앞에 섰다. 중앙에 달린 지퍼를 내렸지만 비키니장 어디에도 만찬초대에 입을만한 정장은 없었다. 그나마 여름철인 게 천만다행이었다. 릴라는 서랍 칸을 뒤졌다. 장 언니의 하사품들로 빼꼭했다. 릴라는 작년에 선물 받은 베이지색 블라우스와 처음 보는 베이지색 '프런트 훅 브래지어'를 챙기고 즐겨 입었던 연한 남색 주름치마를 집어 들었다. 화장대 거울에 자신의 옷매무새를 비춰보면서 초대만찬의 일등공신은 단연 S컬 펌의 미용이라는 생각이 들었다. 이제 남은 일은 장 회장의 전화를 기다리면 되었다.

릴라가 만찬 옷차림으로 작은 철 대문을 밀치고 고개부터 조심해서 동네 삼거리로 나갔다. 양손이 즉각 이마를 가렸다. 태양의 광휘가 지상에 가득했다. 저녁 8시의 만찬 시간까지는 길고도 긴 시간 같았다. 릴라는 학원에서 배운 중국어 노래도, 장 언니가 가르쳐준 호흡법도 소용이 없었다.

  릴라는 마음이 불편했다. 어제 저녁 통화에서 장 회장이 데리러 오겠다는 약속을 승낙한 것은 생각이 짧았다. 장기 출타의 여독을 감안할 때 상경하자마자 만찬을 준비하는 것도 가당찮을 텐데 말이다.

거룩한 만남

　13시 점검 시간. 초대에 구애받지 않는 방문자. 천숙희는 미화원복장 그대로 발광체의 안방 발코니에 기어들어 숨소리를 줄였다. 첫 임무는 용역반장을 따돌리는 것. 용역반장이 안방의 화장실까지 들어갔다 나와서 안방 출입문을 닫고 사라진 지도 제법 시간이 흘렀다. 천숙희는 만찬 시간까지 기다리며 자신을 어르고 달래야 했다. 미화원 언니의 신세타령 속에 등장하는 금고가 보관된 서재 방을 상상하며 껄껄댔다. 조금 후, 천숙희는 금고에 꽉 찬 지폐를 상상해도 좀이 쑤시고 화딱지가 났다. 무대를 아파트로 변경한 자신을 나무라며 머리에 질끈 동였던 스카프를 풀어서 흥건한 땀을 쥐어짰다. 이마로, 귀 언저리로 연신 땀방울이 스멀거리며 흘러내렸다. 찬연히 빛나는 거대한 발광체의 협소한 발코니는 백색 열기의 도가니. 천숙희는 살인적인 열기에 스스로 갇혀서 발악하다 의식이 몽롱해지면서 쓰러졌다.

　릴라가 택시에서 내렸다. 초대받은 자가 직접 찾아가는 것이 격식에 맞았다. 짙은 음영이 드리운 담벼락의 조경수로 치솟은 M아파트는 백색 열기 때문에 미지의 발광체 같았다. 릴라는 대형 출입문까지 회색 금속 프레임으로 제작되어 번쩍번쩍 빛나고 있었으므로 정문 입구에서 쉬이 발걸음을 뗄 수가 없었다. 릴라는 어깨에 멘 핸드백을 잡고 오색명주보자기를 바싹 쥐었다.

릴라가 용기를 내어 로비로 입장했지만 당황했다. 천장과 들보 사이의 공간이 확연해서 럭셔리하고 웅장해서 로비 바닥을 걷기가 불편했다. 릴라는 경비의 시선을 의식하자 오색명주보자기를 바꿔 쥐면서 핸드백에서 손수건을 꺼내 이마의 땀을 닦았다.

릴라가 방문객 응접실까지 안내받았지만 아늑한 공간에 선뜻 앉기도 이상했다.

릴라는 선망에 찬 눈동자로 소파 사이를 걷다가 냉방장치에 감격하며 장 회장이 새삼 대단하다는 생각이 들었다. 복도에서 요란하게 발걸음 소리가 울렸다. 릴라가 오색명주보자기를 쥐고 머리를 꼿꼿이 세우며 일어났다. 장 회장은 당당했던 보무가 금세 굳어지면서 릴라의 부드러운 시선과 마주쳤다. 장 회장이 나비넥타이를 만졌다. 그리고 구슬픈 목소리로 말하며 침을 꿀꺽 넘겼다.

"몇 년 만이죠? 제가 안내하겠습니다."

릴라는 생각지도 않은 우스개에 귓불이 달아올랐다. 장 회장이 눈 깜짝할 사이에 오색명주보자기를 쥐었고 릴라가 핸드백을 어깨에 메고 뒤따랐다. 지상의 풍경이 엘리베이터의 창을 통해 파노라마처럼 펼쳐지는데 아파트 단지의 산책로가 아기자기하게 연결되어 있었고. 광활한 중앙 녹지대에 거대한 음영이 넓게 드리워서 목가적인 풍경과는 거리가 멀어 보였다. 고도가 18층으로 상승하면서 릴라는 고소공포증 탓에 혼동이 왔다.

"릴라 씨. 한강 야경은 18층 2호가 단연 으뜸이죠."

릴라는 엘리베이터가 도착하자. 핸드백을 겨드랑이에 끼며 장 회장의 한쪽 팔을 꼭 붙들었다. 최고급 아파트 구경은 난생처음이었으니까.

현관에서 실내로 들어가며 장 회장의 손이 닿기도 전에 저절로 스르르 열리는 중문. 릴라가 발을 들이면서 가슴이 두방망이질을 쳤기에 마치 출렁다리를 건너는 야릇한 기분에 휩싸였다. 장 회장이 운동장만한 거실에 비하면 벤치 같은 응접세트의 테이블에 오색명주보자기를 올려놓자 나비넥타이를 끌렀다. 릴라가 거실 입구에서 대형유리 창문을 보는 순간 진땀을 뺐다.

장 회장이 싱글벙글거리며 설명했다.

"18층입니다. 최고의 한강 황홀경은 만찬 때지만."

주방 자동유리문에서 멀찍이 떨어져 돌격자세를 취하는 장 회장. 릴라가 오색명주보자기를 쥐고 웃음을 터트리는 순간 주방 자동유리문이 스르르 열렸다. 장 회장이 쇼맨십을 동원해서 주방으로 그녀를 에스코트하고 나서, 키친 아일랜드에 오색명주보자기를 받아서 놓고 릴라를 스툴에 앉혔다. 릴라가 장 회장에게 화답했다.

"수고를 너무 끼치는 것 같아서, 요깃거리로 김밥을 준비했지요."

"릴라 씨, 좋습니다. 새로운 믹스를 시험 해보죠. 전채를 들면서."

그가 주방의 벽에 설치된 싱크대에서 앞치마를 두르고 싱긋거렸다. S컬 펌의 머릿속이 써늘해지며 양어깨가 으스스했다. 릴라는 핸드백을 키친 아일랜드 하단 칸막이에 넣고는 오색명주보자기에서 둥근 찬합을 꺼내놓았다. 장 회장의 광팬처럼 스툴을 옮겨 앉았다. 그는 딱 아귀 요리사였다. 육수냄비가 가스 테이블 위에서 끓으며 구수한 냄새가 폴폴 날리더니, 장 회장이 눈 깜짝할 사이에 큰 쟁반을 두 손으로 들고 와서 릴라 앞에다가 전채를 차렸다.

아귀 간은 직사각형 그릇의 바닥에 깔린 미나리와 콩나물 위에서 오렌지빛 기름기가 돌았고 양념장은 간장베이스에 파와 유자, 플로소스가 어우러졌다. 릴라가 한강을 바라보며 몰래 두어 번 침을 삼켰다. 그가 릴라를 보며 키친 아일랜드의 스툴에 앉자마자 공손히 말했다.

"릴라 씨! 푸아그라를 그대에게 바칩니다. 아귀 간은 최고의 진미죠. 하하."

릴라는 옆머리의 컬을 만지며 어쩔 줄 몰라 하면서 주저했다.

"릴라 씨! 주황빛이 나는 건 강황 때문이죠. 젤리덩어리로 보이는 것은 위랍니다. 가슴 성형 보형물은 아니니까요. 오소리감투는 미용에 그저 그만이랍니다."

릴라가 아귀 간 한 점을 입으로 가져가며 가슴이 간지러워서 눈을 감고 오물거렸다.

장 회장이 저녁 어스름이 얼룩덜룩한 한강을 보다가 소스라치며 일어나더니 식전 와인을 준비했다. 키친 아일랜드의 티크나무 테이블에 연분홍색의 와인이 이국적인 흥취와 풍미를 돋우었다.

"릴라 씨, 건배합시다. 건강과 행복 그리고 사랑을…."

릴라가 오묘한 표정을 지으며 흡족했다.

"나의 인생가이드여! 아귀수육 믹스를 지금 시도할 생각입니다."

장 회장이 둥근 찬합을 열자마자 주전부리 시간처럼 좋아했다. 하트 김밥을 손으로 덥석 집어 입에 넣고 오물거렸다. 릴라가 놀라면서도 가분이 좋아서 일반 김밥에 젓가락질을 했다.

장 회장이 불을 켜니 주방과 거실이 대낮같이 밝아졌다. 그가 생수 두병을 꺼내 가지고 와서 한 병을 릴라에게 건넸다. 남녀는 생수로 막히는 가슴을 뚫었다. '아줌마가 장국을 잊다니 이런 변이 있나.'

18층의 전망 조리대에서는 한강 야경의 서막이 연출되었다. 장 회장이 일회용 장갑을 낀 손으로 유리 볼에 담긴 숙성한 흑돼지 등심을 보며 말했다.

"만찬코스가 기대되지 않습니까? 곧 전망 조리대에서 귀한 등심의 진미가 쏟아질 겁니다."

릴라가 스툴에 앉아서 대형 창문을 바라보며 옆의 전망조리대에서 장 회장이 메인 등심을 요리하는 광경을 지켜보았다.

그는 유리 볼에 담긴 흑돼지 등심의 진득한 양념을 말끔하게 걷어내면서 릴라를 쳐다보고는 전망 조리대 가스 불 위의 석쇠에서 등심이 지글거리자 공중에 설치된 후드를 강하게 조절하였다. 릴라는 먹음직스러운 냄새가 피어오르는데도 가슴이 죄어오고 입이 잔뜩 말라서 스툴에서 일어났다. 장 회장은 그녀가 거실로 나가는 것을 확인하고는 싱크대로 달려가서 한껏 토했다.

장 회장은 그래도 뒷머리와 목이 당기며 숨이 가빠서 생수를 마시다 돌아온 릴라에게도 생수병을 건넸다. 릴라가 거리낌 없이 받아 들고 마셨다. 장 회장이 싱크대로 발 빠르게 움직였다.

"아귀찜은 이제 웍 팬(wok pan)으로 향미를 손질만 하면 되고요. 거기 흑돼지 등심이 예쁘게 익어야만 본격적인 만찬이 시작될 겁니다."

거룩한 만남

장 회장이 주방을 돌면서 음식서빙카트를 채우더니 치렁치렁한 커튼 앞에 대령시켜 놓고는 릴라를 에스코트하였다. 릴라가 초긴장해서 커튼의 은구슬이 달린 줄을 잡아당기자 백문이 불여일견의 광경이 시선을 압도하였다. 정면에서 한강의 야경이 무르익는데, 샹들리에의 호화로운 불빛 아래 예술품 같은 높다란 의자들이 뺑 둘러 이태리 대형 식탁을 에워싸고 5구 황금 촛대가 식탁의 중앙에 턱하니 자리 잡고 있었다. 장 회장이 릴라를 초대 자리에 공손히 모시자마자. 구수한 냄새가 진동하는 서빙카트를 자유자재로 움직이며 서빙 솜씨를 유감없이 발휘하였다. 하얀 식탁보의 한쪽에 맵시 나는 만찬용 각종 도자기 그릇에 소담하게 담긴 음식들을 가지런히 진열했다. 그는 빙긋거리며 공식을 외우듯 조미료 세트, 디저트. 냅킨, 커틀러리 세트(cutlery set), 와인잔, 생수 등을 완벽하게 갖추어 놓고는 잠시 사라졌다.

   장 회장이 어느새 나비넥타이를 하고 나타나 릴라 곁에 정좌했다. 그가 둥근 잔에 진한 핑크색의 와인을 따르고는 점잖게 릴라에게 말했다.

"초대만찬을 시작하겠습니다."

5구 황금 촛대가 타오르는 불야성. 한강의 야경은 빛나는 조연이었다. 릴라는 초대만찬의 상상을 초월하는 전개에 조바심이 나서 주름치마의 허리춤을 꼭꼭 눌렀다.

   남녀가 둥근 와인잔에 웃음까지 뿌려서 마셨다.

"아까는 달콤했다면 지금 마시는 향은 최고급이죠."

   장 회장은 서재 방에서 피로회복제를 마셨는데도 컨디션이 별로였다.

그는 둥근 와인잔을 단숨에 비우고는 나이프와 포크를 들고 등심을 힘들여 칼질을 해댔다. 릴라는 등심 대신 가까이에 아귀찜 그릇을 옮겨 놓고 매콤한 살점과 미나리를 맛보며 와인 맛에 흥미를 가졌다. 릴라가 장 회장의 거동을 살피다가 비법 육수를 가미했다는 콩나물국을 권했다. 장 회장이 콩나물국을 마시며 나비넥타이를 손으로 잡아 당겼다.

릴라가 반달눈으로 웃으며 아귀수육에도 담대했다. 장 회장은 일생 일대의 행복감에 젖었다.

릴라는 만찬 식탁에 가득한 진미의 대부분이 남을 것 같아 걱정되었다.

천숙희는 살 것 같았다. 훤히 불빛이 비치며 가물가물한 의식 속에서 들리는 인기척.

'벌써 시간이…. 어디를 들락날락거릴까?'

'S컬 펌의 효과로 멍청이가 파블로프의 개처럼 침을 흘리면서 달려 들겠지. 주방을 난리 쳐놓으며 만든 하트김밥이 어떤 김밥인지 알기나 할까.' 그녀는 땀 냄새가 지독했지만 비열하게 코웃음을 치며 전열을 가다듬었다. 천숙희는 발광체의 백색 열기 속에서 장시간 피부의 열층을 달구치면서 백색 열기의 종자(從者)로 변했다.

해가 서산으로 기울며 M아파트를 향해 씩씩하게 행군하던 빛의 병정들도 잿빛 구름 속으로 가물거리며 멀어졌다. 발광체의 강화 유리벽에 불빛이 별처럼 하나씩 반짝였다. 천숙희는 드넓은 천지가 자기편이 되는 타이밍을 실감하며 안방의 창틀을 넘을 때 하늘거리는 커튼만 조심하면 되었다.

그녀는 안방에 침입하자 화장실 세면대의 수도꼭지를 빨며 배를 채운 다음, 옷을 다 벗고 샤워기로 머리부터 목덜미, 가슴, 허벅지까지 벌겋게 익은 살갗의 열기를 씻어내고는 한바탕 기지개를 켰다. 보이지 않는 적을 향해 이를 악물면서.

송재근은 박대오가 일본진출의 계획을 밝히면서 과거 일본 시절이 떠올라 밤새 시달렸다. 천숙희가 일찍부터 자가용으로 일을 봐야 했기 때문에 그는 외출하면서 저녁 스케줄에 만전을 기하기로 했다.

날씨는 스러지지 못한 숨 지스러기가 열화로 번져나가듯 무더웠다.

그는 오전에 박대오의 일과를 꿰뚫고 있는 탓에 곧바로 강 사장 사무실로 갈 작정이었다. 강남대로에서 시장을 가로지르는 길은 한산하였고 주택가와 초등학교 주변의 사거리도 사람의 통행이 뜸하기는 마찬가지였다.

강 사장 사무실의 출입문은 닫혀있었다. 그는 안달이 나서 유리창에 이마를 대며 두 손을 오므려서 안을 보았다. 패션 감각 못지않게 성깔이 깐깐한 강 사장의 모습이 선했지만 '10시 30분이면? 손님 방문이 가능한 시간이었다.'

송재근은 '킹콩찜' 본사가 떠오르자 멋쩍게 웃었다. '그놈이 서울로 귀환하는 날?'

그는 박대오와 점심을 하며 진지하게 대화를 나누려던 계획을 취소하며 발길을 돌렸다. 오전 시간을 쓸모 있게 쓰려던 자신의 경솔한 외출을 자책했다.

그는 동네 어귀에서 아파트 단지까지 걸어오자 몸이 축 늘어지고 남방이 흠뻑 젖었다. 욕실에서 샤워부터 하고 주방으로 나오면서 그가 혀를 찼다.

주부가 바빠 집을 비웠을 때의 흔적이 주방에 고스란히 남아있었다. 식탁 위에 비스듬한 뚜껑 새에 꽂힌 주걱의 밥 냄비, 가스테이블에 놓인 작은 솥, 싱크대 턱 모서리에는 접힌 김이 든 투명 포장지, 개수대에 나뒹구는 야채 찌꺼기 등, 도마 위에 식칼, 큰 접시 등 잡동사니가 그대로였다.

그는 천숙희에게 미안하게 생각하며 식탁을 대충 치웠다. 그리고 냉장고에서 꺼낸 캔 맥주를 한 모금 들이켜며 거실의 소파로 가서 편안히 발을 뻗었다. 깔끔하게만 살 수 없는 게 인생살이 같아서 깊은 상념에 잠겼다.

저녁 스케줄은 확고부동했으니까. 송재근은 천숙희와 저녁에 만나는 재회의 기쁨을 생각하니 제2의 인생을 시작하는 것 같아 가슴이 벅찼다.

그는 발코니 창에서 내리쬐는 석양의 눈 부신 햇살이 알람 역할을 톡톡히 했다. 그는 허겁지겁 주방으로 갔다. 그가 치웠던 밥 냄비와 난장판에서 건진 김밥과 반찬을 접시에 고루 담아 식탁에 앉아서 배를 채웠다.

천숙희가 젖은 스카프를 꼭 짜서 머리에 동이고 안방의 출입문에서 살금살금 나왔다. '독이 퍼졌을 텐데. 뭐야? 식탁에서 만찬을…. 멍청한 년이 미용비 값은 해야지 그래.'

천숙희는 조금 더 지켜봐야 할지 상황판단에 혼란이 왔다. 주방과 거리가 장난이 아닌 데다, 자동유리문은 찌무룩하였다. 단란주점으로 돌아가자면 한시바삐 해치우는 것이 상책이지만. 미화원 언니가 가끔씩 두드려보던 벽으로 갔다. 주방의 다용도실로 통할 수 있는 서재 방의 입구를 찾으면 금상첨화라. 그녀가 만찬의 상황을 주시하며 안방에 연결된 벽 쪽에 기대앉았다. 그녀의 심정은 옷깃에서 땀방울이 떨어지는데도 전신은 차가운 기운이 돌아서 후터분하였다. 바늘귀 같은 빛이 땀방울에 반사되었다.

그녀가 살그머니 일어나서 벽체의 이음새를 손가락으로 더듬어 가다가 싱겁게 웃었다. 비밀자동벽체가 작동하자 서재 방은 불이 켜진 채 출입문은 열려있었다. 그녀가 책상과 의자가 달랑 놓여 있는 복도의 공간을 지나 스기나무 향내가 풍기는 서재 방으로 들어갔다. 그녀가 서재 방에서 다용도실 쪽의 출입문 손잡이를 찾자 제대로 일이 풀리는 기분에 소주 생각이 간절했다. 천숙희가 다용도실 출입문을 나와서 불긋불긋한 어깻죽지를 긁다가 옷의 쉰내를 맡으며 귀를 쫑긋 세웠다. 그들이 불야성의 만찬식탁에서 주방 쪽을 볼 확률은 제로. 천숙희는 은은한 음식 냄새에 조심조심 침을 삼키면서 포복해서 전진했다. 키친 아일랜드의 아래 칸에 눈에 익은 찬합을 발견하고는 하트 김밥의 효과를 고대하며 시원한 기운을 만끽했다.

전망조리대를 지나서 싱크대의 뒤쪽 기둥에 설치된 대형 냉장고에 안착한 천숙희. 무릎을 꿇고 미화복 호주머니에서 가죽장갑을 꺼내서 끼고, 대형 냉장고의 냉동실에 보관하였던 길쭉한 상자를 꺼냈다. 한 강의 여름밤은 주변의 불빛들이 총공세를 펼치면서 거룩하게 빛났다.

장 회장은 자기의 과거를 고백하면서 청혼의 타이밍을 기다렸다.

"릴라 씨, 제가 죽음의 문턱까지 갔다 그랬지요. 짧게 말하면, 결혼은 시작부터 삐걱거렸고요. 회사에서 일이 터지자 결혼은 종말을 맞았지요. 요사스런 족속들이란 것을 뒤늦게 눈치채면 뭐합니까?"

릴라가 옆에서 장 회장이 나비넥타이를 자주 잡아당기는 게 불편했다.

"제 마지막 소명은 릴라 씨께 헌신하는 것입니다."

천숙희가 가만히 엿듣자니 악이 바쳐서 몸이 바들바들 떨렸다. 그녀는 열기동자에서 이제 당당한 침입자로 나설 때라고 이를 악물었다. 장 회장이 나비넥타이를 끄르며 일어서서 한 손으로 생수를 잡으려다 놓치자 릴라가 얼른 생수를 들고 마개를 열어 그의 입에 갖다 대며 그를 부축했다. 릴라가 생수병을 들고 그를 의자에 앉게 한다는 게 힘이 부쳐서 바닥으로 쓰러졌다. 장 회장과 릴라가 웃음을 머금으며 손을 잡고 일어서는데 홀연 일식(日蝕)현상이 일어났다.

한강을 등지고 만찬의자에 나타난 쌍수검법의 침입자! 갑작스런 공포분위기에 릴라가 파랗게 질리며 생수병을 놓치자, 이번에는 장 회장이 릴라를 의자에 앉히면서 시선을 5구 황동 촛대에서 떼지 않았다.

몰골의 침입자는 로마 검을 양손에 쥐고 만찬 식탁에 득의만만하게 올라서서 눈을 번득였다. 찌든 넝마를 걸친 양 썩은 내가 진동했다.

장 회장이 로마 검과 5구 황금 촛대를 번갈아 보며 코를 가린 릴라를 뒤로 물러서게 하며 침입자의 다음 행보에 촉각을 세웠다. 침입자가 만찬의 상차림에 가로막혀 나아갈 수가 없자 성질을 부리며 추악한 발길질을 개시하였다. 여분의 접시부터 유리 볼, 등심고기 접시, 아귀맑은탕, 사발, 백김치 보시기가 날아오르며 정적을 깨는 둔탁한 소리가 사방에서 연발했다.

장 회장은 블루베리 한 알이 얼굴에 떨어졌지만, 만찬식탁에서 요리와 반찬 그릇들이 범벅이 되는 광경을 무력하게 지켜보면서 쓰러질 뻔한 와인병을 급하게 거머쥐었다. 릴라가 장 회장에게 다가가며 고함을 쳤다.

"던져요!"

와인병이 허공을 가르자 침입자가 몸을 움찔거렸다. 릴라가 손도 대지 않은 등심을 연거푸 던졌지만, 침입자가 즉각 로마 검을 교차시켜서 막아냈다. 장 회장이 연달아 커틀러리 세트를 날렸다.

침입자가 허리를 낮추고 신속하게 뒷걸음쳤다. 장 회장이 기회를 엿보던 터라 기동력을 발휘하여 의자를 딛고 엉망인 식탁의 5구 황금 촛대를 향해 몸을 날렸다. 침입자가 쌍수검법으로 로마 검을 내리고 득달같이 달려들다 아찔하게 릴라가 던진 후추통을 피하며 멈칫하는 찰나에, 장 회장은 혼겁을 먹으면서도 요동치는 5구 황금 촛대를 잡아채고는 식탁에서 뛰어내렸다. 침입자는 느닷없이 재채기를 하면서 상대를 놓쳐버렸다. 릴라는 의자 뒤에 숨어서 기침을 하다가 키친 아일랜드로 조심스레 발을 떼었다.

식탁보를 흥건히 적신 와인과 아귀 맑은 탕이 바닥에 뚝뚝 떨어졌다. 잠시 정적이 흐르며 식탁보에서 달보드레한 와인 향이 무럭무럭 피어올랐다. 침입자가 완전히 후퇴하여 의자에서 혓바닥으로 입술을 핥으며 전방을 주시했다.

거룩한 만남은 결국 만찬식탁에서 한 판의 결투로 성사되었다. 침입자가 식탁의 중앙으로 나아가며 경멸에 찬 얼굴로 로마 검을 양쪽으로 벌렸다. 장 회장이 발에 힘을 주고 식탁에 올라서서 불꽃5지창을 두 손으로 바투 잡고 경계 자세를 취했다.

침입자가 로마 검을 쌍수검법으로 양손에 모아 쥐고 한 발을 내디디며 장 회장의 목과 오른손을 겨누었다. 장 회장도 상대의 거동을 경계하다 불꽃5지창을 먼저 크게 휘두르며 쌍수검법과 격돌했다. 숨 쉴 사이 없이 로마 검 하나가 쨍그랑거리며 촛불에 휩싸이면서 두 동강이 났다. 침입자는 장 회장이 불꽃5지창을 쥐고 제 힘에 균형을 잃는 모습을 보다 웃음을 터트렸다. 릴라가 키친 아일랜드에 기대서 가슴 졸이며 결투장면을 보다가 재채기가 터지면서 눈이 화등잔만 해졌다.

침입자는 비열한 웃음을 지으며 로마 검 하나로도 승산이 있다는 듯 즉각 공격에 나섰다. 장 회장은 말미잘이 붙었다 떨어져나간 것 같은 침입자의 몰골에 질색하는 바람에 불꽃5지창을 잡고 비척거렸다. 침입자가 돌연 대도세 자세를 취하며 중얼거렸다.

"소원이라면 몇 번이고 들어줘야지."

릴라가 키친 아일랜드에서 핸드백을 뒤지자 곧장 식탁으로 달렸다. 침입자가 날렵하게 점프하면서 로마 검으로 장 회장의 경동맥을 가격하는 위기의 일각. 릴라가 손에 쥔 스프레이를 꼭 눌린 채 팔을 있는 대로 뻗었다.

한 차례 광포한 절규와 비명이 포효하면서 결투장은 순식간에 매운 독가스 내음이 번지는 지옥이 되었다. 주방 자동유리문이 열리며 거실이 갑자기 환해졌다. 김근일 사장은 한 손에 작은 파란색 케이스를 든 채 정장 차림으로 들어서다가 기침 소리 속에서 목불인견의 참상을 목격하며 눈을 감았다.

김근일 사장이 끔찍한 살인 현장이 떠올라서 거실 소파에 앉아서 넋을 놓고 있었다. 밤늦게 큰딸애가 학원에서 왔다고 인사하면서 어깨의 가방을 그 자리에 벗어놓고는 주방으로 달렸다.

탁자에 놓인 휴대폰에서 감미로운 멜로디가 흘렀다.

"김 사장, 오랜만이요."

"아, 김상철 이사님! 접니다. 한 번 만나야지요."

"그럼요….''

"김 사장, 여보세요. 기쁜 소식을 전하려고요. 상윤 형이 알마티에서 철수한답니다."

"이런! 공항에서 대대적인 환영회를 열게 됐습니다. 귀국 날짜는 언제죠?"

김 사장은 통화가 끝나자 비몽사몽 상태로 부엌으로 바삐 걸었다.

"여보! 이 전무님, 상윤 형 말이야. 공사가 끝나서 귀국하나 봐. 다음 주에 ⋯."

"정말! 얼마 만이에요. 김포공항에 나가 봐야지요. ⋯악!"

아내가 돌아보다 외마디를 지르고는 앞치마에 두 손을 닦고는 베인 손가락을 얼른 입술로 가져갔다. 큰 딸아이가 식탁에 앉아 주스를 마시다 눈을 크게 뜨며 말했다.

"엄마, 손가락을 불어, 어서. 응."

김 사장이 아내를 데리고 거실의 소파로 갔다. 아내가 표정을 부드럽게 해서 의자에 앉으며 말했다.

"조금 스쳤어."

그가 거실의 서랍장에서 일회용 반창고를 가져다가 아내에게 건넸다. 아내가 유별나게 심각한 표정으로 남편을 뚫어지게 보다가 떨리는 목소리로 말했다.

"여보! 당신이 질문했던 단란주점 여사장의 빗치개 말이야. 만약 옛날에 이상윤 형이 퀴즈를 낸 빗치개의 주인이라면 어떻게 되지? 요즈음 빗치개를 누가 하냐고. 안 그래?"

김 사장은 빗치개의 퀴즈 문제만큼이나 헷갈려서 그저 아내를 바라보기만 하였다. 아내는 일회용 반창고를 붙이면서도 고심하는 표정이 역력했다. '연애사라는 것도 연인끼리 만들어내는 기록일진대 사실이 은폐되고 조작될 수는 없지 않은가.'

"그때 상윤 형도 코가 석 자였지. 철부지지. 나도 당신을 믿었으니 말이야. 요점은! 이탈리아 경양식 레스토랑에서 식사하던 날. 정체불명의 아가씨가 식탁까지 찾아온 것은 보통 일이 아니지. 수수께끼는 이상윤 형이야, 정말….”

*

월요일 아침.

김근일 사장은 잠을 제대로 잘 수가 없었다. 병원부터 가봐야 혼란스럽고 당혹감에 빠진 마음을 달랠 수 있을 것 같았다.

대학병원의 해독클리닉은 별관 응급실 건물 2층에 설치되어 있어서 건물 본관과는 다소 거리가 있었다. 여경이 후문과 연결된 복도를 따라 계단으로 올라가는 1층 출입구에서 서성거리고 있었다.

김근일 사장은 안내데스크에서 간호사에게 환자의 이름을 알리고 경과를 물어봤다.

“맨 끝과 첫째 방에요. 두 분 다 위세척 요법으로 치료를 마쳤는데 오전에 의사의 검진을 받을 거예요.”

김근일 사장이 남자 입원실 출입문을 살그머니 열었다. 아담한 병실에 장 회장은 핼쑥한 얼굴로 환자복을 입고 특별한 용액이 첨가된 링거를 맞으며 누워있었다. 그는 숨을 죽이며 링거병과 장 회장을 번갈아 보며 침대로 접근하였다. 장 회장이 누워서 기척하며 눈을 가냘프게 뜨자, 그가 장 회장의 얼굴을 보며 고개를 끄덕이자 장 회장이 살그머니 눈을 감으며 속살거렸다.

“릴라 씨, 릴라 씨가 구했어요. 내 목숨을요. 영락없이 죽을 뻔했으니까요."

그는 우울한 표정을 감추며 장 회장의 손을 꼭 쥐었다.

"릴라 씨는 곧 퇴원이 가능하답니다. 장 회장님은 안정을 되찾으시는 게 우선입니다. 속히 쾌차하셔야 하니까요."

김 사장이 호주머니에서 작은 파란색 케이스를 꺼내 장 회장의 눈높이로 들어 보이고 손에 꼭 쥐여주었다. 장 회장은 주인을 잃은 다이아반지 케이스를 쥔 채 눈을 감았다.

김 사장이 별관의 안내데스크로 돌아오자 여 순경이 공손히 부탁했다.

"계장님이 병원으로 오고 계시니까요. 좀 기다려주시면 고맙겠습니다."

김근일 사장은 긴 나무벤치로 가서 방문객들 틈에 앉았다.

'악몽을 꾼 것처럼 모골이 송연하였다. 눈부신 샹들리에 아래 지독히 매운 스모그의 천지. 비명의 외마디가 생생한 가운데 두 눈을 부릅뜬 악귀의 머리만이 아수라장으로 변한 바닥에 우뚝하지 않았던가.

잠바를 입는 김 계장이 경황없이 명함을 내밀며 옆에 바짝 앉아 살인사건의 상황을 되짚었다.

"눈이 뒤집힐 놀라운 사건이었습니다. 미화원 복장 여자는 천숙희로 신원이 밝혀졌는데 현장에서 즉사했습니다. 공중에서 뒤로 자빠지면서 고급 의자의 기다란 등받이를 타고 바닥까지 미끄러지면서 목뼈가 부러지다 보니 바닥에 머리만 달랑 남는 참상이 빚어졌습니다. 그날 현장에서 발견한 호신용 스프레이는 고춧가루 폭탄으로는 최고죠.

스코빌 지수가 500,000입니다."

 김근일 사장이 수첩과 볼펜을 쥔 김 계장을 무덤덤하게 쳐다보았다.

 "혹시 송재근이라는 분을 아시나요? 손님의 신고로 릴라 단란주점의 계산대에서 변사체로 발견되었는데 이상한 점이 한두 가지가 아니에요. 여자 가발을 썼다는 게 말이죠. 아, 그리고 그 로마 검은 수거 비닐에서 형체가 사그라지더니 부유물로 변해버렸지 뭡니까? 여기의 환자들과 연관성을 조사하는 대로 오늘 천숙희의 아파트를 수색할 겁니다."

 김근일 사장은 M건설회사의 3층 공무부에서 입찰업무를 마쳤다. 엘리베이터에서 빌딩의 로비에 내리자 집까지 걷고 싶었다.

 거연히 시선에 비치는 건너편의 고층 아파트는 지상을 호령하듯 창공의 빛을 차단하면서 거구의 그림자를 도로에 드리우고 있었다.

 그는 자신이 풍혈에 갇힌 것처럼 발끝에서 머리까지 냉각되는 자신을 발견했다. 오직 아내의 중얼거림만이 불꽃처럼 가슴에서 일렁거렸다.

 '사랑은 생명을 아끼고 존중하는 것. 의식주에 집착하는 삶을 넘어서 사랑을 동경한다면 마음을 햇볕이 쬐는 양지바른 곳에 둘 수 있겠지. 응달진 마음에서 생기는 증오심이 차가운 비수(匕首)로 변하는 것은 시간문제니까.'

 그가 아파트의 거실에서 아내가 외출한 것을 확인하면서 벽 모서리를 차지한 아담한 장식장으로 다가갔다. '어느새 신학기다.' 그의 시선이 장식장 위에 놓인 두 딸애의 사진액자에 머물다가, 그가 구석으로 밀려난 10년 전 사진 액자를 집어 들었다.

　주말에 우리 부부, 김영철 이사 부부, 그리고 이상윤 전무와 함께 식사할 것이다.

　그는 아내, 박은희의 얼굴이 갑자기 보고 싶었다.

　'우리에게는 분명 사랑의 능력이 있다.'

사랑받지 못한 자

손상일 지음

발행처	도서출판 청어
발행인	이영철
영업	이동호
홍보	천성래
기획	육재섭
편집	이설빈
디자인	이수빈 ǀ 구유림
인쇄	정우인쇄

등록　　1999년 5월 3일
　　　　(제321-3210000251001999000063호)

1판 1쇄 발행　2025년 9월 15일

주소　　서울특별시 서초구 남부순환로 364길 8-15 동일빌딩 2층
대표전화　02-586-0477
팩시밀리　0303-0942-0478
홈페이지　www.chungeobook.com
E-mail　　ppi20@hanmail.net

ISBN　　979-11-6855-378-1(03810)

이 책의 저작권은 저자와 도서출판 청어에 있습니다.
무단 전재 및 복제를 금합니다.